La fatalidad de la gallina

Novela

ARS
COMMUNIS
EDITORIAL

La fatalidad de la gallina

Novela

Martha Cecilia Rivera

ARS
COMMUNIS
COLECCIÓN RIOLAGO

La fatalidad de la gallina

Martha Cecilia Rivera

ISBN 13 978-0997289046
ISBN 10 099728904X

Director de colección Ríolago: Fernando Olszanski

Arte de la portada: Ángel Loochkartt
Icaro, óleo sobre tela 80X65.5 cm. 2017

Diseño: Franky

Prólogo

La fatalidad de la gallina:
El trágico festín de la consciencia

Alguna vez postulé que las novelas de aventuras no son las que señala la tradición occidental desde la eclosión de las páginas de Jack London, Stevenson, Julio Verne o Emilio Salgari. Conjeturé que esas obras, que detallan grandes desplazamientos, batallas, enardecidas o piadosas faenas históricas, anécdotas musculares, minuciosas querellas fácticas, acciones visuales, y toda la gama de la actividad verificable, son más bien las novelas de la hiperrealidad y un registro verista de la eterna danza humana.

Me trabajaba la hipótesis de que las verdaderas novelas de aventuras, en el más amplio sentido de ese hondo sentido, son aquellas donde, merced a los más intrincados recursos de la imaginación y a la sutileza de la psique creadora, cristaliza la epopeya interior de la consciencia, el formidable aluvión de sensaciones, imágenes, símbolos, accidentes, retruécanos y fantásticas asociaciones que arden dentro de nosotros, producidos, eso sí, por lo que, como la cosecha de un sueño, encontramos en las calles por donde caminamos, las casas donde vivimos y las ciudades donde trabajamos.

A la luz del pensamiento y sus laberintos, pira inenarrable, el exterior es apenas una suerte de resorte, un trampolín hacia el "La-bas" sin el que la realidad concreta no es otra cosa que una imagen distante, un eco, una ilustración, el decorado teatral de una obra que no entrega a los espectadores sino fragmentos inconexos, cuando no piltrafas.

Juan García Ponce habló en un recordado ensayo de la tentativa literaria como de "La aparición de lo invisible", el lugar donde los fantasmas interiores, las obsesiones sin nombre, las recurrentes ideas y la música del pensamiento se aúnan para demostrarnos que, hasta ser cobijado por esa suprema operación, el hombre no es más que caos y nadería.

La familia de quienes han trabajado cercanos a esta intuición es grande, muchas veces desdichada, incomprendida en principio y, para decirlo con un formulismo social, de muy difícil trato. Yo pondría en ella, antes que nada, por supuesto, a James Joyce, el mayor perseguidor de la consciencia que haya tenido la historia, no solamente de las letras, sino del arte en general y, seguramente, de la psiquiatría, la filosofía y la inquisición teológica.

Pero existen otros que tampoco cejaron en el empeño de urdir la novela de aventuras de nuestro interior. Bástenos recordar a Herman Broch, Alfred Doblin, la gran Virginia Woolf, Roberto Musil, Julio Cortázar, Raymond Russell, Margerite Yourcenar o José Lezama Lima.

No se trata siempre de que una novela sea, por decirlo de algún modo, abstracta, o de que no cuente cosas exteriores o tenga referencias al mundo concreto, o de que parezca darle la espalda a la portentosa mundanidad que disfraza a la existencia, pero sí se trata de que todo eso quede involucrado y juzgado desde el ámbito intimista donde el hombre recopila al universo, lo transgrede y lo transforma. Las imágenes exteriores despiertan, desde la jornada eternal de Leopold Bloom en Dublin, un maremágnum al que no resulta osado llamar ontológico.

Visualizo a Martha Cecilia Rivera, en un piso altísimo de Chicago, leyendo la caligrafía de la ciudad de los vientos, mientras avanza en la experiencia de sumarse, con humildad pero con arrojo y entereza, al club de los grandes cazadores de la consciencia desde la ficción narrativa.

En *La fatalidad de la gallina*, la nueva novela de esta autora colombiana que recaló en Los Estados Unidos hace muchos años, la "presentación de lo invisible", y el llameante incendio que se prende con el pretexto de lo real, quedan patentizados en un entramado narrativo, poético en la mayor parte de las páginas, y no exento de una vena erótica gozosa.

El narrador de la obra prácticamente es un comentarista irónico de los sucesos que pasan a su alrededor y que, en su lúcida consciencia, se vuelven signo, metáfora, pretexto para entregarse a la voluptuosidad y la floración de la consciencia.

Inmerso en un universo laboral que le resulta insoportable, y en el que hace su papel con irreprochable dignidad, este personaje es un "voyeur metafísico", un delicado mirón, un ironista de las circunstancias usuales. Trabajando con una organización comercial ("Tiendas integradas") en pos de extender sus garras internacionalmente, su interés verdadero es una mujer que vemos entre claroscuros y a la que atenazará la trampa sórdida que acostumbra a acechar en estos lugares: Irene, poema, insinuación, sensualidad y crítica de la costumbre instalada en esas oficinas como una dictadura silente. Ella es pretexto y camino para que los hechos narrados (y que aparecen atrás de la aventura esencial de la imaginación) en vez de hundir al héroe y postrarlo, lo disparen y le permitan construir un mito, desde los escombros de una vida gris y magra.

Los otros personajes que deambulan alrededor del héroe y de Irene (Daniel Pirro, Abel Solo, Mónica, Andrea y Amanda), tan viscosos y procaces como los personajes de Juan Carlos Onetti o Milan Kundera, ilustran ese "canibalismo mental", que la autora atribuye con crueldad a los hombres.

Una novela del interior que alumbra con fogosidad la tenue estancia de lo consuetudinario, *La fatalidad de la gallina* tiene en estos animales equívocos de apariencia servil uno de los motivos de reflexión.

Me perturba la increíble destreza con que Martha Cecilia ensambla en un todo una trama cotidiana con cierto suspendo, un devaneo sensual alrededor del cuerpo y sus itinerarios y una profunda meditación alrededor de lo que el hombre ha hecho con su viaje por el asombro perpetuo de los días. La final orfandad que siente después de atravesar toda la galería de sus Dioses y sus consolaciones.

"Los dioses no se refugiaron en su Olimpo para escuchar desde allí a las plegarias de la raza humana, sino para protegerse de ella".

"Ofrezco a los dioses mi destino. Lo inmolo a sus caprichos. Me inmolo a mí mismo. Me ofrezco en sacrificio. Pido mi castigo. Que de repente sea yo convertido en un insecto o en una hiedra. Que sea mi condena andar para toda la eternidad

*sobre la tierra, navegar hasta el infinito sin alcanzar un puer-
to, errar sin parar, perderme en un laberinto, encontrar, hasta
el final del tiempo, a mí alrededor tan solo arena".*

*"Nada que se haga, nada que se intente, nada que se sueñe
sirve".*

Iván Beltrán Castillo
Bogotá, 2017

La fatalidad
de la gallina

*"Si quiere saber cuáles son los
acontecimientos que proyectan su sombra en el infierno del
tiempo... mire a ver cuándo
y cómo se levanta la sombra".*

Ulises, James Joyce, Capitulo IX

Para Ella.

I

Ícaro observó con atención las plumas de sus alas. Blancas. Leves. Impecables. Pegadas entre sí con cera, ingenio de la mente humana. Se enorgulleció y las extendió tanto como pudo, quizás para verlas mejor o para comprobar la consistencia de la cera. De seguro para reafirmar su propio sentimiento vano. Alas perfectas, ¿quién podría pedirle algo más al universo? Las extendió aún otro poco, se irguió y se balanceó de un modo leve con miradas laterales de esas que piden a gritos mírenme, mírenme, mírenme. Después de un momento, algo especial llamó su atención y lo distrajo. Aguzó sus ojos, se inclinó, se enderezó, se inclinó de nuevo. Al final sonrió con esa satisfacción que se observa por fuera de los dientes de quienes han descubierto que pueden verse mejor de lo que creen. ¿La razón? Un asunto de tamaño, igual que ocurre siempre. Enormes, sus alas cubrieron con su sombra una extensión de tierra tan grande que el mundo entero pareció en exceso chico y él se sintió todo un héroe, o un gigante. Se comparó con otros durante un momento. ¿Odiseo? Un triste apátrida. ¿Aquiles? Carente de astucia, permitió al universo entero descubrir su parte débil. ¿Héctor? Demasiado bueno y demasiado modesto. Decidió de pronto que las alas son, igual que toda otra forma de soberanía, para ejercerlas. Las agitó hacia arriba y hacia abajo, despacio. En tiempos distintos, inexperto. Con torpeza tremenda. Con movimientos carentes de concierto. Las alas pesaron. Avergonzaron. Intimidaron. No todos conocen la manera de utilizar sus alas. Casi nadie. No logró ni siquiera imaginar qué otra cosa hacer con ellas. No se elevó ni un poco y en cambio sí perdió algunas plumas. A su vanidad primera siguió ahora una profunda impaciencia, la soberbia se presenta cuando la confianza en el propio valor se ausenta. Agitó de nuevo las alas con todas sus fuerzas y esta vez, para su sorpresa, se elevó un poco aunque cayó enseguida al suelo. De ese mismo modo también vuelan las gallinas, sin elevarse, aunque ellas además sin ambición y sin intención, y esa es su gran tragedia. Al tercer intento Ícaro se elevó más alto y al cuarto voló, casualidades del destino que ocurren con frecuencia. Ahora el cielo se desdobló para él, inmenso, desplegándose a su voluntad a medida que afianzó más y más su vuelo. Ya no hubo límites, tan solo hubo firmamento. Tan solo hubo ejercicio soberano de sus alas. Tan solo hubo su mirada en descenso, altanera, superior, todo lo que se encuentra debajo se observa con desprecio. Voló libre. Infinito, el cielo se desdobló solo para él, mullido, algodonoso, sin peso, mostrándole allá debajo una realidad sin gusto y sin tacto, ciudades de casas grises por el humo, personas de almas grises por las penas, montañas de copas grises por el frío. Aquí, en cambio, el azul blancuzco y tibio lo reconfortó a su paso. Se entretuvo. Se sintió complacido. Se gozó el placer inesperado de sentirse fuera del alcance del gris de la tierra. Se cuidó, eso sí, de no acercarse por ahora mucho al sol para que no se derritiera la cera, y también de no rozar nada con la punta de sus alas para evitar que se desprendieran. Precaución y prudencia, se recomendó a sí mismo, se supo mejor que todo otro mortal, y voló todavía más lejos. Más y más. Con mayor confianza en su propio vuelo. Con menor conciencia de las distancias. Se alejó. Se alejó otro poco. Se siguió alejando hasta abandonar su propio universo pero eso no fue importante ahora, después de todo nadie necesita su universo propio cuando ya se ha hecho soberano de todo el firmamento. De repente un ave hermosa se cruzó y de nuevo Ícaro se distrajo. Vano, la observó sin dejar de volar, como al descuido. Como con desprecio. Como con desinterés, aunque muy mal fingido. Sin embargo de inmediato reconoció que ella sí, definitivamente, era un ave. ¿Su plumaje? Real. ¿Sus alas? Verdaderas, no parecieron pegadas con cera. ¿Su vuelo? Libre, auténtico, la remontó varias veces hasta el sol seguramente sin temor de derretir sus alas, y la descolgó también hasta el mar y las montañas sin miedo a rozarlas para no perderlas. Ícaro se supo falso. Se supo solo. Se supo triste. Lo siguiente que ocurrió, ocurre siempre, todos los seres humanos se enamoran de aquello de lo que carecen. Ícaro se enamoró de la verdad del ave. En realidad creyó haberse enamorado de toda ella, también ocurre siempre. Ningún enamorado entiende que ama solo a la parte que le hace falta y que después de tenerla ya no quedará, de ese inacabable amor, absolutamente nada. La siguió con la mirada y con el impulso de sus alas, y la llamó a voces lleno de entusiasmo. El ave, sin embargo, no lo vio. O no lo escuchó. O no lo admiró y decidió ignorarlo. O encontró más atractivas otras alas que también volaban allá, en la distancia. Ahora

Ícaro se sintió insultado. Sin pensarlo, se impulsó, la alcanzó de un salto y batió con rabia sus enormes alas falsas hasta derribarla. Enseguida se reconoció cansado. También, todavía más solo. El placer de volar encima de las cosas grises, dejó de serlo. Intentó volver su espalda para regresarse pero ya no encontró su propio centro y solo logró seguir volando hacia un lugar ajeno, alejado. ¿Castigo de los dioses? Sí, y muy despiadado, los dioses no ofrecen misericordias para quien pierde, por causa de su soberbia, su universo. Después de todo, tener un universo propio, pequeño o grande, es el verdadero privilegio que resulta de ser un ser humano. Tampoco hay piedad para quien derriba un ave.

¿Yo? Me escondo también atrás de unas alas falsas. También soy Ícaro. Mis alas también son postizas, también están pegadas con cera. También he perdido mi universo. También sin intención. También sin siquiera saberlo. Lo he perdido todo de un solo golpe, muy seco, sin avisos. De repente me encuentro por fuera de mi universo y ahora lo veo partir sin mí como a algo ajeno. Se aleja como en medio de una bruma densa y yo aun no entiendo cómo es que ya no me lleva adentro. Cómo es que me he quedado atrás de todo eso. Cómo es que estoy aquí sin nada de lo que he sido. Quizás no es mi universo lo que avanza en la distancia, soy yo quien se aleja debido al impulso del golpe que me lanzó hacia afuera. Súbito. Contundente. Certero. Soy ahora un ser humano que existe por fuera de todo posible universo, concepto nuevo. Un imposible ontológico también. Y un martirio supremo. He perdido mi universo y ya no existen para mí ya más sus gentes. Mis gentes. Tampoco sus espacios, sus tiempos, sus sucesos ni su devenir que no se detiene. Perdí el lugar donde siempre he existido. Todo lo que he sido y lo que soy.

Todo lo que pude llegar a ser. Todo lo que mi universo ahora será sin mí, aunque ya no será mío. Ya no existo más para lo único que he conocido, me he quedado atrás de todo eso de repente, sin un campanazo ni una alerta, como efecto de mi propio proceder, como un castigo. Decidido. Inclemente. Indiferente. Ni dejé partir a mi universo ni lo retuve. Ni corrí atrás de eso que se fue sin mí, ni extendí la mano para alcanzarlo, ni intenté fijarlo en mi retina. Ícaro al menos quiso darse vuelta y recuperar su centro. Yo no lo pensé siquiera. No logré formar en mi cerebro una frase al menos o una idea incipiente, ni una imagen de algo, ni un boceto, no hubo entre mis neuronas ni siquiera atisbos de algo con potencia para convertirse en el pensamiento de retener a mi universo. Tampoco ejecuté acciones. Menos aún hubo lugar para mis sentimientos. Creo que tuve la intención de buscar algo para asirme y quizás así obligar a mi universo a no dejarme, pero no hubo tiempo para convertir esa intención en movimiento y de pronto me encontré flotando allí, absurdamente afuera. No alcancé a temer, sufrir, extrañar, o acaso experimentar vacío. Ni siquiera dejé de vivir. No morí por falta de aire en mis pulmones ni paró el bombeo de sangre adentro de mis arterias. No me fui de mi universo pero él me arrojó y partió sin mí, y yo quedé ahí, desconectado, sin ninguna relación con nadie, sin interacciones ni intercambios, sin futuros y sin pasados, tampoco presentes, sin dolores ni temores, sin altibajos. Todo se ha ido, todo, y yo sigo aquí, inerme. Perdido. Ausente. Ícaro desposeído. El rostro de la ciudad ya no tiene para mí ningún sentido. Podría haber sido vieja o moderna, sucia o compleja, costera o fría, o costera y fría, ya no importa, la desesperación no varía de acuerdo con el cemento que la determina. ¿La causa? Un par de piernas.

Dos pares de piernas, realmente. Las mías y las de ella. Las suyas, siempre perfectas. Las mías, jamás en la posición correcta. Erguidos como estandartes de una encrucijada que no detecté sino hasta cuando resultó ya muy tarde, cada par simbolizó una opción en el dilema, el dilema ese de siempre, el fundamental, el eterno, ese que el ser humano enfrenta cada vez que debe decidir si su forma de proceder se encontrará, o no, del lado de la decencia. Yo no me di cuenta. No lo advertí cuando mi momento de elegir llegó y me interpeló, no me percaté del reto. No lo enfrenté, tampoco. Tan solo dejé que las cosas sucedieran. Y, sí, sucedieron. No es cierto. No sucedieron. Yo permití que sucedieran, no es lo mismo. Yo las hice suceder en realidad, el pronombre es distinto. Yo *las sucedí*, tragedia. Ahora me encuentro aquí, por fuera de mi universo, condenado sin redención a flotar alrededor de un círculo, a orbitar, como la luna, en torno a mi propio ser monstruoso mientras imploro ante los dioses por un perdón que no llega, o por un castigo definitivo. No escuchan. No escucharán nunca. Desde ese parapeto clausurado que es su mansión distante, ignorarán hasta el fin del tiempo mi plegaria igual que las ignoran todas, jamás abrirán su puerta hermética para dispensar merced a un ser humano. Se han encerrado y no permitirán que a su morada entre ni la más pequeña súplica. Tampoco que salga ni el más minúsculo, incipiente, indulto. Menos aún ninguna dádiva. Después de todo, los dioses no se refugiaron en su Olimpo para escuchar desde allí a las plegarias de la raza humana, sino para protegerse de ella.

La fiesta es un precipicio. Ícaro derriba al ave y se descuelga. No se detiene en su descenso. Al final se quiebra contra el pavimento. Bebo. Bebo. Dionisos nunca ofreció una fiesta en un parque de atracciones. La razón es que él ya sabía lo que yo aprenderé aquí, esta noche. Bebo. El dios de las fiestas se alza y me enreda en su trampa igual que enreda a todos siempre. Todos lo sabemos de antemano siempre. Todos sucumbimos siempre. ¿Trampa? No, realmente. ¿Dionisos? No realmente. Ni siquiera un Ícaro distraído ni un Ícaro inocente. Que los dioses me concedan su perdón o su castigo. Irene detiene el paso al primer acorde, en el mismo instante exacto del sonido. Lo adivina, o lo intuye de repente, no tiene siquiera tiempo para oírlo. Lo siente, tan solo, es la única explicación posible para que ese sonido inesperado y ese paso transformado sucedan al mismo tiempo. En el aire ahora, ambos. El paso y el acorde. Simbióticos. Simultáneos. Ya no más individuales, ya no más sí mismos. Ambos han dejado de ser lo que eran justo en el momento en el que finalmente fueron. Ese es el destino de todo lo que sucede dentro de este algo indescifrable que se llama tiempo, en donde un ahora ya no lo es porque desde ya es un antes. El paso de Irene muere y es reemplazado por uno distinto, uno nuevo que proviene del mismo pie y ocurre en el mismo sitio, al mismo tiempo, uno que se alzó del suelo como un paso en un camino y cayó de inmediato como un compás en un baile. Baile de mujer, danza. La danza de ella. De Irene. La única danza en el universo que podría ser la mía a pesar de ser ajena. Danza extranjera, cadencia extraña. Repentina entre la calzada del parque de diversiones. Inesperada. Irreverente. Inevitable. Esclava del viento que trae una música especial, distinta, hecha de instrumentos inimaginables, Orfeo se divierte. El zumbido hueco y frío de las atracciones férricas se extingue para Irene, seguramente. También los gritos de terror placentero de la gente. Terror mecánico, pienso de un momento a otro casi sin darme cuenta, la raza humana ha convertido en una diversión a un miedo inaguantable.

Un nuevo acorde se enlaza a otro y ese a otro, hilos y bastones, sucesivos y simultáneos, alfombra mágica, urdimbre. Sonidos de otro continente, creo. Vibraciones. A la resonancia de un soplo de impulso breve dentro de una caña se une un golpe seco en el cuero templado de una caja de madera, y enseguida un eco encarcelado, interno, gestado por una cuerda, filamento tenso, resonante, palpitante, que pugna por escaparse desde adentro de otra caja de madera con figura de guitarra, como insistiendo en vivir, en desplazarse, en darse aire. Se agregan aún otros golpes. Y otras cuerdas magnéticas, vibrantes. Y muchos otros sonidos oscilantes. Trepidantes, móviles, fluctuantes. Hasta unas semillas dentro de una esfera se agitan para ofrecer una armonía distinta, sal o sabor por el contraste, palpitación con vida diferente, también sonora, también eco, también magia. La polifonía extranjera se entreteje todavía más etérea, más leve, tapiz de maravilla y contradicción en el origen, entre más compleja más ligera, entre más ligera, más sí misma. Más aérea. Esa es la música del país de Irene. Así es esa música. La música de ella. Vuela todavía mucho más alto y la transporta, quizás, a sueños casi irreconocibles, quizás muy libres, la obliga a volar también hacia muy lejos entre un viento imaginario sin sustancia y sin aire, a través de una nube en exceso alta y también falsa hasta algún lugar remoto e inaccesible poblado quizás de sus recuerdos. ¿De su ancestro? ¿De las voces de su estirpe y de su sangre? De sones incomprensibles y resonantes, en todo caso. Es posible que ni tan siquiera hayan penetrado en su interior por sus oídos, son en realidad sus propios ecos. Vibran en su interior. En su interior se hacen vivos con la materia de sus lugares, tapices transportadores maravillosos, intangibles, invisibles. Eso fue lo que surgió dentro de ella, alcanzo a imaginarme, cuando el primer acorde interrumpió su paso y el siguiente acorde, con su destino de alfombra mágica, la alejó, a medida que se entretejió de a pocos, hacia un mundo propio de otro tiempo y otro espacio en donde hizo de ella una esclava de su propia danza. Irene, ave mágica. Diosa. Ave. Orfeo, dios esencial, cómo negarlo, la rapta. ¿Ella? Mece su cadera hacia un lado. Hacia el otro. Hacia el primero. Endereza el torso. Eleva los brazos. Se mece aún más. Se cimbrea. Vuela.

¿Yo? La miro. De pie, inmóvil entre las sombras. Ajeno a los sonidos. Solitario, subrepticio, en silencio. No. No es cierto, no la miro. Me vuelco en ella con todos mis sentidos. Eros. Eros. Uno de mis clientes pasa y se detiene, me saluda, conversa, ríe, río, bebe, bebo. Me impide verla y me lleno de impaciencia. Me atraganto con mi saliva. Aprieto los dientes. Contraigo los músculos de mis piernas. Suspiro y lo despido. Ahora desvío mis ojos hacia otro lado y me obligo a regresar a mí mismo. A mi alrededor, gritos aterrorizados de los pasajeros en las atracciones mecánicas, risas, fiesta, algarabía. Y la música de Irene, tan extranjera, tan desconocida. Hoy la miro todavía. Condenado, todavía. Estoy atascado en ese recuerdo, todavía. En mis labios, mi propia invocación a esa alfombra mágica en ese mismo tiempo. La de los sueños. La de los deseos que no lograrán jamás cumplirse porque en la vida real los errores del pasado no vuelan a sitios alejados ni se escapan entre nubes ni entre acordes. Tampoco se esfuman encima de los tapices mágicos. Se quedan, junto con sus consecuencias. Inevitables. Insobornables. Inapelables.

La vida es un juez que no está en venta.

Todavía puedo verla. Veo cómo se detuvo para iniciar su baile. Sus pies, sus pasos, sus caderas. Sus pestañas espesas, negras. Su piel perfecta. Repleta. Larga. Húmeda, como siempre. Miraré esa piel en mi memoria por el resto de mi vida, estará por siempre en ella esculpida, telón de fondo y de frente entre el aire que respiro. Lo hace espeso. Lo momifica. Me oprime el pecho. Me desarma. Me aniquila. Ya no puedo respirar de nuevo todo eso. Irene, su vida en ese baile. Esa es la prueba más grande de su inocencia, un culpable no se entrega de esa manera a su propia alfombra mágica. No puede. Demasiado peso, he debido saberlo. La veo en mi memoria y quiero gritarle que no baile. Que se espabile. Que huya de su trance musical mágico. Que se escape de su polifonía y se prepare, se proteja, se defienda, se ponga lejos de nuestro alcance. Lejos de mi alcance. Quiero advertirle que ya ha caído en una trampa definitiva que ensuciará sus manos y enredará sus pasos. Que deberá pagar con toda su existencia por su inocencia. Siempre pasa. No es el grado de inocencia, sino la sevicia del enemigo, lo que establece la magnitud de la condena. No hay que bailar ahora, Irene. Es preciso hacer algo para escapar de la celada, Irene. No bailes, Irene. No bailes. No malgastes ese tiempo irreemplazable, Irene. Haz algo, Irene, algo, cualquier cosa. Ayúdate a ti misma, sálvate, escápate, compra tiempo, yo no acudiré a ayudarte, no lo sé y ya lo sé, tú serás mi víctima, no lo sabes y ya lo sabes, te derribaré como Ícaro a su hermosa ave, por favor detente, no bailes. Que los dioses me concedan su perdón o castigo.

De piedra, la calzada atraviesa a lo largo y ancho el extenso parque de diversiones. Roca gruesa, sólida, lisa, larga.

Flores a lado y lado. Setos. Árboles grandes. Cielo inmenso, ya no azul, todavía no negro. Desde algún lugar, luces de colores y atracciones de hierro que dejan caer de entre sus carros gritos de deleite aterrorizado de sus ocupantes: nuestros compradores con sus secretarias; nuestros empleados; nuestras secretarias; los directivos más importantes y también los directivos sin importancia. Todos con su humor de fiesta de empresa, de esas diseñadas en el mundo de los negocios para homenajear a los clientes. Todos con sus vestimentas apropiadas, con sus actitudes apropiadas, con sus emociones apropiadas y con sus parafernalias. Irene. La observo otra vez en mi recuerdo con ojos de no la mires; de no la sigas; de que nadie sepa que la sigues: de que no te atrevas a mirar sus piernas. Ella continúa su danza. Aérea, ausente, magnífica. Mi diosa. Mi ave. Su cuerpo se mece aún de un acorde al otro, baila, flota, vuela, se aleja en su alfombra mágica mientras yo la observo. Miento. No la observo. No a ella. Tampoco a su danza ni a su vuelo. Ni siquiera veo las transparencias de su vestido. Solo veo su epidermis de mujer, toda húmeda. Sus poros. Su carne. Su cintura pequeña. Sus pezones. Erguidos, igual que siempre. Imposibles. Inaccesibles. Los despojo con mis pupilas de toda seda y todo encaje y los imagino igual que los he imaginado durante todo el tiempo previo. Desnudos. Carnosos. Vibrantes. Generosos. Enhiestos. Ansiosos. Irene, areolas inmensas, oscuras, vivas, pezones endurecidos, condena. Obligo a mis pupilas a ascender todavía otro poco y a mirar sus hombros. Su cuello delgado. Su rostro. Su largo cabello negro. No consigo dominarme por completo y mis ojos descienden otra vez hasta su cintura larga. Su torso en movimiento. Sus pezones. Sus pezones. Sus hombros. Su rostro. Sus ojos que se escapan hasta otro lugar desde atrás de sus pestañas. Sus labios a medio reír. A medio cantar, quizás. Su piel, castigo. Húmeda. Brillante. Llena. No la mires, Samuel Lucas. Desvía tus ojos. Domínalos. Cuenta hasta diez. Cuenta hasta veinte. Hasta cincuenta. Irene. Su cadencia es parsimoniosa, la mujer sensual se mueve de una manera lenta. Siente en su piel, la vida. Cada uno de sus poros grita. Cada uno palpita. Se estremece y pide. Reclama, demanda, gime. ¿Yo? Necesidad. Urgencia. Impulsos arremolinados, pugnaces, incontrolables, explosión de hambres. ¿Irene? Diosa, ave.

Tres clientes nuevos, con bebidas en la mano, atraviesan la calzada, se detienen a mirarla quizás por un momento y se quedan. No se atreven a bailar, sin embargo. Puedo ver en sus ojos brillantes, sus labios silbantes y sus dedos chasqueantes que están deseosos de hacerlo. No se deciden. Al final no se unen al baile, tan solo observan a Irene. ¿La desean también? Seguramente. Dos secretarias obesas, jóvenes, también llegan, también se quedan. Ellas sí se unen a la danza. Quieren imitarla, aunque sin éxito. Sus pechos enormes se sacuden, grotescos, casi. Sus labios se ven fruncidos y replegados. Sus caderas desaforadas parecen atacar al aire con pasos de baile torpes. A nadie importa, se ven felices. Todos se ven felices. Todos, excepto yo, y a mí sí me importa. De pie en una esquina apartada de esta fiesta, siento el impulso de invitarla a bailar. No lo haré jamás, entre más poder se tiene menos se hace lo que se desea. Soy una víctima de mi carrera. No bailo para protegerla. Me privo de toda diversión, de toda compañía, de todo goce, para defenderla. Permanezco apartado, silencioso, solitario, parapetado atrás de un gesto de condescendencia aún en medio de esta fiesta. Esforzándome en disfrutar mi poder nuevo. Maldiciéndolo desde ahora, se está más solo entre más poder se tiene. Ícaro escondiéndose en la sombra de sus propias alas. Ícaro, desde el principio hasta al final, derrotado y solo. Trágico.

Mi deseo de unirme al baile sin vergüenzas se vuelve urgencia. Quiero bailar con Irene sin hacerme preguntas sobre la dignidad de mi apariencia. Sin complejos de alto jefe ni temores de perder poder, esa mala broma. Bebo. Me animo. Bebo otro poco. Empiezo a pensar que unos cuantos pasos de baile deberían ser inofensivos. Me digo que sí, que es posible, que no hay riesgo, y empiezo a acercarme a ella. A Irene, diosa, ave. Adelanto un paso tímido, subrepticio. Uno solo. Miro hacia un lado y hacia el otro sin mover siquiera mi cabeza. Nadie se da cuenta. Bebo. El vaso en mi mano casi tiembla. Casi. La miro y su danza me alienta. Otro paso. Otro sorbo. La esquina de mi poder ahora deja de sentirse, durante un instante, una cárcel. Sonrío, me digo idiota y ojalá que nadie me vea. Siento el impulso de chasquear los dedos al ritmo de la música extranjera. Me contengo otra vez pero avanzo hacia ella otro par de pasos. El sudor empapa mi camisa. Me invento una sonrisa que en realidad es una mueca. No puede ser de otra manera, la ansiedad por acercarme a ella me domina. Más licor. Más pasos, estoy más cerca. La noche oculta mi osadía. Me doy ánimos. Nadie me verá. Todos están distraídos. No me miran. Solo prestan atención a sus bailes y sus risas, sus gritos de terror en los carros mecánicos, algunos hasta se encuentran ocupados en romances escandalosos camuflados detrás de las enormes macetas.

Los acordes resuenan con más fuerza. Más rápidos. Más penetrantes. Bebo un trago más. Otro. Me acerco otro poco. Otros grupos de personas se aproximan y se unen al baile. Irene, diosa. Terpsicore encarna. Terpsicore, ave. Me encuentro tan cerca de ella que casi puedo olerla. Casi. Bailaré yo también. No, no lo haré. ¿Bailaré? No lo hice nunca. En mi tiempo adolescente intenté bailar en algunas fiestas pero fracasé todas las veces porque de un modo inevitable uno de mis pies se alzó cada vez y se mantuvo en punta. Siempre he sido torpe. La postura de mis pies ha sido desde siempre mi pequeña gran tragedia. Para evitar pensar en eso ahora bebo un nuevo trago y me acerco aún más a Irene. Me encuentro ahora al alcance de sus ojos. Me verá quizás y se dará cuenta quizás de que quiero estar con ella, las mujeres siempre saben todas esas cosas. Quizás también Irene, a pesar de que es una mujer extranjera. No puedo seguir pensando en eso ahora porque de repente una persona se interpone en el camino entre Irene y yo, mala sorpresa. Daniel Pirro. Daniel. *Tiendas Integradas*. Daniel Pirro. Cliente, rival, tirano. Esta fiesta de esta noche en este parque de atracciones es un homenaje para él, Daniel Pirro, Presidente de *Tiendas Integradas*. El cliente más importante. El de la cadena internacional con mayor número de puntos de venta en del planeta. El emblema mundial del éxito de una empresa. Y de avaricia. También de arrogancia, humillación, desprecio. Quien no vende a Daniel no existe. Esta noche le anunciaremos la apertura de nuestra nueva planta de fabricación en un país distante, con su reducción enorme en los costos de producción y el aumento descomunal en sus márgenes de ganancia. Menor costo, más ganancia y mayor ventaja para sus propias finanzas. Aun así no tendrá bastante, lo conozco. Es un hombre de empresa y siempre quiere más de todo, igual que cualquier otro. Ningún dios llegó jamás a imaginar la magnitud de la codicia humana. Daniel Pirro, rival.

Cliente. Verdugo. Poder un millón de veces más grande que el mío. ¿La fiesta? Precipicio. El destino hizo de esta noche el momento para el golpe de Ícaro en el pavimento. No, no es cierto. No el destino. Yo mismo. Yo, artífice. Yo, arduo creador de mis alas falsas. De mi vuelo postizo. De mi propia expulsión de mi universo. De mi caída. De la desgracia de Irene. Que los dioses me concedan su perdón o su castigo.

Se encamina hacia mí, Daniel Pirro. Paso firme. Zancadas largas. Arrogancia. Solo, como siempre. Para que no la vea, desvío mis ojos de Irene. Automático, presuroso. ¿Por qué? No lo sé, realmente. Solo sé que siento una urgencia acuciadora por impedir que Daniel Pirro se fije en ella. Me empeño en encontrar con la mirada un lugar para ocultarla, reconozco la estupidez de esa idea y me avergüenzo de mí mismo, pero eso no resuelve lo que de repente se me ha aparecido como un gran problema: evitar que Daniel Pirro descubra a Irene. Impedirle que se acerque a ella. ¿Cómo? Distrayéndolo. Fijando mis pupilas en las suyas con esa fijeza que obliga a las personas a devolver mirada por mirada y a sostenerlas. Interceptándolo. Hablándole de los negocios. Llevándomelo hasta alguna otra parte. Doy comienzo a mi estrategia. Ensayo una especie de sonrisa para Daniel, bebo un sorbo largo, lo miro con toda la fuerza que me es posible y permanezco a la espera mientras él se acerca. Él captura con sus ojos los míos y los sostiene, mientras camina, de una manera intensa. Sarcástica, me parece. Arrogante. No puedo evitar bajar mis ojos, como siempre en su presencia. Mi plan para evitarle descubrir a Irene no marcha bien y me lleno de un malhumor que me recuerda el de mi adolescencia. Insisto en mirarlo otra vez, alzo mi mentón y busco con los míos sus ojos pero de repente y sin quererlo, me inmovilizo y dirijo mi mirada de nuevo al piso. Humilde. Tímido. Patético. Ahora decido seguir adelante con la idea de interceptarlo a medio camino y me obligo a repasar mentalmente mi discurso de negocios. Disminución de costos en un treinta por ciento, al menos. Una nueva planta, en un país pequeño, creará fuentes de empleo que serán vistas con muy buenos ojos en todas las esquinas del planeta. La prensa ya está avisada, habrá cobertura mundial muy importante. Es una estrategia impecable, aumentará nuestras ventas, su bonificación de fin de año, la mía, y el éxito de su compañía y de la mía.

Me repito una vez más todas esas palabras. También me recuerdo a mí mismo que no deberé mirar a Irene para que Daniel Pirro tampoco la vea. No mirarla. No mirarla. No mirarla. Contar hasta diez. Hasta veinte. Hasta treinta. No mirarla. No. Daniel está ya más cerca. Hace un gesto que quiere ser sonrisa, creo, una incipiente e indecisa, una de esas que se arrepienten a medio camino y se congelan. Ahí viene, ya casi llega. Su figura imponente lo precede. Su porte marcial. Sus ademanes de hombre poderoso. Lo detesto. Sin darme siquiera cuenta miro a Irene, diosa, ave. Sin intención. Casi sin desviar mis ojos. Inseguro, tímido. Durante un segundo tan solo, aunque no lo suficientemente breve como para protegerla. Tampoco para protegerme a mí mismo. Soy yo mismo quien me aniquilo ahora, la propia traición es una que nunca se remedia. Daniel Pirro intercepta mi mirada. La sigue. Descubre a Irene. A mi Irene. Desvío otra vez mis ojos cuando advierto a los de Daniel siguiéndola. Muy tarde. La ha visto, Eros al acecho. La sorpresa en sus ojos hace que mi espalda sienta que se hiela. Zelos llega. La mira con interés. Con fijeza. Con admiración. Con deseo. Su cabeza permanece inmóvil pero sus pupilas se deslizan, ruedan, casi giran, se encienden y se apagan, más vivas a medida que él se queda más inmóvil, más intensas. Casi, casi que se agacha para ocultarse, reacción refleja de todo hombre ante toda verdadera hembra. No lo hace y en cambio permanece quieto como una estatua, cazador inmóvil, ya detectó a su presa. La que era mía. La que es mía, no permitiré que se la lleve. Mi ave. Sin saber bien qué es lo que hago, lo llamo. Grito el nombre de Daniel Pirro con el tono de voz de un amigo, casi con entusiasmo. Fingido, innecesario es decirlo. Daniel Pirro alcanza a escucharme por sobre el rugido ronco de la fiesta, creo. Me mira por un instante. Seco. Frío. Distante. Elevo mi brazo y exhibo al aire mi vaso, señuelo, lo golpeo varias veces con el dedo como anunciándolo, ofreciéndoselo, en todo caso, y sonrío. Sonrío, sonrío, sonrío, bufón de circo, para atraer a Daniel hasta el lugar en donde me encuentro. Patético. Durante un segundo parece que lo he conseguido, Daniel Pirro vacila, pero enseguida sus ojos regresan a Irene, gira el torso de un modo lento, sin ruido, y yo me pregunto, absurdo, cómo es posible que alguien tan corpulento pueda conseguir semejante sigilo en su movimiento. Gato o tigre, para el caso es lo mismo, cazador con hambre. Esa clase de hambre. La misma mía. Eros se divierte.

Sé muy bien lo que en este momento Daniel Pirro, cliente, rival y verdugo, vive. Yo ya estuve ahí. Yo ya vi a Irene por primera vez un día. Ya sentí lo que Daniel ahora siente. El mismo impacto. La misma sed. La misma necesidad de ver, irremediable, incontrolable. La misma urgencia por dar a los ojos la ocasión de descubrir mientras que las manos retiran las prendas, las levantan, las despojan, las destrozan. La misma necesidad de palpar, los dedos tienen capacidad para volverse suaves. Toscos, torpes, se transforman en caricias para la piel de una hembra nueva, la que todavía no se conoce, la que aún no se mancilla, la de la mujer que no se inaugura todavía, todavía no se la posee, todavía no se la marchita con el propio peso ni se la ha arruinado aún con la propia saliva, el aliento, las embestidas, los movimientos. Daniel y yo, necesidad de saber, compartida. De descubrir cómo es ella. Qué hace. Qué dice. De qué manera. Ella. ¿Gime o suspira? Quizás grita. O calla. ¿Frígida? Imposible. No ella. No con esa piel repleta. No con esas piernas monumentales. Su calor podría ser lento. ¿Yo? Quiero despertarlo desde el primer momento. Poco a poco. Para beberlo. Para vivirlo desde las manos, desde las yemas de los dedos, desde las palmas que se contraen y se cierran sobre su epidermis para no dejarla ir, para estrujarla, aferrarla, controlarla, asirla, obligarla a sentirse más caliente, más y más, grita, disfruta mi diosa, llora, soy yo quien te produce esto, yo, tu dueño y tú la esclava. Fantasías que despertó Irene. En mí. De seguro también en Daniel Pirro, ahora. De seguro en él se acumularon en ese momento las mismas voluntades, las mismas preguntas. De seguro ya ha empezado a padecer de las mismas necesidades. Ahora él se encamina hacia la danza. Su paso, baile. Sin miedo, poder que se manifiesta. Sacude los hombros al ritmo de la música. Ridículo. Entra en el corrillo, tiene el arrojo del que yo carezco. Malnacido. Un paso hacia ella. Ella, danza. Él, avanza otro paso. Pendejo. Va por ella. No hacia ella, no es un asunto de la dirección en el andar, es un asunto de caza. Nariz dilatada. Mueca de sonrisa. Macho alfa. Ella no lo mira. Su cuerpo se mece, se dobla, se inclina, se alza, se mece otra vez, no lo mira. Él avanza. Él baila.

¿Yo? Espía. Atento a cada movimiento de Daniel Pirro. Sin mirarlo. Sin volver la cabeza. Sonrío, doy una orden a quienquiera que se encuentre cerca, hago que alguien llene otra vez mi vaso y bebo de nuevo. Ella no lo mira. Gracias. Él avanza un poco más mientras baila. Los vientos breves y las percusiones, las cuerdas, las semillas, se han apoderado de Irene y ella danza en ellos, alfombra mágica. Cuento hasta diez. Hasta cincuenta. Mi pie derecho se encuentra en punta. Lo observo en silencio. Lo detesto. Me esfuerzo por controlarme. Bebo. Bebo más. La fiesta se ha convertido en un martirio. La miro. Lo miro. Zelos. Zelos. También Ares. Eros se presentó desde hace tiempo. Daniel baila contorsionándose, payaso feliz, poder que se siente, cazador al lado de su presa. Mueve sus pies como al descuido hasta quedar por completo de frente a ella, y baila. Lo veo. Arrogante. Pendejo. Baila y baila igual que Irene. Ella no lo mira. Gracias. Ella baila. Está en otra parte. En su propio país, el país de su danza, el país a dónde la llevó su música, alfombra mágica. Daniel se esfuerza. Cacería. Ademanes con las manos, malabares al compás que Irene ignora. Movimientos de hombros, de caderas, de dedos al aire. Me repugna. Ella no lo mira. Gracias. Ahora él se coloca justo frente a los ojos de ella, cierra sus puños y los sacude de lado a lado mientras los sigue con su cabeza pero ni aun así logra que ella lo mire. Gracias de nuevo, mi diosa, mi ave. Él insiste. Él es Daniel Pirro, todo el mundo hace lo que él quiere de alguna manera o de otra. Ahora empieza a emitir una especie de grito, algo semejante a un ¡ej!,¡ej!,¡ej! ridículo. Sin sentido pero con concierto, rítmico. Ella continúa bailando sin mirarlo. Él abre sus puños y chasquea sus dedos. Ella ignora también esos movimientos exagerados y esos gritos cortos. Gracias. Ahora él hace pasos como de torero con capote, dobla sus rodillas, se inclina, se endereza, hasta forma una conga que ella todavía ignora. ¿Él? Grasa. Su abdomen de hombre que ya no es joven se sacude sin ninguna gracia. Caerá en cualquier momento de frente, demasiada masa para semejante agitación tremenda. ¿Él? Sudor. Sobaco húmedo. También su espalda. A través del cuello abierto de su camisa se ven descender hilos de agua delgada, copiosa, seguramente salada, seguramente hedionda, seguramente pegajosa, es apenas predecible que alguien como Irene ignore en forma rotunda a semejante cosa. Gracias. Daniel no ha bebido, cazador en medio de su gesta. Malparido. Lo imprevisible, ahora. Maldito. ¿Cómo haberlo esperado? Deja de bailar y se une a la banda. Se acerca a uno de los tambores, se inclina y dice algo al oído de uno de los músicos. El hombre se levanta y Daniel lo reemplaza. Da un golpe seco en la piel del tambor con su palma. Suena mal. Irene lo ignora. Gracias. Otro golpe, mejor sonido. Irene lo ignora. Baila. Otro golpe sobre el tambor también suena mal, aunque suena en todo caso. La miro. Lo ignora. Gracias. Me ignora. Irene, distancia. Las percusiones de Daniel sobre el tambor se multiplican. También los movimientos de Irene, mujer ave, mujer diosa. No puedo hacer nada. Bebo más. Bebo. Ahora Daniel imprime a sus golpes un ritmo distinto. Alterna sus manos en tiempos desiguales, uno largo, uno corto, uno intermedio, la gente corea y él grita sus ¡ej!, ¡ej!, ¡ej! ridículos. Sus golpes esta vez la atrapan. A ella, a mi diosa.

Ella lo mira. Sonríe. Se desliza. Se eleva aún más en su alfombra mágica. Se coloca frente a él. Lo mira otra vez. Sonríe otra vez, lo mira de nuevo, se queda mirándolo mientras baila. Por una mirada de esas derribó Ícaro a su ave. Irene se mece sin detenerse. Sacude su piel. Sus poros. Su humedad. Su brillo. Su cuerpo de diosa repleta, turgente, urgente pero impasible. Daniel Pirro golpea el tambor todavía más fuerte. De reojo, ella todavía lo mira mientras baila. Daniel toca todavía con más fuerza. La sonrisa en los labios de Irene es completa. Feliz. Jugosa. Apetitosa. También su piel, aún más fresca. Más sensual su movimiento. Más danza. Frenesí, ahora. Su cintura oscila de un lado al otro. Pequeña. Viva. Sus senos se expanden y se inclinan. Van a caer, van a caer, no caen. Sus manos vuelan, alas. Lo mira. Sonríe. Canturrea. Y baila. Coqueta. Quiere con él, mujer que no vale la pena. Daniel golpea el tambor más fuerte. Ahora imprime un tercer ritmo diferente. Alterna sus manos con tiempos distintos, uno largo, uno corto, uno intermedio, la gente corea y él grita sus ¡ej!, ¡ej!, ¡ej! ridículos. Ella lo mira y baila. Baila. Tararea. Ríe. Baila para él. Para que él la mire. Para que él la admire. Para que él la desee, creo. Igual que yo. Igual que todos. Perdida. Extranjera. Indigna. ¿Qué hacer? Mi pie izquierdo se encuentra en punta. Como siempre. Los golpes en los tambores me martirizan con sus ecos de flautas y de guitarras. Ya no más alfombras mágicas. Ya no más curiosidad por el país de Irene. Ya no más orgullo por la nueva planta. Ya no más amor por ella, sentimiento rendido, escondido, vivo. ¿Yo? Títere. Eso es lo que he sido desde que la conocí. Por causa de sus piernas, de sus pezones endurecidos, de su piel repleta. Más licor. Aún otro poco.

Inesperado, un resplandor multicolor divide el cielo negro en segmentos desiguales. Pedazos de luz de color morado, verde, rojo, naranja, o blanco, salpican por todas partes y forman líneas continuas, rectas, curvas, intermitentes o incompletas, que se unen en figuras efímeras. Haces de luz.

Arbustos. Estrellas. Galaxias enteras. Titilan y tiritan, como dice el poeta. También danzan igual que Irene. Se agitan de un lado para otro, cimbreándose, casi, ejecutando pasos de baile, casi, desplazándose hacia lado y lado, hacia el frente, hacia abajo. Como ella. Al final forman en medio de la negrura una ceiba enorme que se alza de repente, queda suspendida en el firmamento por un instante y enseguida se deshace. Es un espectáculo muy bien logrado de fuegos artificiales, hasta yo alcanzo a darme cuenta. Casi todos los admiran con sus cuellos doblados hacia arriba, expresiones de asombro, y sonrisas. Los dioses estarán contentos. Yo no. No consigo disfrutar de nada de esto. No puedo. Irene sí, es obvio. Continúa moviendo de aquí para allá su cuerpo pecaminoso. Siento rabia. Bebo. Bebo. Bebo. En la distancia, entre la penumbra, reconozco a una silueta que odio. Me distrae por un momento y dejo de espiar a Irene y a Daniel Pirro. Obesa, la silueta se aleja con dificultad, bamboleándose, despacio. Sigiloso, creo, miedoso. Abel Solo. Su imagen detestable se descubre sin avisos frente a mis ojos y algo dentro de mí emite una señal de alerta, cuando la tragedia echa a andar no hay nada que la detenga. Abel Solo. Repugnancia. Se oculta atrás de un arbusto hasta casi desaparecer del todo. ¿Qué se trae?

Aguzo mis ojos. El cuerpo en exceso grueso de Abel Solo se mimetiza con el entorno y parece que se deshace entre la vegetación y las sombras. Me esfuerzo por no perderlo pero su camuflaje entre los arbustos y la negrura es perfecto. De nuevo lo pierdo y de nuevo empeño en la oscuridad, intensamente, mis pupilas, hasta que encuentro otra vez su contorno amorfo. Ahí está, camaleónico. No mira hacia el cielo, él también ignora los juegos pirotécnicos. Me lleno de sospechas. Alarma. Algo trama. Tiene un no sé qué furtivo en su postura, un no sé qué conspirador, avieso. No hay lugar siquiera para experimentar sorpresa, Abel Solo es, por definición, traicionero y sucio. Corrompido. Lo mido con uno de mis ojos mientras que el otro permanece fijo en ella. Sin pensarlo empiezo a caminar de medio lado hasta dónde él se encuentra. Los tambores resuenan, el cielo se ilumina y se apaga con la intermitencia pirotécnica, fuegos artificiales que ella no mira, siquiera, porque ahora danza para exhibirse frente a Daniel Pirro. Mientras tanto yo avanzo hacia Abel Solo en zancadas horizontales, discontinuas, lentas. Aprovecho cada obstáculo en mi camino para asegurarme de que no seré visto. Un seto aquí. Una banca de piedra más tarde. Un cubo de basura gigantesco. Una persona que observa, embelesada, las luces de colores. Tampoco pierdo de vista a Irene. Y avanzo hacia mi enemigo. Un paso largo. Me agacho hasta desaparecer atrás de unas flores. Un paso corto. Otro. Saludo con un movimiento de cabeza a un cliente y desvío de inmediato mis ojos para evitar que me detenga. Una zancada nueva. Me detengo. Respiro con rapidez, ansioso. El vaso en mi mano tiembla y el poco licor que todavía contiene por poco se vierte. Lo bebo todo y abandono el vaso al pie de un pequeño obelisco de piedra con flechas que señalan en diferentes direcciones, hacia el suroeste, en naranja, los baños; hacia el noreste la cafetería en verde; hacia el sur, azul y blanco, las atracciones acuáticas. Irene danza. Algo ha cambiado en Abel Solo, enemigo. Se ha movido un poco. Su cuerpo se ha inclinado levemente hacia adelante y su cabeza se vuelve hacia un lado y hacia el otro. Es evidente que espera a alguien. ¿A Mónica, cero, cero, siete?

Hago un intento por caminar de frente para apresurarme pero mis pies trastabillan y me veo obligado a regresar a mi andar de lado, furtivo. Sí. Allá viene Mónica, no podría ser nadie distinto. Mónica. Siempre está cerca de él, y viceversa. Alguna vez me he preguntado si algo sexual sucede entre ellos, tan obvia es su complicidad para sus crímenes de empresa. No creo que sea así, sin embargo, el placer que encuentran juntos en causarle daño a la gente de seguro es más fuerte que cualquier goce de sus cuerpos. Sucede de ese modo, con cierta clase de personas, muchísimas veces. ¿La mayor parte de las veces? ¿Con la mayoría de las personas? Nadie podría determinarlo a ciencia cierta. Sin embargo sé por la experiencia de mi propio cuerpo que hoy en día la búsqueda de poder es más fuerte que cualquier otro impulso, incluyendo el sexo. Triste. Trágico. Observo con atención, todavía desde lejos, el encuentro entre Abel Solo y Mónica. No se saludan. No hay apretón de manos ni venias con la cabeza. No consigo ver si hay sonrisas. No intento siquiera escuchar lo que dicen debido al sonido enervante de esa música extranjera, aunque sí alcanzo a distinguir entre la penumbra, en cambio, el lenguaje de sus cuerpos. Se encuentran muy cerca, casi no hay ninguna distancia entre ellos. Me pregunto si la besará pero no percibo ninguna ternura entre ellos. Tampoco electricidad ni química. En cambio me asalta, súbito, claro, poderoso, el presentimiento de que algo siniestro se ha generado en este momento. Me estremezco. ¿Una catástrofe de la naturaleza, como por ejemplo un huracán o un terremoto? No, no es eso. ¿Un asalto terrorista o un atraco masivo al parque? Tampoco. Una tragedia. Siento escalofrío. Mónica se acerca a él aún más de frente hasta casi hundirse bajo la quijada de Abel Solo. Él se inclina. Ella parece que se empina, alza el mentón, cubre con una misma mano, al tiempo su boca y la oreja de Abel Solo, y dice algo en su oído. Él asiente con la cabeza. Se aparta un poco y la mira de frente. De repente extrae de entre el bolsillo de su camisa algo que en la distancia parece un atado de papeles y se lo entrega. Mónica lo guarda de manera apresurada entre su cartera.

Me lleno de un asco enorme que enmascara el presentimiento trágico. Sea lo que sea lo que Abel Solo y Mónica están haciendo, de seguro no es nada bueno, más bien será una trampa sucia para arruinar la carrera de alguien, siempre lo hacen. También siento desprecio por mí mismo porque sé que no haré nada para impedirlo. Ya ha sucedido antes y sucederá de nuevo. No me opondré a menos que su artimaña tenga algo que ver con mi carrera. No vale la pena un esfuerzo para oponerme, que me desgasta, me distrae y me molesta. Ordeno a un camarero que pasa cerca una nueva bebida y la apuro con prisa. Una nueva figura se aproxima a Abel Solo y Mónica desde un sendero de setos. Amanda. Presurosa y también furtiva. Y aún otra más, Andrea, de repente iluminada con el brillo multicolor que ha dejado el último destello de la descomunal ceiba. ¿Conciliábulo, aquelarre, o tan solo gallinero? Vuelvo a mirar a Irene como para asegurarme de que aún sigue ahí, en su alfombra mágica, entregada a su danza, al alcance de mi ojos. Sus dos brazos se elevan al mismo tiempo hasta formar una especie de marco para su cabeza y permanecen suspendidos mientras se mecen ambos al mismo tiempo hacia un lado, hacia el otro, hacia el primero. Semejan las alas de un ave que vuelan con libertad, con gracia. Es un espectáculo muy hermoso. Regreso enseguida mis ojos a lo que sucede alrededor de Abel Solo. Mónica, Andrea y Amanda se han apartado un poco de él y han formado una especie de círculo. Ahora las tres, simultáneas, parece que se disponen a bailar también desde su sitio. Se separan un poco entre sí, sin romper el círculo, se miran y alejan un poco los brazos del cuerpo. Levantan los codos. Los sacuden. Los pegan al cuerpo, los despegan y los sacuden y comienzan la secuencia entera de nuevo. También agitan sus caderas y zapatean contra la grama. Sus movimientos son torpes, desiguales, no poseen ritmo ni coordinación alguna. Me recuerdan los de las gallinas. Es un espectáculo horroroso.

II

Primero, los labios. Entreabiertos. Los miro de frente. Pospongo mirarme en los ojos para luego, para cuando la luz de afuera que aún no llega pueda descubrirlos, o iluminarlos y otorgarles vida, aunque en el fondo es posible que en realidad posponga para nunca, o que voy a posponer por siempre. Posponer el acto de mirar en ciertas direcciones es una manera de posponer el sufrimiento. Pospongo mirarme en los ojos, de todos modos. Pospongo. ¿Miedo? Sin duda. Fijo mi atención, en cambio, en los labios. Semejan a una línea recta. Oscura. Hundida. Vacía. Perdida entre dos remedos de colinas que se alargan en sentido horizontal, extensas, todavía rosadas aunque ahora mustias, que ascendían, a veces, o se descolgaban, se bebían el aire, y lo devolvían, lo empujaban sin esfuerzo o lo dejaban salir apenas, fluir, caer, agua hecha de su propia fuerza, cascada, risa que ya no se escucha. Tampoco su voz, vocales ni consonantes. Ni siquiera suspiros. Silencio. Labios de museo de cera. No importa si mis ojos oscilan o se detienen, se distraen o se empeñan, esos labios no se mueven, y yo sigo ahí, adherido, a la espera de una señal de vida, un rictus o un respingo, un movimiento cualquiera. Quisiera estirar mis manos para abrirlos del todo a la fuerza, estrujarlos y cerrarlos luego con la presión de mis dedos, lo que sea necesario hacer, para que se muevan. No ocurre. No ocurrirá nunca. Lo sé. No quiero saberlo. Y espero. Espero. Espero. Ese tiempo dedicado a esperar es inútil, vano. También es indispensable, la esperanza es lo único en todo el universo que tiene el poder de prolongar la vida y esperar es una manera de buscarla. De intentar aprisionarla. De querer confinarla para que no se vaya. Para que no se agote. Para que no se deshaga. Esa es precisamente la manera de acabarla porque la vida es móvil, latido. Y estos labios que yo miro, ya no laten. Mi desesperación en cambio, sí, palpita. Vibra. Se desenvuelve. En algún instante pudo haber sido un esbozo semejante a una sensación de alarma, pero luego inevitablemente se volvió esa clase de esperanza que llega de pronto, con la intención de marcharse también pronto. No hay que permitírselo. Después se abrirá por completo la desesperanza. Nada que se haga, nada que se intente, nada que se sueñe sirve. Es ahí precisamente dónde yo me encuentro. Toda la fuerza de mi mirada no alcanza para hacer que esos labios se muevan. Ha llegado al momento en el que un alarido o un insulto provenientes de ellos tendrían efecto de cataclismo, de perdón universal, cósmico, definitivo. No llega. Ícaro produce su propio castigo. También miro sus pies, tampoco viven. No andarán ya más sus pies de muñeca, ahora de madera muerta. Ya no llevarán por dentro caminos ni sendas para desgajarlos entre paso y paso. Ni humedales ni cañadas, ni yermos, ni arenas, ni tierras desmenuzadas, ni siquiera calzadas hechas con cal y cemento, tendrán otra vez su peso. No se cimbrearán con su contoneo ni se extenderán humildes a su paso. Ya no. Ya nunca. Ella no creará sus propias huellas. No desdoblará hacia adelante sus pisadas, siempre provisionales por ser siempre humanas, siempre inciertas, incompletas, inconstantes, de ningún modo perfectas, de ningún modo del todo impresas, de ningún modo finales porque hay siempre un más adelante que solo termina cuando ya no hay más nada. El camino no existe nunca, se inventa, se rapta del aire cada vez y se arroja frente al siguiente paso, peldaño, terreno o nube, para posarse un instante antes de robarse el otro, y el siguiente, y otro, cada andar originado en su propio aliento, en su propio impulso de seguir andando y seguir inventando que se dejan huellas, que se quedan, que existirán después de la propia presencia. Ese, ya no es más su caso. Esa que duerme sin moverse, no es más Irene. Ya no. Ya nunca. Ya no volará entre el humo ni entre las nubes, tampoco. Ya no tiene alas, carece de sus propios vientos. No tiene impulsos para emprenderse, ni siquiera levedades para mecerse en el aire. Solo queda para ella un dejarse ir, terrible, ausente de voluntades, uno que la lleva a ninguna parte, o a todas, podría flotar como una hoja simple sobre un río claro, u oscuro, en círculos algunas veces, enredada con arbustos, con basuras, con animales, sin significados, o avanzar algunas otras veces hacia otros ríos y otros mares, sin concursos ni voluntades, tan carente de sí misma, tan ausente de significado. Fardo.   Sus brazos, ahora. De igual modo los miro. Colgantes, rígidos, una vez enredadera que se batió contra el viento. Lo desafió y lo obligó a rodearla. A abrazarla. A raptarla para llevarla consigo. Convirtió ese viento en un guerrero. Uno que sucumbió a su levedad de fémina, trampa, red, abismo, esa mujer adorada se robó sus armaduras y lo rindió a sus pies de reina. Uno que ahí, y ahora, despojado y desnudo, ya sin su valor, ya sin sus enemigos, ya sin sus guerras, reducido a nada, por fin solo él, él tan solo, guerrero que en frente de sí mismo, ya sin su valentía ni sus armas, se fundió en ella para acariciarla, para beberla quizás, para contemplarla y al final izarla como un homenaje al dios que tuvo el privilegio de crearla. Inmóviles ahora, están esos brazos hechos para desplegarse, alzarse, agitarse. No lo hacen. No lo harán ya nunca. Su condena es carecer de vuelo. La mía, saberlo. Atestiguarlo. Hundirme despacio entre esta certeza, cenagal que asfixia, aire envenenado que se cuela despacio, poro por poro, duele, enferma, rompe la piel y los órganos. Ícaro se precipita otra vez, cae aún después de haber caído, alas pegadas con cera. Mil moléculas de arista fina claman por mi sangre, la consiguen, la salpican por todas partes. Después, anestesiada ya, seca ya, sin vida ya, mi piel ya ni siente la tortura de esta herida abierta y solo es ahora cuando me doy cuenta de que mi sangre no vale nada.

La noche ya no es penumbra, es noche. Cerrada. Negra, sin matices. Se despliega por todas partes, interminable. Bebo. Antorchas en las esquinas entremezclan su luz con luces artificiales para dar a todas las cosas contornos fantasmales, difusos, irreales. Al viento, sus llamas se unen a la danza. Su resplandor me ataca, agazapado, con latigazos que provienen al mismo tiempo de varias partes, de todas partes, y causan heridas lentas, pequeñas, afiladas, ninguna de ellas lo bastante intensa como para aniquilar, cada una y todas al tiempo tan mortales que de las alas de Ícaro ya casi no queda nada. Irene baila para mi rival, Daniel Pirro. Se exhibe para él, coqueta. Yo la miro. También lo miro a él, verdugo. ¿Él? Canta. Toca los tambores. Grita para ella su ¡ej!, ¡ej!, ¡ej! ridículo. Al final deja de tocar, se levanta, de nuevo baila. Lo observo también, distorsionado entre la iluminación difusa, cíclope en su victoria. Lo espío. Lo mido. El sonido de otros tambores y de sus ¡ej!, ¡ej!, ¡ej! ridículos, se combinan en un rumor de río estigio que acalla el ritmo febril de la alfombra mágica y lo convierte en vibraciones de odio a muerte. El odio de siempre. El que hizo a Ícaro desear sus alas para poder escapar y vengarse. El odio resentido. El que acumula gota a gota, con avaricia, la persona que siempre pierde. Lo atesora. Lo resguarda como en una ánfora. Cada vez que el adversario lo vence, recoge su odio. Lo olfatea. Lo saborea. Lo deposita junto al que ya existe. Lo mide de nuevo para asegurar que ahora es mayor que antes. Se asegura de no perder ni un ápice y se dedica a esperar por la ocasión siguiente para agregar más odio. Más y más. Siempre más odio. Quizás esa es la razón de fondo por la que esa siguiente vez también pierde. Para odiar mejor. Para odiar de un modo más fuerte. ¿Yo? El que siempre perdió frente a Daniel Pirro. El que odió. El que hizo de él, con mi propia torpeza, mucho menos un rival y mucho más un verdugo. Cada llamarada en esta noche de fiesta lo comprueba. También lo ha comprobado cada encuentro con él y cada momento en su presencia. Desde el primero hasta ahora. Desde la noche de esa primera cena en homenaje suyo hasta cada tarde desde entonces en el campo de golf, con mi derrota sempiterna.

Hasta dibujé un rectángulo imaginario en el terreno la víspera de esta fiesta. Puedo verlo todavía desde la esquina donde ahora observo bailar a Irene. Horizontal, semejante a un corredor delgado. Morado para hacerlo resaltar contra el campo verde. La base muy amplia, más pequeños los lados verticales. Me planté en el centro con los pies separados y giré un poco. El rectángulo resultó muy pequeño. Mierda. Temblaron mis piernas. Me obligué a pensar que nada importaría nada. No funcionó, todavía me sentí nervioso. Maldije a Daniel Pirro. Para disimular, levanté mi quijada, estrategia vieja, mirar desde arriba a la gente siempre me hizo sentir mejor, siempre. No lo suficiente en frente de Daniel Pirro esta vez tampoco. Invoqué la ayuda de los dioses pero no hicieron nada. Me he preguntado si al cabo del tiempo se congelaron allá arriba en el Olimpo y por eso es que jamás responden. Mis piernas, más temblores. Mis ojos, dibujantes inexpertos de rectángulos sin existencia. Yo, arquitecto cuidadoso de mis errores. Construí otro rectángulo mental, negro, alrededor de mis rodillas. Un tercero, gris denso, me obligó a rectificar la cadera. Con la ayuda de otro más, blanco, encuadré mis hombros. Mi temblor cedió un poco, lo noté y gané confianza. Gracias. Presioné la grama. Miré de reojo a Daniel Pirro y solo encontré su soberbia cotidiana. Imbécil. Evalué todo de nuevo: pies, rodillas, cadera y hombros en alineación perfecta. Agarré el palo con fuerza, lo elevé hacia atrás y descargué mi golpe con todo el fervor que pude. La bola voló con la brisa. Ágil. Alada. Aérea. Libre de la gravedad. Soberana en la levedad de su propia naturaleza. La seguí, inmóvil. Viajó en el aire a gran velocidad y por un instante su vuelo simbolizó la perfección de un golfista experto. Impecable, todo: la agilidad en el vuelo de la bola, su ángulo, la velocidad del viento. Daniel Pirro pensó lo mismo, creo, porque leí en sus ojos algo que casi, casi, percibí como una muestra de respeto. Casi. La bola cayó y se desplazó, autónoma. Mi pulso y mi aliento se detuvieron.

Casi. Blanca y ágil, como un animal enano, la esfera de mi condena rodó por un tramo corto en línea recta, hizo un giro repentino, enfiló hacia la izquierda en dirección opuesta al hoyo y se inmovilizó en el borde de una especie de cuesta. Mierda. Doble mierda. Mi cara, pálida. Mis labios, sangrantes. Los mordí con excesiva fuerza. Mi expresión, sonriente. Controlada, hipócrita. Los dioses que no vinieron en mi ayuda al golpear la bola sí se ocuparon de poner sobre mi rostro una careta. Quizás para hacer aún mayor su burla. Quizás para divertirse todavía más a expensas mías, prolongando la contienda. Los rectángulos imaginarios perdieron su alineación. Mis piernas, su sensación de fuerza.

—¡Maldito vicio izquierdo!

Mi voz sonó destemplada, casi como la de una mujer histérica, y eso me produjo todavía más vergüenza. ¿Yo? Humillación, sonrojo, furia para conmigo mismo, vergüenza y pena. Abel Solo me miró con su mirada adulona de perro, mirada de subalterno. Con su optimismo falso. Con el sarcasmo callado que me dedicó cada vez, a lo largo de todos mis años de lucha perdida contra mi maldito vicio izquierdo. Eufemismo, eso del vicio izquierdo. Disfraz, engañifa. Mi golpe arrojó la bola siempre, siempre, siempre, hacia el lado zurdo de mi cuerpo, enemigo agazapado. Me persiguió, se burló, atrapó la bola y la succionó siempre. Burlas provenientes del Olimpo. Retos. Batallas grotescas. Hoyo, tras hoyo, tras hoyo, tras hoyo, a mi golpe la bola enrumbó todas las veces hacia el lado izquierdo. Ensayé terrenos nuevos, palos de golf más pesados o más livianos, guantes de todas las clases, balanceos más amplios o menores, rectángulos imaginarios para alinear mi cuerpo, cálculos del ángulo, la velocidad y el viento, y aun así jamás derroté al vicio izquierdo. Se adhirió a mi imagen en el terreno como una joroba que no estuvo en mi cuerpo sino en su sombra, o un cáncer creciente, externo, viscoso, insidioso, repulsivo, maldito. Los dioses no me fueron nunca propicios, se rieron a carcajadas de cada uno de mis esfuerzos. Caminé hacia el hoyo, despacio. Pasos cortos. Trayecto corto. El viento se detuvo. Céfiro o Eolo, antiguo cómplice, antiguo enemigo. Se extinguió. Se deshizo. Dejó de existir en ese instante. Todo viento inmóvil ya no es viento sino sólo aire, de la misma forma como en la vida de los hombres se es un ganador y un poderoso, o un pobre idiota, no hay lugares intermedios. Me sentí pintoresco, una especie de cosa curiosa. Quizás no una cosa sino una persona curiosa, aquí no importa el sustantivo sino el adjetivo y este adjetivo indica que mi esfuerzo por ganarle al golf a Daniel Pirro me volvió ridículo. Ícaro no dominó del todo el arte del vuelo. Ícaro, alas pegadas con cera. Cambié de palo y sin pensarlo más, asesté un golpe seco. El desvío zurdo resultó ahora leve. Gracias. Casi, casi, alcancé esta vez el hoyo noveno. Casi. Casi logré un golpe perfecto. Casi. ¿Abel Solo? Sorprendido. ¿Daniel Pirro? Envidioso. Ambos, aspirantes a macho alfa, fallidos. Alcancé a expandir mi torso con orgullo. Pendejo. No hay que sonreír antes de tiempo. La esfera blanca se desplazó con prisa excesiva, recorrió algunos centímetros hacia adelante, torció inevitable a la izquierda y sobrepasó el hoyo sin tocarlo. Todo pareció ahora estar hecho de silencio. Espeso. Absoluto. Progresivo. Móvil. Asfixiante. Se extendió despacio, semejante a una sábana que cubrió poco a poco el aire. Se desdobló sin prisa. Sin sorpresa. Silencio. Miradas esquivas. Silencio. Los dioses se quedaron sin sus sonidos, o quizás se ausentaron decepcionados, sorprendidos.

¿Yo? Ajeno. ¿Yo? Aislado. ¿Yo? Silencio. Abel Solo, mirada evasiva. Daniel Pirro, suspiro. Suspiro. Suspiró. ¡¡Sus - p i - ró!! Malnacido. Hijo de puta. Malparido. Destruyó el silencio con un suspiro sonoro, extravagante, prolongado, excesivo. Cabrón de mierdas. Se arrogó el derecho a suspirar como quien reacciona con condescendencia a una ofensa de alguien inferior o indigno. Como quien se sabe mejor, o más fuerte, y se llena de paciencia ante la torpeza ajena. Como quien perdona. Malparido. Su suspiró me golpeó el rostro con fuerza y sentí el agravio. Tuve que tragármelo. Tuve que quedarme en silencio, sonreír y aceptar la ofensa, digerirla atrás de mi careta. La obligué a entremezclarse con mi oxígeno y mi sangre para evitar robar, al cliente más importante, la satisfacción de humillarme, a mí, Presidente de mi compañía. Que yo sea el Presidente de mi compañía no ha tenido jamás ninguna importancia para Daniel Pirro. En realidad para ningún cliente. Quien compra humilla siempre a quien vende, aún en este país universal que es meca para todo el mundo, donde todos han crecido sabiendo que son hijos de la nación más poderosa de la tierra. Daniel Pirro, rival y cliente. Mi vida empeñada a complacerlo y a que él vea mi esfuerzo. También a ganarle y a que él no lo advierta. El resto de la tarde me trajo todavía más miseria. Debí dedicarme a revisar todos los preparativos para esta fiesta que es un homenaje a Daniel Pirro. Debí asegurarme de lograr el teatro perfecto dónde informarle de nuestra estrategia para hacerlo todavía más feliz y más triunfante. Debí escoger las atracciones del parque, la música, las antorchas. Hasta debí encargarme por mí mismo de comprarle su licor de malta favorito, ese que él se negó a recibirme cuando quise interponerme hace un momento entre él e Irene. Ahora la danza imprevista de mi diosa, mi ave, se ha convertido en una más de mis humillaciones de todas las veces. También en una ofrenda más para su soberbia, Daniel Pirro saborea a Irene en esa danza. Se la bebe con su baile. Mientras tanto yo me quedo casi oculto en mi esquina para no estorbarle. Los dioses se ríen de mí desde su Olimpo, igual que siempre. Al cabo de su suspiro en el campo de golf, me miró desde arriba hasta abajo, maestro también en miradas verticales, arte refinado de la ofensa. Evadió mis ojos, resbaló mi quijada y mi torso, saltó mi cadera y se estancó más abajo de mis rodillas. Seguí el curso de su mirada, y la mía se atascó, como la suya, en mi pie izquierdo. Mi pie izquierdo. Mi pie izquierdo, traición a mí mismo. ¿Yo? Sudor frío. Contar hasta cinco, contar hasta cincuenta, contar hasta ciento noventa, poner todo detrás de una cámara lenta. Odié con más fuerza que siempre a mi pie izquierdo. Apoyado sólo en la punta, pareció esconderse atrás del derecho, casi a punto de dar un paso. Suspendido, sin embargo. Esa ha sido desde el comienzo de la humanidad una postura indecisa. Propia de gente insegura. De pusilánimes. De quienes no saben si andar o parar, si irse o quedarse. Algo inaceptable en una persona de mi posición y mi jerarquía. Nunca un dios del Olimpo pudo haberse visto de pie en esa postura. Tampoco Daniel Pirro. Ni siquiera Ícaro. Ni siquiera antes de adquirir sus alas. Ni siquiera después de perderlas. Mierda. Mierda otra vez. Mierda. Mierda. Traje hacia adelante el pie, apoyé el talón, lo aparté del otro un poco, enderecé mis hombros e intenté recuperar la dignidad de mi apariencia. Fracaso ardiente.

Quizás Daniel Pirro sí es mejor que yo, después de todo. Quizás yo lo sé desde el primer instante en que lo vi, hace más de una década, en su puesto de exhibición cercano al mío, durante una feria de nuestra industria. Su paso en ese, nuestro primer encuentro, ya marcial. Elegante. Encarnación de la consistencia. Su espalda, una línea recta. Su mirada, estandarte de confianza en sí mismo. Arrogante. Pendejo. Me sentí pequeño. Su seguridad, una ofensa. Presidente de *Tiendas Integradas*. Petulante. Quizás se sabía desde entonces un hijo privilegiado de todos los dioses. Quizás se sabía ya destinado a ser complacido como a un dios en todos los confines del planeta tierra. Quizás convenció de eso a los dioses, y también a los humanos, con la fuerza de su soberbia. Zelos. Afilada daga, la envidia que atravesó mi tórax desde mi espalda. Zelos. Envidia de cara pálida, enormes orejas, hocico seseante y ojos grandes semejantes a los de un chacal a punto de atacar el cuello de alguien y cortar su flujo de sangre. Zelos. Envidia. Hecha de la rabia de que el otro viva, de que el otro tenga, de que el otro ría. Envidia. Exclusiva de la especie humana. Moviliza aspiraciones aberrantes, avaricia, sed de poder, lujuria por la hembra ajena. Envidia. Envidia, sí, y no me importa. Me acerqué despacio. Con el mismo paso inseguro de cada tarde futura en el campo de golf, y de esta noche de fiesta en el parque de diversiones, maldita fiesta de mi tragedia. De la tragedia de Irene. De nuestra tragedia. Ícaro derribará a su ave y enseguida perderá sus alas pegadas con cera. Que los dioses me concedan su perdón o su castigo. Me humillé y me humilló desde ese primer momento. Extendí mi brazo para saludarlo y pronuncié la marca de mi producto inmediatamente después de mi nombre y apellido, servil, indigno. Se fijó en mis pies y preguntó si aún existían compradores para un artículo tan inútil como el mío en ése tiempo de economía difícil. ¿Yo? Minúsculo. Mi boca, muerta. Ni mi quijada, ni mis labios, ni mi lengua se movieron en absoluto para producir una respuesta. ¿Qué vio Daniel Pirro en ese encuentro? Mis pies. Ridículos. Ridículos en ese primer momento, ridículos muchos años después frente al hoyo noveno, siempre ridículos. Mi pie izquierdo en punta atrás del derecho, casi a punto de dar un paso. Infames mis pies. Ambos. Todo el tiempo. Contar hasta diez, contar hasta cincuenta, contar hasta ciento noventa. Pretender que todo ocurre al otro lado de una cámara lenta. Mirarlo a los ojos. Enderezarse. Erguir los hombros. Alzar la cabeza. Hay quienes se humillan a sí mismos de tal modo que es imposible resistirse al impulso de agredirlos. Mis pies transmitieron eso. Que yo era una persona de esas. Un indeciso. Un payaso. Un pobre pendejo. Apoyé el talón izquierdo pero no lo adelanté, idiota. Me sentí más inseguro. Lucí, más inseguro. Imbécil. Sonreí con un suspiro. ¿Suspiré con una sonrisa? No lo sé. No conozco el nombre de ese gesto humano donde la sonrisa y el suspiro se interceptan y compiten entre sí por un mismo espacio al mismo tiempo. Mi sonrisa, en todo caso imbécil. Mi suspiro, también imbécil. Ofrecí una respuesta después de un larguísimo minuto. Mis palabras, balbuceo inconexo. Mi postura, abyecta. Después de mil minutos interminables me repuse un poco y, como respuesta, ofrecí compartir con él los más recientes pronósticos de mi División de Ventas, esa misma noche durante la cena. Inclinó al final con condescendencia su cabeza, aceptó y dio las gracias. Aceptó, todavía no entiendo cómo. No importa. Aceptó. Aceptó, júbilo. Aceptó y me obligué a disimular mi sorpresa.

En el universo que perdí, todavía hoy ese momento cuenta. *Tiendas Integradas* todavía es el cliente más importante que jamás tuvo esa compañía. También cuenta en el parque de diversiones frente a la danza de Irene en su alfombra mágica, después de todo trajo a Daniel Pirro a bailar junto a ella con todo y sus ¡ej! ¡ej! ¡ej! ridículos. Sobre todo ese momento cuenta en el mundo irreal y lento, carente de mi propio universo, donde ahora mi mirada se bambolea. Donde espero una sonrisa, un movimiento, una frase aunque sea corta o discontinua, una esperanza cualquiera, aunque ya no cuenten para nada ni mis pies con sus traiciones, ni el hoyo noveno, ni siquiera esa cena. No. No es cierto. Esa cena sí cuenta. Escalda mi piel en pedazos pequeños, minúsculos en realidad, dispersos, esparcidos allá y aquí sin plano ni cuadrícula, un pedazo en el pecho, otro en la frente, en el brazo, la pierna, el pecho otra vez, no es posible predecir a dónde llega. Imprevistos, los pedazos de recuerdo se reproducen de prisa. También se incrustan más adentro. No sé nunca qué va a presentarse después, o antes, si la imagen de Irene, la figura de Daniel Pirro, o mi estampa cerca de ellos, deforme, inútil, enfrascada en una batalla sin sentido contra mi postura, siempre inútil, tan improductiva como cada una de mis luchas contra el vicio izquierdo, contra Daniel Pirro, contra Abel Solo, contra todo aquello que amenazó mi poder, mi autoridad, mis altos salarios, mis bonificaciones de fin de año, mi prestigio de alto directivo. Nada de eso trajo a mi vida nada significativo. Me arrojó fuera de mi universo, en cambio. Con sevicia. Me expulsó desde mi propio mundo a un espacio muerto, lóbrego, frío. Un espacio sin final y sin fronteras donde ya no hay personas, actividades ni objetivos, Ícaro ahora sin sus alas, abatido. Daniel Pirro aceptó mi invitación a esa primera cena y en ese momento definió nuestro destino, el mío y el de ella, colocó, en ese instante, sus pasos en el camino de Irene con todo y su danza aérea. Sus brazos vuelan. Su cintura se cimbrea. Sus labios se humedecen en una sonrisa hecha de placer y sus ojos se encuentran con los ojos de Daniel Pirro.

Fantasmal entre las sombras de la noche y la luz de las antorchas, la espío. Su danza semeja un rito. Dionisos y sus hados funestos provienen de todas partes y parecen unirse a un círculo orgiástico, maligno. En el centro, ella. Mi diosa. Mi ave. Maldigo al dios de las bacanales que ha venido a desbocar toda clase de lascivias, caja de Pandora que no se cierra jamás, condena para la raza humana. Eros. Zelos. Ares. Convierten la danza de Irene sobre su alfombra mágica en una versión moderna de esas fiestas salvajes griegas, donde la lujuria es el festín, donde el apetito que se despierta y se sacia es el de la piel causado por el sudor, por el esfuerzo, por los suspiros y los movimientos, por esa electricidad que se acrecienta y se convierte en esa urgencia irrepetible, única, indescriptible, la que tarde o temprano estalla y produce esa sensación de que los sentidos arden en sus propias brasas y se inmolan como tributo a sí mismos. Todo parece irreal. Mi rostro refleja el sentimiento ausente, ajeno, impotente, de Ícaro ya caído pero todavía vivo. Todavía no sé lo que sabré. Todavía no he hecho lo que haré y sin embargo desde ahora vivo ese tormento. Daniel Pirro danza con Irene. Mueve su cadera en el mismo compás y en la misma dirección que la cintura de ella. Eleva sus brazos al mismo tiempo. Agita sus hombros con los mismos movimientos. La mira con deseo. La mira. La mira con insistencia. Ella lo mira. Los dos sonríen. Labios húmedos, fosas nasales abiertas, pieles empapadas, pupilas inmensas. Ese no es ya más un baile de diversiones ni uno de admiraciones. Tampoco es, siquiera, un baile de exhibiciones. Es uno de provocaciones. Sexuales. De parte y parte, no puedo engañarme. Bebo otro trago. La esquina de mi poder dónde compruebo lo que está ocurriendo entre Irene y Daniel es en realidad una de las esquinas del infierno. Hasta siento ganas de llorar. ¡Yo, Samuel Lucas! Muerdo mis labios y la detesto. La rabia se acumula en mi garganta. Siento que no respiro. Cuento: uno, dos, cinco, veintinueve, noventa. Es una perdida. Es una extranjera. Es una mujer que no vale la pena. Que quiere con él y quiere conmigo. Que se exhibe y lo provoca. Que provoca con intención a todos los hombres que la admiran, a todos los que han venido a esta maldita fiesta. Y ahora, lo peor siempre por venir, destino.

Abel Solo. Se acerca. ¡Abel! Camina de prisa, de seguro trae algún ardid en curso. Con su bamboleo tramposo de siempre. Con su sonrisa servil de siempre. Con su enorme cuerpo asqueroso de siempre. ¿Dónde dejó a Mónica, a Andrea, a Amanda? Me repugna su presencia que me obliga a desviar mi atención de Irene por un momento. Me he preguntado siempre cómo puede haber llegado a ocupar un cargo tan alto en esta compañía una persona con semejante figura abyecta. Medias blancas, pantalón oscuro, camisa sin planchar, abdomen protuberante por el exceso de grasa, saliva seca permanente en las comisuras de su boca, lagañas en las de sus ojos. Asqueroso. No quiero encontrarme con él ahora. No esta noche. No enfrente a la exhibición de esta mujer coqueta. No me alejo, sin embargo, no me escabullo. No debo. No puedo. Abel Solo es la única persona indispensable para seguir ascendiendo en mi carrera. También es el peor de mis enemigos. Suspiro. Cuento hasta diez. Miro hacia otro lado. Sigo contando, ahora he llegado a cincuenta.

Pretendo que no he notado que se acerca. La cuenta va en noventa. Lo pongo todo detrás de una cámara lenta. Abel Solo trae consigo una mueca cínica, burlona, atrevida, demasiada saliva. Esta noche de fiesta infernal se hace todavía más lenta, más grave, más enferma, se descompone en moléculas todavía más fétidas. Los tambores resuenan. Ellos bailan. Ella se exhibe para mi verdugo, Daniel Pirro. ¿O no? No importa. Si lo quiere seducir o no, el efecto es el mismo, los ojos de Daniel Pirro tienen ese brillo lascivo. ¿Cómo has podido hacerme esto, Irene? Coqueta. Perdida. Extranjera. Me preparo para sobrevivir mi encuentro con Abel Solo, Ares. Lo espío de reojo mientras se acerca y regreso la mirada con rapidez hacia él y ella. Me estremezco al son de los ¡ej!, ¡ej!, ¡ej! ridículos. Mi pie izquierdo está en punta. Lo corrijo. Empiezo a contar mentalmente de nuevo: uno, dos, cinco. Me esfuerzo. Recupero algo de mi compostura. Puedo hacerlo, si no la miro. Si no los miro. Si no pienso en ella. Me domino un poco, noticia nueva. No más licor esta noche. Ahora ya no la miro. No tendrá mi perdón nunca. Mi pie izquierdo se alineó y se levantó otra vez, se encuentra en punta. Lo advierto y de nuevo lo obligo a descansar enteramente sobre el piso. Ya está aquí, Abel Solo. Me encuentro en estado de absoluta alerta. También de decepción de ella. Tristeza. Furia. Sospechas. Me inclino y permito que Abel Solo hable en mi oído.

Jamás se fijó en mis pies, Irene. Su mirada estuvo dirigida hacia el frente siempre. Ni humilde ni altiva. Una de esas personas con fe en que el futuro traerá solo lo mejor en su corriente, Irene. Quizás. O quizás tan solo una mujer adolorida. Quizás en algún momento decidió evitar mirar a su pasado y se dedicó en cambio a observar mejor a su nuevo país, este país que es el mío, que no tiene alma, en donde cada uno se busca tan solo a sí mismo, donde la gente tiene su vida interior por fuera, en donde el desprecio enorme que se muestra hacia el resto del mundo tan solo señala la medida del temor de todos hacia todos, todo el tiempo.

—No he venido a buscar amigos pero tampoco a encontrar rechazos —me dijo Irene el día del cumpleaños de Abel Solo.

Su voz me produjo en la boca ese gusto a cobre de un dolor total, definitivo. Profundo, injusto, inevitable. Su mirada, líquida. Su rostro aún más hermoso, más insinuante que siempre, la tristeza puso un tono seductor en su belleza. Volví mi cabeza hacia otro lado para evitar mirar sus piernas. Irene. Mi diosa. Entonces aún no mi ave, no reconocí en ese instante que ella era quien marcaba desde mucho tiempo atrás mi vuelo. No me pregunté tampoco por el uso del posesivo, mi, mía, de mi propiedad, mi cosa. No llegué a pensar en ella como en alguien que pudo ser mía o ser ajena, lo único que la haría mía sería el hecho de ser yo quien la derribaría. Su significado en mi existencia no se insinuó, siquiera. La venda en los ojos de Eros recuerda que el ser humano no consigue apreciar lo que ama sino hasta después de tenerlo ya irremediablemente fuera del alcance de la vista. Si ella lo intuyó, si acaso llegó a saberlo es, después de la tragedia, más que una pregunta inútil, un escarnio. Callado. Prolongado. Que los dioses me concedan su perdón o su castigo. Yo todavía no perdono a los cubículos. Torpe. Necio. Absurdo. Ciego. Los culpé a la mañana inmediata después de la fiesta. Ícaro culpó a sus alas. No es bastante con caer, es preciso sufrir todo el dolor de la caída para que se desprenda, de los ojos, la venda. En larga fila, esos cubículos. Uniformes. Dispuestos de a pares, como un par de ojos o un par de brazos, de manos, nunca un par de pies porque no es posible que un cubículo se eleve en punta mientras que el otro permanece firme. Muy numerosos, empresa grande. Cada uno frente al otro, símbolos de que para cada trabajador, en todo lugar de trabajo, siempre existe cuando menos un rival o un enemigo. Separados por tablones altos, se trata menos de dar privacidad al empleado que de evitarle distracciones. Alineados sobre una cuadrícula invisible para prevenir la ocurrencia de accidentes de trabajo con sus secuelas de días de incapacidad pagados. Repetitivos. Semejantes a las casas de urbanizaciones para pobres que recuerdan que un pobre es igual a otro y que quien es pobre, es pobre siempre. Idénticos. Ningún empleado deberá sentirse más importante que otro dentro de una misma serie, ninguno deberá sentirse especial y, lo más importante, ninguno deberá sentir que ha sido tratado de una manera diferente para no dar ocasión a demandas por discriminación de parte de las firmas de abogados. Desde mi oficina individual en una esquina, con su puerta de cristal cerrada, parecieron desacostumbrados. Algo diferente, por una vez, en esos cubículos de siempre. Algo anormal, extraño. ¿Qué? No lo supe al principio. Presentí algo distinto pero solo alcancé a ver desde mi ángulo su misma alineación perfecta. Todo, lo mismo. La misma familiaridad de esas cosas fijas diarias que dan sentido de realidad al ser humano, lo que se repite una y otra vez termina por ser la clave que diferencia lo que se vive de lo que se sueña.

Después de un momento caí en cuenta. Nadie respondió mi teléfono. Timbró varias veces, calló y sonó de nuevo. Alcé la mirada con sorpresa. Medí el área con los ojos a través del cristal de mi puerta. Presté atención. Los mismos tablones separadores de siempre. Las mismas computadoras erguidas encima de las mismas mesas. El mismo desorden de fotografías familiares, plantas y objetos eclécticos, la gran diferencia entre empleados profesionales en cubículos y operarios de manufactura es que en la línea de ensamblaje en serie no hay espacio para exhibir objetos personales. Algo ocurría. Aguda, mi punzada de alarma. Precisa. Sonora aunque sin sonido. Clara. Los presentimientos utilizan una voz fuerte y una pronunciación perfecta. No entenderlos conduce a tragedias. No entendí y causé la de Irene. Que los dioses me concedan su perdón o su castigo. También la mía, quien causa daño recibe daño, sentencia inapelable del Olimpo. Escudriñé por todas partes. Alfombras. Paredes. Botellón de agua. Me levanté de mi sillón sin prisa. Vacilante. Inquieto. No temí en ese momento por mi carrera ni por mí mismo. No sabía aún que todo en la vida de un ser humano, absolutamente todo, alguna vez y de algún modo se termina. Ícaro tampoco advirtió al principio la verdad de la fragilidad de sus preciosas alas. Mi teléfono sonó de nuevo. Sin respuesta, de nuevo. Abrí mi puerta. Silencio. Silencio físico. Tangible, aplastante, extenso, inesperado, inconcebible, repentino. Todos se habían ido. Patricia, la secretaria, a pesar de mi orden de no abandonar jamás su escritorio durante la hora del almuerzo. El empleado de sistemas que siempre aprovechó esa hora para actualizar las computadoras. También Ingeniería. Contabilidad. Toda la División de Publicidad. Todas las ejecutivas de Ventas. Todos. De haber existido cucarachas en el edificio también se habrían ido, silencio es algunas veces un sinónimo de soledad completa. Presté todavía más atención. Mi pie izquierdo, firme, solo se atasca en punta en presencia de otros individuos. Maldito. Me llené de malhumor. La oficina entera por completo abandonada a la hora del almuerzo resultó algo inverosímil. Anómalo. Avancé unos pasos. Breves. Pocos. Irritados. ¿A dónde se fueron todos? Me detuve en una esquina a observar, lleno de ira. Igual que ahora, aunque no hubo antorchas. Ni bailes. Ni lujurias. Ni Dionisos, ni bacanales. Ni sonidos de tambores, guitarras y maracas, ni siquiera hubo rivales. Tan solo hubo un silencio desusado y una soledad extensa. Pareció, y eso fue en realidad, después lo supe, una escena diseñada para asesinar de modo incompleto a alguien. A ella. También hubo un asesino. Ícaro. Existen asesinatos de muy variadas clases: reales, simbólicos, metafóricos, morales. Parciales. Este resultó ser uno progresivo. Lento, por etapas. Semejante a cualquier proceso corporativo, se asesina de muchas maneras pero solo se logra impunidad cuando se asesina de una manera muy lenta. Que los dioses me concedan su perdón o su castigo.

Anduve. Al cabo. Hacia el centro del espacio. Mis pisadas, silenciosas. Mi mirada, curiosa. Impaciencia. El silencio, abrumador ahora. También el abandono. Quizás se habrían ido todos, como en el cine de ficción, a esperar desde la cima de un monte a los marcianos. O una plaga que enviaron los dioses los exterminó de golpe a todos pero no logró encontrarme porque solo buscó entre los cubículos. ¿Los robaron esos mismos dioses para utilizarlos como esclavos en su Olimpo? No pareció el mejor momento para distraerme con inventos infantiles sobre los dioses. Levanté mi barbilla y olfateé a derecha e izquierda, maña vieja de alto directivo, perro de caza, me pagaron siempre una fortuna para saberlo todo acerca de los asuntos de la empresa, por causar esos asuntos si producían dinero y por eliminarlos si no lo hacían. Algo estaba sucediendo. El silencio devoró mi atención, ocurre a veces. Hacia el fondo, distante, aislado, un tablón más alto, de seguro para ocultar los cacharros de la limpieza, las reservas de libras de café, todo el desorden. De repente, en medio de todo eso, un sonido. Bajo. Corto. De inmediato reconocible en cualquier parte del mundo, ese es el único de los sonidos existentes que nos penetra a nosotros, los varones por la entrepierna. Un sollozo de mujer. Condena. ¿Artemisa bañada en llanto de regreso al Olimpo para ir a sentarse en las piernas de su padre? ¿O quizás el llanto de un gigante con un solo ojo, llamado Nadie? Me detuve. A un lado mío, contra la pared, entre Contabilidad y Proveedores, la oficina lateral de Abel Solo. Oficinas laterales, moradas de mandos medios. Ninguno tan reemplazable como el grueso del pueblo en sus cubículos. Ninguno tan importante como para tener una oficina en una esquina con puertas de cristal, tampoco. Se esfumó el sollozo. ¿Existió, realmente? A mi alrededor, el mismo silencio. La misma soledad, absurda para un día entresemana a la hora del almuerzo. De repente el cumpleaños de Abel Solo apareció en mi cerebro con la consistencia de una cifra. Veloz, con impulso, ruidoso, brillante. Pareció uno de esos datos que resaltan, casi vivos en las presentaciones de las empresas para indicar peligros, las ventas están disminuyendo o algún competidor está creciendo. Mi mente entrenada para detectar los riesgos del negocio reaccionó correctamente ante la señal de alarma pero se equivocó en el ángulo. Me distraje en el pensamiento de que Abel Solo se estaba volviendo muy popular, asunto peligroso. La popularidad de un empleado demasiado inteligente por lo general corrompe morales y ocasiona problemas sindicales.

Ya no pude entretenerme pensando en las diosas lloronas ni a los gritos desoladores de Nadie. Acabé por concluir que todos estarían allí, en una pizzería o un restaurante, celebrándole el cumpleaños a Abel Solo. Alegres. Jocosos. Congregados a su alrededor como su rebaño. Haciendo ruido para ser notados. Ofreciéndole conversaciones ingeniosas para asombrarlo. Emitiendo risotadas estruendosas para divertirlo. A él. A Abel Solo, asqueroso ejecutivo indispensable.

Sonoro, un nuevo sollozo interrumpió mi pensamiento de pronto. Apagado, sin embargo. Único. No se desgajó en cadena como un aguacero ni como un ataque de histeria. La mujer que sollozó, se contuvo. Una mujer, tenía que serlo. Desconocida. Sin nombre. Sin rostro. Una mujer enigma, la mujer tragedia siempre, la mujer fastidio al comienzo o al final, fastidio siempre. Excepto por Irene. Su nombre siempre presente entre la compleja hilera de mis pensamientos se reinstauró por sí solo, estrella suprema de luz radiante que permite a otras, a veces, brillar un poco, pero se alza en su majestad, única, invencible, cuándo quiere. Dónde quiere. Cómo quiere. Quise eliminarlo con un movimiento de mis ojos, o empujarlo de regreso a su lugar oculto para concentrarme en la situación de ese instante pero resultó inútil de un modo para mí inexplicable. No sabía entonces que el deseo desatendido se transforma con el tiempo en sentimientos y que debido a mis sentimientos ella era ya, como es ahora, como siempre lo seguirá siendo, en mi mente, soberana inexpugnable. El sollozo se escuchó de nuevo. ¿Quién, por qué, hace cuánto? No hubo respuesta de momento y eso no contribuyó a tranquilizarme ni despejó mi malhumor, tampoco. Tendría que ocuparme de los llantos de alguna mujer que estaría oculta en alguna parte. Una secretaria vieja, quizás, con un hijo en la cárcel. O, peor aún para la empresa, una ejecutiva a quién abandonó su amante, una ejecutiva insatisfecha es siempre menos productiva y más intrigante. Atravesé el espacio hasta el tablón más alto que escondía el área de almacenamiento de los cacharros. A zancadas furiosas. Rápido. Dispuesto a descubrir detrás, ocultándose, a la llorona. Decidido a amedrentarla con mis ojos. A eliminar, de una vez por todas, su intención de repetir jamás en la oficina, bajo ninguna circunstancia, su escena. A ejercer mi papel de alguien importante. Cubrí la distancia y me encontré de pronto frente a una amenaza impensable. Impacto, ahora. Enorme. Jamás lo hubiera sospechado. Nunca. Que los dioses me concedan su perdón o su castigo.

Ella jamás dijo nada. Yo no pregunté, tampoco. Por poco llegué a la cima de una cordillera para descubrir que al otro lado el cielo tiene un color distinto. Inconcebible sorpresa. Detrás del tablón alto, otro cubículo. Mesa, computadora, silla. En una esquina, cacharros de limpieza. En otras, reservas de café apiladas por libras. Ningún desorden, sin embargo. Un puesto de trabajo bien organizado. Aséptico. Con luz escasa. Sin ventilación. Sin espacio para estirar las piernas ni para erguir la espalda. Más que un puesto de trabajo pareció una caja inhóspita, un lugar para humillar a alguien. Ausentes las fotografías personales, los recuerdos del más reciente aniversario, las plantas artificiales, los recipientes para lápices con diseños ridículos. Un cubículo infame. Inferior a cualquier otro. Degradante. Único. Solo uno. Uno solo. Aislado. Sin pareja. Un motivo para una demanda por segregación racial por parte del más torpe de los abogados. ¿Cómo he podido pensar en ese momento en eso, Irene?

Casi pude ver las manos de Abel Solo orquestando semejante escenario humillante y peligroso. Maldito. Ese mismo Abel Solo que pide permiso ahora para hablarme al oído en medio de antorchas infernales, de tambores guturales, de extranjeras danzas extravagantes. Entre todo eso, ella. Irene. En medio de todo ese aislamiento que de alguna manera se asemeja a mi aislamiento absurdo en esta fiesta trágica. Su figura única resaltó sobre el fondo ilegal e inesperado de ese cubículo improvisado, minúsculo, infame. ¿Ella? Espalda pegada al respaldar de la silla. Ojos fijos en la computadora. Manos hermosas, pequeñas, dedos delgados, uñas con barniz brillante. Evité mirar sus piernas. Me obligué a mirar al frente, ojos fijos en el aire. Como siempre en su presencia. No como tantas veces en mis pensamientos sobre ella. Tantos pensamientos. Tantas veces. Tantos meses sin mirar sus piernas. Irene. La extrañé sin saberlo todo ese tiempo desde el día cuando la contraté y después no supe nada más de ella. Irene. Refrescante. Bocanada de aires diferentes, húmedos y cálidos al mismo tiempo, florales, livianos, abiertos, limpios, flotantes, etéreos, suaves. Irene, turbulencia. Larga piel, muy larga, brillante, repleta, con apariencia mojada aun estando seca. Apretada. Irene. Irene. Que los dioses me concedan su perdón o su castigo. Sus ojos, llenos de agua. Me entristeció su tristeza. Profunda. Tangible. Silencio insoportable. Momentáneo. Sollozo. Manos rápidas sobre el teclado del computador, ahora estruendoso, su trabajo siguió en marcha. Lágrimas. Nuestras miradas tropezaron. Su voz explotó en un tono bajo. Sibilante, casi, susurro de bosque que se oculta al mundo, o de agua que se obliga a aquietarse, o de nube que decide desgajarse por sorpresa. Tono bajo, en todo caso, tan bajo que pareció haber atrapado la suma de todos los ecos posibles y haberlos entremezclado para darle al murmullo la fuerza de un grito hecho de dolor absurdo. De incredulidad cabal. De dignidad en la ofensa.

—Soy la única persona que no fue invitada al cumpleaños de Abel Solo.

Yo, mudo. Mis pies, firmes por una vez, separados, piernas un poco abiertas. Un cabrón de mierda, Abel Solo. Pude verlo, mentalmente. Detalle por detalle, escena completa. Meciendo su torso como en seguimiento a una tonada interna. Invitando a todo el personal, uno a uno, desde un cubículo al siguiente y de allí al próximo, uno, dos, tres pasos y un pequeño salto en el cuarto. De ese modo camina Abel Solo, especie de danza de barrio, payaso descomunal, chabacano. Desacertado. Desaseado. Apariencia de hombre pobre a pesar de lo costoso de sus vestimentas. Brazo derecho doblado en ángulo recto frente al pecho, dicen que desarrolló ese tic como resultado de un ataque neurológico en su adolescencia. Abdomen inmenso, incongruencia absoluta con sus piernas cortas, en cualquier momento podría haber sido arrojado de cara al piso como resultado del enorme peso. Servil, su sonrisa. Aduladora. Fingida. Lambona, su mirada mentirosa. Esforzándose por agradar, por convencer, por mostrarse sabio, experto, importante. Cuchicheando. La suya, siempre una comunicación a medias, apenas bastante para causar daño, de ningún modo extensa ni apasionada para hacer creer a cada quien lo que cada quien quisiera. Demoledora. Chacal. Manipulador. Hipócrita. Mañoso. No dije nada. Culpable. No hice nada. Culpable. No sonreí, no suspiré, ni la miré ni desvié mi mirada. Que los dioses me concedan su perdón o su castigo. A mí sí me invitó, pensamiento fuera de lugar, absurdo. Humano. ¿Exoneración?

Ninguna. Corpórea, mi culpa. Palpita. Grita. Se queda. No me quedé a escuchar tu queja, Irene. Que los dioses me concedan su perdón o su castigo. No te ofrecí mi abrazo, no tuve oídos, no presté atención a tu tristeza. Que los dioses me concedan su perdón o su castigo. Te miré y en ese instante la voz de serpiente de Abel Solo pronunció mi nombre. Susurrante. Explosiva. Inaudita. Sin labios, sin dientes, sin lengua, sin rostro, sin imagen. Tengo el proyecto listo para usted y es maravilloso, resonó en el aire su frase. La escuché con mayor claridad que tus sollozos, Irene. Con más interés. Que los dioses me concedan su perdón o su castigo. Enseguida Abel Solo agitó en el aire, desde el otro extremo del pasillo, el plano enorme de una nueva planta de producción en tu país, Irene. ¿Yo? Ya no pude recordar siquiera las lágrimas que resbalaron de tus ojos. Ya no escuché tus frases ni tus sollozos. Ni siquiera dediqué un pensamiento a tus piernas. Ahora tan solo pensé en ese proyecto indiscutiblemente ganador que resultó mi mayor éxito en toda mi carrera. Ahora solo vi las dimensiones. Las proyecciones de crecimiento empresarial exorbitante. El liderazgo en los mercados internacionales. La ocasión para atrapar con un contrato exclusivo a Daniel Pirro. Mi carrera. Mi oportunidad para ascender por fin a la Presidencia de la compañía. Mis finanzas aseguradas hasta más allá del tiempo de mi retiro. Di la vuelta, me alejé y te dejé olvidada, ignorada, desatendida, humillada en tu cubículo infame, Irene. Que los dioses me concedan su perdón o su castigo.

III

Agónica, la pregunta. Imposible de formular. Sin aire, sin respiración e irrespirable. Carente de forma, flota en medio de la inmovilidad y del silencio, del color parejo, del olor penetrante. Pregunta de agonizante. ¿O de muerto? Pregunta que agoniza, quizás. cuando todavía ni siquiera nace. Agónica, en todo caso, es la pregunta de mi agonía. Esa. La pregunta impronunciable. La impensable. La que no tiene forma. Aquella a la que me resisto a darle cuerpo. Ronda por todas partes: en el oxígeno que penetra en mis pulmones; en la temperatura de mi cuerpo, unas veces sudor frío o hielo, y otras, brasa ardiente enfebrecida; en las memorias entremezcladas de las frases, de las escenas, de los personajes, caleidoscopio confuso, sin dirección ni sentido, enajenado, aterrorizante. La rehúyo. La rehúso. No permito que me alcance. Me empeño en huir de esa pregunta a través de un laberinto de imágenes con las que insisto en tratar de poblar mi pensamiento, luces de colores, o ecos musicales, o magnificencias del agua que a veces ruge, viva y deliberada, y del viento que anda de aquí para allá a su propio paso, y de los silencios vírgenes dentro de las cumbres de las montañas más altas y más apartadas. De nada sirven mis esfuerzos, esas imágenes se me escapan. El agua, el viento, la montaña, se vuelven, adentro de mi cerebro, frágiles y huidizas, se desdibujan cuando todavía no se han formado. Los recuerdos que se han vuelto inevitables, en cambio, me atacan. Una vez y otra. Se ensañan. Me invaden, ejércitos infatigables, huestes feroces compuestas por momentos, por palabras, por rastros de sentimientos inconfesables, fétidos, de esos que empequeñecen a la especie humana, y no me refiero a la lujuria, siquiera, ni a la avaricia ni a ningún otro de los que han dado origen a la lista de los siete pecados capitales, me refiero a la crueldad y a la saña, a la complacencia en el dolor del otro, a la desidia y la indiferencia frente al sufrimiento ajeno. Me desprecio. Me humilla ser quien soy. Me degrada haber hecho lo que he hecho. Ese sentimiento enfermo me obliga a levantarme de mi silla y a andar otra vez unos pocos pasos, aquí, sin alejarme, sin atreverme a moverme más allá de un círculo pequeño, pero regreso a mi silla otra vez, de inmediato, para no interrumpir con mi figura la uniformidad del color ni tampoco la cadencia de esos susurros acallados de allá afuera, todo el silencio que pueda ser posible es necesario para no despertar a los que adentro todavía duermen. Duermen. ¿Dormir, realmente? Me siento otra vez enfermo. Me invade una especie de náusea de mí mismo. En mi interior se revuelve una sensación de asco ante eso que soy, eso en lo que me convertí sin darme cuenta, eso que hice. Soy un ejemplar enfermo de la raza humana. Maleado. Degradado. Podrido. Mi ser toca una dimensión de cosmos donde ningún movimiento existe, donde ningún movimiento queda. Soy una inteligencia mineral, metal, roca, y eso es precisamente lo que es el purgatorio, o el limbo, ejercer la capacidad para entender lo que se ha hecho y estar condenado debido a eso a la inmovilidad completa. La ausencia de vibración del ser es la condena. Mi ser se encuentra atrapado dentro de algo estático, seco, inamovible, eterno. No habrá vibración ni movimiento, no habrá un fluir, no habrá salida. Me horroriza. Me corta el hálito vital pero no muero. Soy ahora un ser vivo que se ha convertido en una roca adentro de otra roca pero todavía tiene sentimientos, y peor aún, todavía tiene inteligencia para comprender la dimensión de lo que le ha sucedido. También para darse cuenta de que ese estado es lo único que le espera desde ahora en adelante por los siglos de los siglos. Estar vivo adentro de lo muerto, es la condena. Estar vivo en el centro de una roca. Purgatorio. Limbo. ¿Infierno? Me aterrorizo. Pavor. Agonía inmóvil. Me esfuerzo por huir hacia la esfera del pensamiento lógico, por regresar a las imágenes de las cielos y las montañas y los colores y los sonidos, allí donde también moran los recuerdos infectos, es preferible un millón de veces el dolor que esos recuerdos causan a este existir sin movimiento. Retengo la respiración. Cierro los ojos. Aferro las manos a los brazos de mi silla y tenso todos los músculos tanto como puedo. Muerdo mis labios hasta hacerlos sangrar, casi. La tensión es casi insostenible. Después de un momento siento que me precipito hacia algún lugar que se encuentra bajo mis pies, un lugar inmaterial, sin piso, abro mi boca desmesuradamente y el aire que entra me obliga a relajar todo mi organismo. Lo he conseguido. Gracias. Las memorias que me torturan, regresan en la totalidad de su sevicia. Gracias. Cuándo todavía se puede sufrir, todavía se vive, todavía hay esperanza. Y el sufrimiento es algo que, antes de sentirse, se piensa. Recuerdos, hipótesis explicativas de lo que sucedió, invocaciones para que las circunstancias cambien, lamentaciones por lo que no llegó a ocurrir y quizás no ocurrirá ya nunca, nuevos recuerdos, nuevas hipótesis, nuevas invocaciones y nuevos lamentos, el círculo se repite una vez y otra y eso es lo que genera la tristeza, la añoranza, la agonía. De pronto sospecho que es allí, en esa memoria enferma de los remordimientos por lo que hice a Irene, que me han atacado de nuevo, en donde se encuentra la pregunta pavorosa que me ronda. Sus fragmentos, que todavía no existen, se ensamblan y desensamblan ahí, entre las imágenes y los ecos de lo que dejé de hacer y de lo que hice, aquelarre dantesco. Se me antoja que esa idea es un desacierto, una especie de pensamiento esquizoide y fétido. Debo hacer algo para rehuirlo, debo asegurarme de que mi pensamiento no ha perdido su lógica ni su coherencia, de que no he enloquecido. Decido que es necesario enfrentar a la pregunta agónica. Perseguirla, de ser preciso, alcanzarla y articularla para evitar que su ronda se convierta en un fantasma que roba mi capacidad para el pensamiento lógico. Inmovilizado en este sillón de cuero, en medio de un color neutro disparejo que muestra más allá minúsculas salpicaduras de verde a las que por ningún motivo me acerco, arrullado casi por los murmullos que alcanzan a penetrar desde el corredor de afuera, la persigo. A ella, a la pregunta que he rehuido. Ahora quiero atraparla. Quiero encontrar cada una de sus palabras. También sus dos signos de interrogación, quiero formularla. Quiero pronunciarla. No puedo. Ni siquiera consigo pensarla. La pregunta que antes me acechó, ahora se me escapa. Mi mente y mis labios se resisten a darle forma, a darle vida. Me aterrorizo otra vez. Me estremezco. Sacudo mi frente y agito mis brazos. Solo es ahora cuando reconozco que no es la pregunta lo que me espanta, sino el hecho de que es necesario formularla. Esa es la razón para todo este tiempo de observación insomne, inmóvil, callada. Poner en palabras esa pregunta calamitosa es admitir que puede haber un sí o puede haber un no, y ambas alternativas espantan. Es una pregunta hecha de miedo, me doy cuenta en este momento, y me ataca un desesperado miedo al miedo. Tengo miedo de mi miedo. Temo articularlo en la pregunta porque poner el miedo en palabras, mudas o audibles, es una manera de fortalecerlo, de darle cuerpo. Todo se confunde en una maraña enferma. Temo a la pregunta, temo a la existencia de una respuesta, temo al miedo que me causa ese doble miedo. Y ni siquiera lo entiendo. ¿Qué temer, ahora? Después de todo, nada hay que pueda ser peor de lo que ya ha sido. Nada. Sin embargo, ahora mismo estoy hecho tan solo de miedo. La razón es que aquí, y ahora, entre este ambiente de tono neutro salpicado a veces por minúsculos objetos verdes, la vida y la muerte no significan una dicotomía ni una opción, son un asunto de grado, de *continuum*, de medida.

Las palabras se desgajan. El impulso de un aliento corto, seseante viento, veneno espeso, las envuelve cuando se han formado apenas, las obliga a compactarse, casi, las sacude, las arranca con fuerza desde el tronco que es esa garganta, las impulsa de adentro hacia afuera de esos labios, las expulsa y las esparce. Fogonazos trepidantes. La vida que llevan adentro está hecha de una fuerza con intensidad inimaginable, inaguantable, inacabable, la fuerza de la perfidia que solo pudo haber creado la raza humana. Tenía que haberlo sabido. Tenía que haberme dado cuenta a tiempo. Haberlo sospechado, siquiera. Que los dioses me concedan su perdón o su castigo. Escucho a Abel Solo decir que necesita hablar conmigo, palabras nefastas en medio de esta maldita fiesta y de esta cortina difusa hecha de sonidos de tambores, de maracas y de ¡ej!, ¡ej!, ¡ej! ridículos. Me fastidian. Las rechazo aún antes de que penetren a mi cerebro a través de mi órgano auditivo. Me aburren. Abel Solo se da cuenta, creo, porque se acerca todavía más y baja el tono. Temeroso. Inseguro. Balbuceante. Asertivo y decidido, sin embargo. Persistente hasta el punto de forzarme a inclinar el torso para permitirle que acerque sus labios a mi oído, gesto repugnante y preciso. Me pregunto si deberé obligarlo a callarse con una de mis miradas llena de desprecio. Poder que no humilla no es poder. Para mantener el poder, es indispensable ejercerlo. No lo hago. Permito a Abel Solo hablar, sin animarlo pero sin interrumpirlo, siempre será necesario estar alerta a lo que hace, dice y piensa todo rival y todo enemigo. Mis ojos, mientras tanto, siguen fijos en ella. En sus movimientos de mujer coqueta, extranjera indigna, casquivana. Miro ahora también a Daniel Pirro, perro de caza. Baila. Con ella. Los veo a los dos, hermosa pareja, impecable en su danza. Se gustan. Se atraen. Se seducen, se coquetean. Descubro en la blusa de Irene una especie de transparencia. Es una perdida. Allí están, exhibidos, sus senos de fruta madura. Grandes, llenos, con su forma circular y con su amenaza de caer, de desgajarse, y con sus puntas impúdicas, pezones erguidos. Túrgidos. Manchas. Astas. No se insinúan, ella los anuncia. Los muestra. Ares, dios de la guerra, me trae una ira ciega. Me trae en realidad un impulso de combatir y de ganar que me domina, casi, de atacar y destruir, conquistar, colonizar,

oprimir, tomar venganza, me lleno de rabia y casi me abalanzo hasta Irene y Daniel para interrumpirles su danza y
arruinarles su fiesta. Sobre todo para acabar con el coqueteo
de Irene, con su exhibición de cortesana, con su provocación
tan descarada, y para hacerle saber que de mí no se burlará
ya más, voy a impedirlo. Eros no llega en este momento.
Ha estado aquí todo el tiempo. Ha traído eso que Eros, en
realidad, trae siempre, lujuria, deseo. No ha traído, ni traerá, amor, ni ternura ni entrega como han querido creer los
poetas y los románticos a lo largo de la historia, su esen-
cia verdadera es solo deseo, animal, instintivo, hormonal,
cuando menos eso es lo que yo creo. Eros, deseo. Deseo de
esos pezones de fresa madura tan apetecibles, tan visibles,
tan descubiertos. También se encuentra aquí, y ahora, Zelos.
Violento. Me doblega. Me trae conciencia de mi propia miseria. No soy nada, no tengo nada, no he logrado en mi vida
nada que valga la pena. Lo único que tengo es mi carrera.
Ni siquiera se puede decir que tengo éxito, debo decirlo, no
son éxitos lo que he alcanzado, he alcanzado apenas resultado de mis enormes esfuerzos. Cada triunfo que he logrado
ha llegado como consecuencia de haber trabajado con tena-
cidad de jumento. Nada me ha sido regalado, nada me ha
sido dado, qué gran desconsuelo, qué enorme desilusión,
cuánta tristeza, mientras Daniel Pirro todo lo ha recibido
como un obsequio directo de los dioses desde su Olimpo, es
un hombre que ni sufre ni se esfuerza, apenas se parapeta
en su poder y eso es suficiente para que todo lo que desee
llegue a sus manos, hasta esa diosa cortesana que ahora le
coquetea, esa diosa que ha debido ser mi ave. Los tres dioses
se han unido en este instante a esa maldita danza. Desde mi
interior parecen volverse corpóreos, casi, y rodean a Daniel

Pirro y a Irene entre cada compás y cada movimiento. Se agitan junto a ellos. Los rodean. Los asaltan. Los separan del resto de la humanidad con sus alientos funestos entre ritmos de tambores y de flautas. Esta noche me convertirán en un monstruo, lo presiento. Esta noche seré ese monstruo que puedo llegar a ser, el que llevo adentro. Zelos, Ares, Eros, descendieron de su Olimpo esta noche para burlarse de mí y convertirme en su títere propicio. ¿Su instrumento?

—¿Qué es eso que quiere decirme, Abel Solo?

—Algo delicado.

—Lo escucho.

—Yo preferiría no decirle esto nunca. Aunque…, es importante.

¡Aunque! La compuerta del peligro se abre. Hierápolis. Abel Solo, siempre Hades. Aunque, su palabra más nefasta. Aunque. La palabra más peligrosa del universo entero en boca de Abel Solo, enemigo. Aunque. Lo he visto arruinar vidas ajenas, carreras, negocios multimillonarios internacionales, causas nobles, ocasiones de gala y ocasiones de mortaja con su aunque malintencionado. Aunque. Epítome de todas las mañas corporativas de Abel Solo, la más certera, la única que él necesita aunque haya sido él quien las ha inventado todas en esta empresa, las ridículas, las propiciatorias, las frecuentes, las escasas, las irreflexivas, las individuales, las colectivas. Las desarrolló una por una, despacio. Las perfeccionó al paso a medida que las aplicó una después de la otra, a veces, y todas al mismo tiempo algunas otras veces. Las utilizó cómo, cuándo, dónde y con quién quiso. Ninguna inofensiva. Todas malintencionadas, calculadas, oportunas, propicias. Yo lo secundé todas y cada una de las veces a pesar de saber, cada vez, que arruinaría a alguien la carrera. Hasta la vida. Aunque. Minúscula bola de nieve que se echa a rodar montaña abajo como en un juego, penetra todas las defensas y se establece entre los sucesos diarios en la vida de una empresa, enemigo que enceguece y no permite predecir ninguna consecuencia. Aunque. Sinónimo de trampa. Con esa palabra Abel Solo dejó de ser un empleado de nivel medio y obtuvo el cargo ejecutivo que ahora tiene. Con esa palabra su predecesor en la Dirección de Mercadeo perdió mucho más que su empleo, y yo no hice nada para impedirlo. Más bien lo provoqué, creo. Lo permití, en todo caso. Y lo vi venir desde el primer momento, sin detenerlo, desde ese instante de aunques en que Abel Solo, enemigo, se me acercó en un corredor un día, temprano. Café en la mano. Sonrisa. Bamboleo intenso y su inclinación de hombros, tan extraña. Servil. Traicionero. Nadie que necesite rebajarse hasta ese punto es un peligro, se piensa, error craso. ¿Su voz? Dulzona. Aflautada. Insegura.

—Anoche la lluvia acabó el juego, aunque me inspiró algo que podría gustarle.

—¿Qué?

—Una lluvia de juguetes en Navidad para los hijos de los empleados.

—Ya no habrá tiempo.

—Tiene razón, aunque todavía podría hacerlo la enfermera de la planta.

—¿Cómo?

—Los conoce bien, aunque necesitará apoyo de alguien más, unos ojos frescos.

—¿A quién tiene usted en mente?

—A nadie. Aunque…,¿quizás el Director de Mercadeo?

—¿Tiene alguna razón para que sea él, precisamente?

—No. Aunque él tiene nietos. Es un hombre muy respetable, casado, serio.

Sus ojos, bajos. Sus hombros todavía más bajos. Su sonrisa, indescifrable, distinta. ¿Triunfal? ¿Irónica? Ideas mías. No, no lo fueron. Fui un imbécil. Que el Director y la enfermera se reúnen con frecuencia aunque todavía no compran nada, dijo más adelante. Que ponen empeño aunque necesitan más motivación, quizás pagarles una cena con licor ilimitado, un poco más tarde. Que han encontrado un buen surtido en una tienda local aunque será mejor enviarlos a los dos a otra ciudad para comprar directamente en una fábrica. Aunque. Aunque. ¿Cuántos aunques más dijo, a quién y cuándo? Nadie lo supo. Nadie lo dijo. Nadie mencionó su nombre en realidad cuando el escándalo estalló más tarde. Yo tampoco dije que después de eso encontré a Abel Solo en la oficina del Director de Mercadeo varias veces. También en la de la enfermera de la planta. Casi en sus cincuenta, ella. Obesa, casi. Bonita a medias. Fea a medias. Mujer del tipo de las que no encontraron ni novio, ni marido, ni amante. Justo en el umbral de resignarse a ser soltera o de regresar, ahora o nunca, al mercado de la carne, ya no tan fresca. Una última oportunidad no se desprecia. Cambió su estilo de vestuario, la enfermera, cuándo empezó a trabajar en el proyecto de los juguetes con el Director de Mercadeo. Muy provocadora ahora. Faldas ceñidas. Tacones muy altos. Corte de pelo moderno. Perfumes, mujer en conquista. Blusas demasiado abiertas, demasiado leves, demasiado breves. Quizás ese Director de Mercadeo se excitó alguna vez al perseguir con la mirada los senos de la enfermera por encima de una de esas blusas. Quizás sí. Quizás nunca, se dijo que siempre fue un esposo fiel y serio. De carne y hueso también, seguramente. Insistente, la enfermera. Se paseó a cada rato frente a su oficina, contoneos. Rió en su presencia con frecuencia exagerada, coqueteo. Corrió para alcanzarlo en los elevadores, persistencia. Se inclinó demasiado sobre su coche en el estacionamiento, trasero expuesto. Ofrecido. Al aire. Después, malicia. Que un día ella lo llamó a su casa, esperó sin decir nada y colgó después de un momento. Se dijo. Que repitió casi a diario esas llamadas. Se dijo. Que envió regalos con tarjetas, y cartas. Se dijo. Que introdujo una servilleta con su boca plasmada en pintalabios entre el bolsillo de su chaqueta. Que lo esperó en la puerta de su habitación de hotel, casi desnuda, una madrugada en una convención de ventas. Que se tomó una fotografía junto a él frente a esa puerta y la envió como mensaje al teléfono inteligente de la esposa. Se dijo. Que la esposa enloqueció de celos. Todo eso se dijo, se dijo, se dijo. Lo que siguió, no se dijo. Todos los vieron, en cambio. Los empleados. Los jefes. Los clientes importantes que habían sido invitados. Ella. Él. También Abel Solo. Yo, por supuesto. Hasta el gato. La esposa se presentó en la convención y armó a su marido una escena. Gritó. Lloró. Golpeó a puño cerrado algunas paredes y todas las puertas. Su rímel se destiñó en cascadas lacrimosas con su rastro de desesperación y de indecencia. Su voz se quebró en algún punto entre las frases la puta esa y usted siempre fue un cacorro, graznido de ave monstruosa, garganta estentórea, fuera de lugar, imprudente, ofensiva, impúdica. Pobre hombre, lo compadecí sin palabras al despedirlo. También lo recordé con lástima cuando promovieron a Abel Solo para sustituirlo. Y con estupefacción cuando me dijeron que el antiguo Director de Mercadeo cometió suicidio.

—Deberá dejar esa conversación para después, Abel Solo.

—Como usted quiera Samuel…, aunque sería bueno para usted oírme.

Aunque sería bueno para usted oírme. Mis piernas se destemplan. Ahora la amenaza adquiere forma de goteo. Aunque, la primera gota. Sería bueno para usted oírme, la segunda. Veneno. Una especie de onda de energía eléctrica envuelve mi columna vertebral y la sacude. Me sacude. Empuja hacia un lugar alejado mis celos de Irene y Daniel Pirro, los desplaza. También a la vergüenza, al amor, hasta a la ira. Miedo, ahora. Pánico, realmente. Aunque sería bueno para usted oírme, siento que he sido lanzado al vacío. La espada de Damocles cae. Súbita. Anticipada. Certera. Ha pendido todo este tiempo sobre mi cabeza. Fija, sin oscilaciones, lista a desprenderse en cualquier instante de entre los labios de Abel Solo. Diluye todo el licor, creo, y me devuelve a mi permanente alerta. Bebo un trago interminable que me quema la garganta. Ella danza ahora al ritmo de esos ¡ej!, ¡ej! ridículos. Aunque sería bueno para usted oírme. Sin responder, sin inmutarme, sin mostrar nada de lo que pasa ahora por mis pensamientos, bebo un trago largo, ardiente, desagradable. Otro. Otro. El recuerdo del día en conocí a Irene reaparece, inmediato y peligroso. Vergonzoso. Paralizante. Ahora es cuando Ícaro perderá sus alas. Aunque sería bueno para usted oírme, repito en mi mente la frase de Abel Solo y me siento de repente muy, pero muy, enfermo. ¡Lo sabe! ¡Abel Solo lo sabe! Mis piernas tiemblan otra vez y hago un esfuerzo por dominarlas. Abel Solo lo sabe. Lo sé, ahora con certeza. Lo sabe. Aunque sería bueno para usted oírme. Soy un imbécil. Un ser carente de inteligencia. Uno tan torpe como para haberme puesto, por mi propia mano, al alcance de los aunques de Abel Solo, alimaña. Temí siempre este momento, y sin embargo lo esperé, lo vi venir desde siempre. Lo pronostiqué. Imaginé su forma muchas veces. Sí. Abel Solo sí alcanzó a verlo todo la tarde en que conocí a Irene. Sí, lo sabe. Sí, ahora escupirá sobre mí su chantaje. Esto ha sido todo. Adiós a mi carrera. La culpable es ella. Coqueta. Perdida. Casquivana. Una angustia helada empapa mi espalda mientras ella sigue entregada a su danza. Buscona. Por culpa de esa trampa que son sus piernas monumentales cometí lo que cometí, y ahora me encuentro a merced de Abel Solo, chantajista. Dígalo de una vez, mi mente grita, atrapada entre mis labios inmóviles, herméticos. Dese prisa. Ya sé lo que viene, dígalo, pida lo que quiera, martillan las frases en mi cerebro, soy solo el Damocles de la leyenda, mi poder ha sido en realidad tan solo un préstamo y se me escapará esta noche de entre las manos para detenerse desde ahora en cada capricho de Abel Solo, enemigo. Ahora él va a descubrirse. Me dirá cuál es, para empezar, su chantaje. Insinuará, pedirá, exigirá, y yo accederé a todo sin falta para proteger mi Presidencia. Estoy en sus manos. No dirá ahora qué es lo que sabe, sin embargo, qué es lo que vio, no mencionará siquiera mi gran pecado. Utilizará, en cambio, otra frase con un aunque. No es preciso que usted se preocupe, aunque... Aunque, aunque, aunque. En seguida me dirá a quién quiere promover ahora, a quien quiere despedir, qué porcentaje de bonificación anual espera. Eso será todo. Mi poder ahora es suyo, ahora se encuentra en sus manos. Mi vida entera. Por causa de Irene, mala mujer extranjera. Indigna.

¿Yo? Suspiro. No vale la pena rendirme a las mañas de Abel Solo por una mujer como esa, una cualquiera. Hago un esfuerzo por sobreponerme y enderezo mi espalda. Alzo mi mandíbula. Recupero mi compostura. Levanto todavía más mi cabeza. Disimulo y me dispongo a escuchar un nuevo aunque sería bueno para usted oírme. Desde mi altura, miro a Abel Solo hacia abajo, con desprecio. Suelto una carcajada intempestiva, breve, sonora. Pretende intimidarlo, pero suena a desesperación, a cinismo. ¿Río de mí mismo? Aunque. Aunque. Si hay una diferencia entre reírse de los errores propios, y el cinismo, que los dioses la dibujen en el borde de sus precipicios. Se caerá hasta el fondo de todos modos, pero se caerá en medio de una carcajada cínica. Sarcasmos de la vida. Juegos desde el Olimpo. Cínico es quien ríe por dentro porque ya no tiene nada más que pueda perder afuera, ni siquiera a sí mismo. De ahí provienen su fuerza, su ausencia de escrúpulos, y su soberbia. Ya no tiene nada que pueda importarle y ya nada le importa. Abismo. Río estigio. Cínico es quien ya cayó, y ya solo puede seguir cayendo, no encontrará nada que lo detenga. Tampoco encontrará regresos. Ícaro sin alas. Ese el peso de los errores magistrales que se cometen sin saberlo, sin darse cuenta, en cosas nimias, en momentos insignificantes o en palabras llenas de torpeza que despeñan, quizás de pronto, como a mí, quizás sin avisos. Los dioses no aniquilan a los hombres en realidad, no es ese su oficio. No requieren siquiera tomarse el trabajo, es el mismo ser humano quien se encarga de arrastrarse hasta el borde del abismo. De jugar en la orilla de los precipicios. De ignorar las advertencias, de acallar las voces propias, de acallar las ajenas, de decirse a sí mismo a lo largo del camino que no es cierto que hay peligro, que todo está bajo control, que todo va a salir perfecto. No tiene hambre ni sed más fuertes que su propia ruina, el cínico. Busca en el horizonte el barranco hasta que lo encuentra, y hacia él se encamina.

Sin vacilar. Sin detenerse. Avanza. Escala, si es preciso. Se arrastra o salta. Camina, camina, camina. Tan lejos y por tanto tiempo como sea preciso. De ese modo es como se asegura de condenarse a sí mismo. Si tropieza con la oportunidad para escaparse, la esquiva, el cínico. La pierde. No se detiene, no quiere. Tan solo quiere reírse, por dentro, de ese horizonte que no alcanzará allá afuera. Para el cínico, realmente, sólo ha existido y solo existirá para siempre, inevitable, su propio precipicio. ¿El mío? Ese es. Es ese que Abel Solo ahora abre con ese aunque será bueno para usted oírme. Escudriño entre la luz de las antorchas en busca de su mirada. Quiero hacer que lo descubra ya, que exponga mi precipicio sin más demoras, que lo abra, que lo exhiba, que lo comunique a los cuatro vientos, a todos, quizás lo que quiero es caer de una vez por todas, arrojarme sin demoras, saltar, hundirme ya, aniquilarme por mí mismo.

La mirada de Abel Solo, sin embargo, me ha abandonado y se fija ahora en Irene y Daniel Pirro. Sorprendida. Con los labios entreabiertos, casi babea. Con un brillo incrédulo en las pupilas que me dice que lo que ha interrumpido esta vez la ejecución de esta maña es algo insólito. Sigo su mirada y yo también lo veo. Y eso que también yo veo, me hace olvidarme del antiguo Director de Mercadeo. Del fuego que ha quemado mi garganta después de un trago, y del otro, y otro. Hasta de mi necesidad de arrojarme sin demora a mi propio precipicio. Sobre todo, de la amenaza en las palabras de Abel Solo. Todo eso se pierde de un momento para otro como entre un murmullo de frases que no existen, ya, que tal vez que no han existido nunca, se desvanece, se silencia. O quizás son mis oídos los que desaparecen, ya no los tengo. Tampoco tengo mi sentido del gusto, creo, ni papilas gustativas, ni garganta, siquiera, el licor que la atraviesa ya no produce ninguna sensación, ya no quema. Ni siquiera tengo ya mi piel, ya no la siento, ni siento el sudor, el calor, el temblor ni el frío que tenía, todo al tiempo, hace menos de un momento. Ni a mi cuerpo, ya no percibo a mis músculos ni a mis huesos. Tampoco a mi cerebro, no parece producir ahora ideas ni tener estrategias, no pienso, no pienso ya más, no puedo pensar, o al menos eso es lo que creo. Ahora solo tengo ojos. Ojos suspicaces, agudos, vigilantes. Ojos para ver la forma como Daniel Pirro se ha inclinado sobre uno de los hombros de Irene. Con disimulo, como al descuido. Como fingiendo quizás que se trata tan solo de un ademán en el baile. Ha acercado la cabeza a su oído, gesto furtivo, silencioso, inofensivo, casi, de cazador experto. Enseguida la deja caer, apenas, y apenas un poco, y ahora es cuando pienso que lo que él pretende hacer, precisamente es eso, besar el hombro de Irene. Hay algo especial en la forma como ha descendido su cabeza, quijada hacia atrás, frente hacia adelante, nariz aviesa. Ante mis ojos todo se congela. Daniel Pirro besará el hombro de Irene. Quizás después también besará… ¿uno de sus pechos? Corrompido. Una oleada de ira sorprendida me envuelve el cerebro, los ojos, los labios. Produce un sudor inesperado en mis manos y en mis piernas, y revive ese odio inacabable que se me sembró la noche de nuestra primera cena. Sucio. Maldito rival maldito. Maldito cliente. No tiene sentido del respeto. Se inclinará, besará el hombro de Irene y fingirá que nadie se da cuenta, o se inventará que no será una ofensa, después de todo Daniel Pirro sabe que él es el cliente más importante de esta empresa. Disimulará para hacer creer a todos que se encuentra ebrio, que no sabe qué es lo que hace, que en este momento no piensa, tiene la certeza de que todas las personas mirarán al lado opuesto. Quizás se inclinará enseguida todavía más sobre el hombro de Irene. Todavía otro poco. Más. Más todavía. Se inclinará y se inclinará hasta lograr besarle como al descuido, como sin quererlo, como de casualidad, casi, uno de los pechos. ¿Los pezones de fruta fresca? Siento el impulso de abalanzarme sobre él, pero me obligo a contenerlo y de inmediato me lleno de desprecio hacia mí mismo. Inmenso. Avergonzado. Definitivo. Lamentable. Daniel Pirro se encuentra en lo cierto, yo seré el primero en desviar mis ojos de la misma forma como los desvié en nuestra primera cena.

Desastre, esa cena. Desastres, todas las cenas de negocios de esta empresa, jamás ágapes. Inaudito. ¿Qué podría ser difícil en una simple cena? Que Deméter nos sea propicia. También Ares. Un factor común, Abel Solo. Yo, el otro. Tanto detesté a Daniel Pirro la noche de su primera cena como me avergoncé de Irene el día de su primer almuerzo. Empezó muy mal, esa primera cena. No mejoró con las horas. Terminó peor, ocurre siempre, esa pasión que es la envidia genera una irrespirable energía cósmica. Cuando los dioses la detectan, se asustan, se esconden en lo más recóndito de su Olimpo y nos dejan a nosotros, los humanos, a merced de nosotros mismos. Catástrofe. Esperé a Daniel Pirro por más de una hora, solo, en el restaurante. Poder que se hace sentir, sumisión que se sufre. Abel Solo se presentó todavía más tarde. Daniel Pirro, etiqueta negra. Nosotros, camisa de cuello abierto y sin corbata. Inexpertos. Inseguros. Insignificantes. Traje, afortunadamente. Ella también llegó sola a su almuerzo de bienvenida. Sola no, realmente. Llegó con su falda breve. También con sus piernas de monumento. Apenas la saludé, para no dejar a mis ojos enredarse en ellas. Los restaurantes simbolizan la imagen que cada quién quiere crear para sí mismo. El de la cena, elegido para impresionar a un cliente. Elegante. Discreto. Casi oculto. Un lugar para personas de dinero y mundo. Comidas sofisticadas, vinos finos. Nocturno. Casi nuevo en la ciudad, lo elegí de ese modo entre muchos para dar a entender a mi invitado, sin decírselo, que acostumbro a cenar en los lugares más sofisticados del mundo. Esfuerzo vano, Daniel Pirro, ya era asiduo. Ganó. Siempre gana. ¿Él? Desde entonces Presidente de *Tiendas Integradas*. ¿Yo? Apenas un aspirante a convertirlo en cliente. Igual que en esta noche infame es él quien danza, es el quien se entretiene con sus propios ¡ej!, ¡ej!, ¡ej! ridículos, es él quien se inclina sobre Irene quizás para besarle los hombros, mientras yo solo soy quién lo observa y se sacude por dentro, humillado y lleno de rabia. Yo, el imbécil. El lugar para el almuerzo de bienvenida a Irene, apenas bueno. Ni costoso ni de bajo precio. Ni sofisticado ni corriente. Diurno. Apenas bastante para dar la bienvenida a los empleados de cuello blanco, protocolo corporativo sin significado. Nada especial ni desacostumbrado, no se hace creer al recién llegado que va a ser tratado de un modo diferente. Error grave. Sería necesario proteger de modo exagerado, muy visible, a los empleados de las minorías, hasta la ley lo dice. Ordené para Daniel un vino muy exclusivo. Para Irene y las demás gallinas de la División de Ventas, agua o jugo, no se ofrece una bebida fuerte a un subalterno al medio día. La noche nos envolvió a Daniel Pirro y a mí entre su penumbra. Todo, media luz. Imposible mostrarle las gráficas con los pronósticos de ventas. Torpeza. He debido elegir otro sitio y otra hora, un escenario bien iluminado para darle una presentación de ventas impecable, convincente, efectiva. El ambiente estimuló, en cambio, el apetito. El deseo de beber. La necesidad de descanso. Me batí durante toda la noche contra la abstracción de Daniel Pirro frente a una chimenea. Un escarnio de los dioses. Humillante. Absurdo. Llegó, saludó de prisa y se sentó sin decir nada. Giró el rostro y se concentró en las llamas. Por más de una hora tan solo las contempló, a todas y a cada una. Embebido. Mudo. Ausente. No honró, siquiera con la mirada, mi compañía. Ordenó un vino. Otro. Otro. Dionisos trabajó con mucho ardor toda esa noche. Quebrada, nerviosa y cascada resonó mi voz cuando me atreví a anunciar en voz demasiado alta que tenía conmigo los pronósticos de ventas. Ninguna respuesta. Otra botella de vino. Contar hasta diez. Contar hasta cincuenta. Poner todo al otro lado de una cámara lenta. Paciencia. Vino. Llamaradas. ¿Yo? Más angustia que rabia. Más angustia que humillación. Más angustia que envidia, la gran oportunidad de mi carrera pareció deshacerse entre las sombras producidas por las llamas de la chimenea.

No bebí, siquiera, en esa primera cena. No pude, hasta mi propia saliva se atoró en mi garganta. Llamas, vino, llamas. Anuncios, quizás, de estas antorchas con sus formas fantasmales entre las que Daniel Pirro baila con Irene mientras que Abel Solo acaba de esgrimir su aunque sería bueno para usted oírme. Traicioneramente temblorosa, mi mano puso al fin sobre la mesa un documento llenó de tablas y gráficas. Elegante, bien hecho, información muy valiosa. ¿Daniel Pirro? Ni un gesto ni una palabra. Nuevas llamas se apropiaron de sus ojos. Contar de nuevo hasta treinta. Hasta noventa. Paciencia. ¿Él? Presidente de *Tiendas Integradas*. Presidente de *Tiendas Integradas*, es preciso hacerle reverencia. Presidente de *Tiendas Integradas*, es preciso tenerle todavía más paciencia. Un tormento, cada instante que permanecí atascado en esa silla en exceso suave. Una afrenta. No logré reunir mi coraje para interrumpirlo, no lo encontré por ninguna parte. No hice sugerencias del menú. No propuse conversar sobre ningún asunto. No me moví. Tampoco tosí ni estornudé. Ni siquiera me arriesgué a levantarme para ir al baño. Yo, inerte. Marioneta quieta. Dominado por la conciencia de encontrarme a la misma mesa con quien podría llegar a ser ese cliente angular para mi carrera entera. Para mi vida entera. Temeroso de mostrarme impaciente. O imprudente. Mi resentimiento hacia Daniel Pirro aumentó con cada flama que osciló o creció o se empequeñeció, secuestró su atención y la encapsuló entre una especie de vida paralela, alterna, hecha de toda su mala intención para humillarme, para hacerme saber con claridad aquí el poder en manos de quien anda. ¿Daniel? Talante y postura de dios en su Olimpo. Soberbia. Absoluta falta de respeto. Altanero, el individuo que es capaz de beberse galones de un vino caro que otra persona paga sin dignarse a decirle ni siquiera gracias. Como si además de ser un aspirante a ser su socio, eufemismo que significa lograr venderle algo, yo hubiera sido alguna especie de insecto minúsculo, por ejemplo un piojo. Mi rencor aumentó con cada copa que tocó sus labios. Intenso, de seguro empañó el aire. Tan espeso que casi perdí el control de mí mismo. Casi. Casi decidí que no habría margen de ganancia ni bonificación de fin de año lo bastante grandes como para obligarme a aguantar semejante ofensa. Me ignoró. Me humilló tanto como quiso. Tanto como se lo permití, y se lo permití todo. No se lo impedí, aunque quise. También quise arrojarle a la cara cualquier posibilidad de hacer negocios juntos. Tampoco lo hice. Casi lo hice pero no lo hice al fin y al cabo. ¿Por qué no? Quizás porque no se debe honrar a un patán con una réplica. Quizás porque conseguí reunir todo el dominio que aprendí en los cursos de entrenamiento para futuros directivos. O quizás porque en algún momento, sin darme ni cuenta, volví mi mirada al piso y me encontré a mi pie izquierdo. Levantado en punta, condena. Patético. Bufón hecho de su colección interminable de fracasos. ¿Desde cuándo? Desde siempre. ¿Hasta cuándo? Hasta siempre. La noche se explicó a sí misma en ese momento. Creí entenderla, al menos. No fue necesario siquiera hilvanar vocales y consonantes, verbos, sustantivos ni frases en mi pensamiento. ¿Para qué? Ya se sabe. Aunque en realidad no, nunca se sabe, lo peor de esa noche se encontró todavía a la espera. Ocurre todas las veces, los dioses se encuentran todo el tiempo al acecho de un motivo para hacer mofa del ser humano. En el día resulta aún peor que en la noche, la luz encubre las cosas obvias mientras que la oscuridad obliga a estar alerta.

Indecisa, la mirada de Irene en su almuerzo de bienvenida, errante, ansiosa. Ojos de quien no conoce ni al lugar ni a la gente y busca algo o alguien de quien asirse. Extranjera. Vestimenta desacostumbrada. ¿Valerosa? No. Ingenua. Ninguna dosis de coraje pudo haber sido bastante para acercarse a una mesa ocupada por todo el grupo de gallinas de la División de Ventas. Se acercó sonriente a la mesa, Irene, en ese momento todavía mi ave. Con ese paso especial de reina, de diosa, de mujer que se clavó en medio de mi pensamiento sin que yo me hubiera dado cuenta. Con su promesa de brisa fresca y de un impulso nuevo para mi vida y mi carrera. Quizás hasta pudo llegar a convertirse en una aliada, se está muy solo en el poder todas las veces. Ignorarla, única manera de mantener mis ojos alejados de sus piernas. Las gallinas, miradas oblicuas. Disimulos. Desconfianza ante la gente distinta. Prevención ante la persona nueva. Envidia ante la mujer bonita, las mujeres son entre sí, desde el primer momento, o un sindicato de solidaridad o irreconciliables enemigas, en especial las gallinas de la División de Ventas. Nadie entabló conversación con ella. Ambiente de expectativa. Tampoco dejó nadie de comer, ni nadie empezó a hacerlo, obediencia absoluta a una especie de consigna para no reconocerla, para no dar cabida a su presencia. Consigna de odio, de desprecio, de rechazo. ¿Tácita o explícita?

La primera en seguir la consigna es Julia. Cizaña. Experta en frases con sentido a medias, como por ejemplo, que, deberé revisar los cálculos de este empleado que se equivoca de manera grave cuando se cansa y por eso ahora deberé ir a preguntarle si quizás no duerme lo bastante, parece estar siempre muy cansado, a lo mejor esa es la razón por la que casi no trabaja, o también, que, me preocupa tanto este otro ahora que su secretaria se ha divorciado sin que nadie haya logrado establecer la causa, lo que sí se sabe es que se quedan todas las noches a trabajar juntos durante jornadas muy pero muy largas. Julia Cizaña. Serpiente. De la misma especie de la serpiente de Adán y Eva, aunque es preciso concederle que esa cizaña ha resultado una arma devastadora contra nuestros competidores. Se limitó a saludar a Irene de un modo breve casi sin mirarla y de ese modo congeló en los labios la sonrisa de mi diosa, mi ave. ¿Yo? Observé sin decir nada, Ícaro todavía convencido del poder inexpugnable de sus alas. Sentí una lástima profunda hacia Irene pero la oculté atrás de un pan francés en rebanadas. Después de Julia, siguió Amanda. Maniobras. En todas las oficinas del planeta alguien tiene que hacer el trabajo sucio de traspapelar los documentos y sabotear las computadoras. ¿Corrupción de esa que arruina al mundo? Amanda Maniobras no hubiera llegado nunca a semejante esfera. ¿Espionajes industriales? Mucho menos. Apenas una empleada antigua acostumbrada a asegurarse de que nadie dentro de ningún equipo de trabajo en esta empresa sea mejor que otros, ni distinto. De ese modo los empleados malos sobreviven, y los buenos que no saben que lo son, se quedan. Hábil. Eficiente. Rápida. Nadie pudo nunca comprobar que Amanda violó un código de seguridad ni ocultó un archivo. Amanda Maniobras sonrió con cortesía y hasta dijo buenos días. No sostuvo la mirada de Irene, sin embargo, para no verse obligada a ampararla con sus ojos. Irene bajó los suyos. Bajó los hombros. Bajó la quijada en un gesto de dolor y de sorpresa. ¿Yo? Impávido. He debido quizás sonreírle, levantarme a estrechar su mano, u ordenarle tomar asiento en lugar de continuar su desfile de saludos sin respuesta a lo largo de la mesa inmensa. Que los dioses me concedan su perdón o su castigo. Discutí con la persona sentada a mi lado, ¿quién era?, el pronóstico del clima. Ahora, Andrea. Celadas. Llantos y halagos. Voz suave. Presencia impecable. Solidaria. Serena. Capaz de hacer modificar sin resistencias cualquier clase de fechas, desde adelantar el momento de promover a un empleado hasta aplazar por siempre una junta decisiva para asegurar que un directivo determinado por ningún motivo asista. Andrea Celadas. Ni siquiera ella, ícono de hipocresía perfecta, ofreció una bienvenida. Un gesto con la cabeza y una sonrisa a medias, eso fue todo. Irene ahora se tambaleó, casi. Se detuvo, casi. Desistió de su paseo de saludos, casi. No lo hizo, los casis nunca cuentan. De todas maneras sí se vio desconcertada. Sentí todavía mayor compasión por ella. Por mi diosa. Mi ave. Mi mujer de las piernas perfectas.

Las miré ahora y las encontré aún mejores que atrás del cristal de mi puerta. Las admiré otra vez. Me complací de nuevo en ellas. Sentí que esa subalterna nueva, extranjera, distinta, podría llegar a ser para mí, lo que todo hombre alguna vez espera: la mujer perfecta. La que hizo de su vida un triunfo. La que lo acompañó con fidelidad en las malas y en las buenas. Pobrecita. Tan ingenua y tan fresca y tan decidida a no dejarse amilanar por la frialdad de las gallinas. Mi compasión se hizo ahora tierna, me di cuenta de inmediato de su inconveniencia, desvié la mirada y me entretuve en ordenar una jarra de sangría. Al final, la más horrenda, la peor de todas las gallinas, la más peligrosa, la verdadera porquería. Mónica. Cero, cero, siete. Permiso para matar de frente. Nunca obligada, como cualquier otro empleado, a la urbanidad y la etiqueta. Más valiosa entre más tosca. Gritos y taconeos. Archivadores cerrados a golpes. Lápices arrojados al aire. Palabras soeces en tono bajo, en tono alto, en tonos intermedios. Amenazas dignas de ser escuchadas en una plaza de mercado o en una telenovela. Cualquier trabajador de oficina teme a ese tipo de escándalos y se repliega. Tan pronto vio a Irene se levantó, se plantó en medio de sus compañeras, cuchicheó y estalló en una carcajada que todas las otras imitaron enseguida. Gallinas de la especie arpía. Lo supe siempre. Lo utilice en mi favor algunas veces. Hice oídos sordos casi todo el tiempo, no encontré razones para crear escenas en ausencia de quejas. Me acostumbré igual que se acostumbra el ser humano a todo, hasta a lo podrido. Que los dioses me concedan su perdón o su castigo. ¿Yo? Culpable. Culpable de indiferencia. De negligencia. De la peor de las traiciones a la única especie sobre el planeta tierra que piensa, ser testigo de lo que se hace a quien no puede defenderse, y hacer caso omiso. Fijó ahora sus pupilas negras en mis ojos, Irene. Imploraron por ayuda. Desconcertadas. Confundidas. ¿Amargas? Me asaltó el impulso de correr a abrazarla. También el de ordenar a gritos a las gallinas que se comportaran con la hipocresía debida de acuerdo a las normas de la etiqueta corporativa. Me abstuve, innecesario decirlo.

Irene acabó de atravesar el restaurante bajo una luz diurna brillante, azul y amarilla. Nadie entabló conversación con ella. Se sentó en silencio en medio de dos sillas vacías y fijó sus ojos en un vaso de agua. Es algo que todos hacen. Escape. Una forma de disimular el aislamiento en medio de un grupo. En su mirada, tristeza. Sorbos pequeños, repetidos, rápidos. ¿Sed? O quizás todavía un mecanismo de defensa. Yo, indiferencia para eludir sus piernas. Para no dar material de cacareo a las gallinas. También para sobrevivir con mi autoridad indemne en ese almuerzo con ambiente de persona nueva. No la rechazaron de inmediato, la evaluaron. La midieron. La observaron. Esperaron. Nadie se decidió a hacer nada. Los minutos pasaron. Alguien con influencia ha debido hacer algo, reír o marcharse, las gallinas necesitaban una señal para saber cómo comportarse. He debido ser yo. He debido hacerlo. No lo hice, al principio, y lo que hice después resultó aún peor, ¿castigo? Abel Solo sí hizo algo, ¿quién otro? Se acercó con su bamboleo. Su sonrisa melosa. Su cabestrillo fingido. Su vientre que se desparramaba, rollos adiposos embarcados en una grotesca danza. ¡Qué asco! Apretón de manos para mí, recorrido alrededor de la mesa. Beso en la mejilla para Julia Cizaña. Para Amanda Maniobras. Para Andrea Celadas. Para Mónica Cero, cero, siete. Para todas. Irene se incorporó, extendió su brazo para saludarlo y dijo algo sobre el honor de conocerlo. Su voz, especie de cañonazo por su tono burdo. Desigual. Agresivo, sonido de acento foráneo, disonante, desagradable, humillante. Me obligó a desviar los ojos y fingir no haberlo escuchado. Abel Solo la ignoró y siguió de largo. No brindó a mi ave una mirada. Tampoco una sonrisa. Ni siquiera media palabra. Nada. Irene, mueble. Y a su lado la única silla vacía de todo el lugar, invitación de los dioses a hacerle compañía. ¿Qué hizo Abel Solo? Estiró su brazo mantecoso y arrastró esa única silla vacía hasta el extremo opuesto de la mesa. Eso fue todo. Consigna inconfundible. ¿Previamente diseñada? No me lo pregunté entonces. Mónica se levantó, automática. Sin mirar a Irene, recogió el servicio de mesa por encima de su brazo, lo entregó a Abel Solo y soltó una carcajada sin motivo. Todas rieron enseguida igual que antes. Irene, ojos bajos. Humillación. Dolor. Sorpresa. Ya está, ya fue bastante. Ya no más humillaciones en el día de hoy para mi ave, mi diosa de piernas monumentales. Decidí convertirme en el héroe de Irene, levanté la voz y recomendé en voz alta los espárragos. De inmediato me arrepentí, ya tarde. Cobarde. Pusilánime. Pequeño. Me acobardé, me levanté de mi silla y me dirigí a la barra de ensaladas. Soy solo un ser humano, después de todo, un ser humano. Uno solitario. Uno siempre preocupado. Uno sin felicidad, sin risa, sin una vida. Uno enamorado sin saberlo. Un bufón perfecto. Mis pasos, rápidos. Mis movimientos, precisos. El restaurante, ajetreo. Idas y venidas de camareros. Aromas entremezclados de comidas. Agitación de clientela que habla, ríe o calla, mastica o traga, ordena un plato o paga una cuenta, se sienta o se levanta, come o deja de hacerlo. Y allí, ella. Irene. Se levantó también, mecanismo de supervivencia, y se encaminó también hacia las ensaladas. La perdí de vista por un momento pero tropecé con ella a mi regreso. Sonrisas. Atmósfera distinta, leve, limpia. No nos importaron ni a ella ni a mí, en ese momento mágico de ensaladas, ni Abel Solo ni sus desplantes, ni ninguna de las ejecutivas de la División de Ventas con sus mañas. Magia. La misma de la historia del ratón que me contó alguna vez Irene. La misma de nuestras risas. El mismo también yo, el de siempre, el torpe, el ridículo. Mi pie derecho se enredó con el izquierdo, trastabillé, me incliné tambaleante hacia adelante y el contenido de mi plato de ensalada se desparramó sobre la mesa. Carcajadas. Brócoli, coliflor, rábano, espinaca. ¿Ella? Empezó a recoger, cuchara en mano, los vegetales. Acuciosa. Efectiva. Indigna labor para una ejecutiva ¿¿Qué hace??

—No haga eso —escucho a mi voz ordenarle con un tono lleno de desprecio.

—Estoy acostumbra a hacerlo, en mi país la mujer limpia para el hombre.

—Pero ahora usted se encuentra aquí —Mónica chilla.

—Su país no es mejor que el nuestro —Julia.

—Quizás cree que tiene algo para enseñarnos —Patricia.

—Si es tan bueno todo en ese país, no debería haber venido a este —Amanda.

—Debería ser mil veces más cuidadosa con su boca —Andrea.

Ya no hice ni dije nada más, no pude. Me llené en cambio de vergüenza ajena, yo enamorado indigno una vez y otra, de esa misma clase de vergüenza humillante, corrosiva que me asalta cada vez que me encuentro en presencia de

Abel Solo y Daniel Pirro al mismo tiempo, y que me paraliza cada vez que me acuerdo de eso que hizo Abel Solo cuando llegó, finalmente, a esa primera cena con Daniel Pirro. Eso. Todavía eso que hizo me golpea el rostro, ahora, aquí, en medio de esta fiesta, todavía me arde, y todavía más ahora cuando Daniel Pirro se encuentra a punto de besar el hombro de Irene, cliente odioso, rival maldito. Abel Solo llegó muy tarde a esa cena. Tarde. Subrepticio. No lo reconocí al principio. Alguien a quién no logré ver bien empezó a acercase desde alguna parte a nuestra mesa de un modo lento. Pudo haber sido un camarero. O el gerente del restaurante para demostrarme que él ya conocía bien todo lo que mi invitado ordenaría. ¿Quizás otro hombre de negocios? Uno igualmente arrepentido de haber elegido un restaurante tan oscuro como para impedir ver las miradas, evaluar los gestos, revisar los documentos. Otro imbécil. No. No se trató de nada de eso. Allá, desde la distancia, reconocí ese bamboleo. Esa figura obesa. Ese brazo en cabestrillo. Esa imagen lambona de paso furtivo. Ese odio reflejo ante su presencia. Abel Solo. Enemigo. Tarde, como siempre. Como siempre con su andar indigno. Repulsivo. Desacierto de los dioses en todas partes. En todo momento. Nunca resultado de actos equivocados sino de sus malas mañas. Lo comprobé la primera vez. La segunda. La décima. Sólo acepté que era necesario detenerlo cuando ya no tuve tiempo. Cuando ya no tuve voluntad para hacerlo. Que los dioses me concedan su perdón o su castigo. Abel Solo. Imposible presentir lo que nos regaló esa noche. Imposible preverlo. Imposible impedirlo. Avanzó hasta nuestra mesa con una sonrisa idiota. Daniel Pirro, mirada al frente, las llamas siempre más importantes que mi presencia, o la de Abel Solo o la de cualquier otro ser humano. De eso se trató siempre el poder desde el comienzo de la historia humana, de humillar todas las veces posibles a todas las personas que sea posible. Yo creí eso mismo todo el tiempo.

Al final Abel Solo llegó hasta nuestra mesa. Su aliento, tan entrecortado que no pareció haber atravesado el restaurante desde la puerta sino un desierto inmenso lleno de dunas, paladín contra tormentas de arena, animales formidables y guerreros. De algo de eso se acababa de convencer a sí mismo, creo, es la única explicación posible para lo que hizo. Se detuvo frente a mí. Irguió su espalda. Sonrió. Alzó la barbilla. Chocó los tacones al estilo militar y llevó su mano a su frente. Saludo inconfundible. De un payaso o de un borracho. Concurso de patetismo: Abel Solo con su bufonada militar, yo con mi pie derecho en punta. Con lo que hizo enseguida, ganó para siempre la ventaja como monigote o títere. Yo, desprecio. Cráter que se abrió inesperado para arrastrarme hasta ese lugar hondo, y oscuro, donde se deja de respetar la dignidad del otro para creer que se es superior, o que se tiene el derecho de juzgar a alguien. Desprecio. Rebaja más a quien lo dispensa que a quien lo recibe. Desprecio, lugar viscoso. Repulsivo. Cabeza de Gorgona, se divide en dos cada serpiente que se corta de manera que tarde o temprano el desprecio hacia cualquier persona se siente contra uno mismo. Lo desprecié, de todos modos. Reptil servil. Pobre miserable. Sin precedentes, lo que hizo. Sin explicación, tampoco. Carente de cualquier lógica. Todavía la pregunta por lo que pudo haber sido su motivo me ronda algunas veces. Y el recuerdo de la humillación para Abel Solo y para mí en ese instante me tortura. Despierto a media noche, a veces, entumecido. Con la garganta reseca. Ojos empañados. Las manos me tiemblan. También las piernas, y experimento el impulso de levantar la sábana para constatar que mi pie derecho como siempre se encuentra en punta. Lo veo de nuevo. Marioneta. Detalle a detalle. Su estampa, la mía. Ahí, ambos de pie, humildes frente a Daniel Pirro sentado en su silla. La penumbra. Las llamas. Mis pulmones perdiendo el aliento. Se vaciaron, repentinos, y se quedaron inermes, inútiles. Sobraron. La sorpresa en el rostro de mi verdugo futuro, Daniel Pirro. Su gesto de condescendencia. Levantó de medio lado su quijada, sonrió, suspiró y lo miró a los ojos. Enseguida me sonrió con simpatía. Victoria para Daniel. Para mí, la derrota más completa. La deshonra. Después de esto no va a respetarme nunca, la frase casi estalló en mi cerebro. No lo hizo. Todavía no lo ha hecho. Sin embargo todavía siento como un golpe de fusta en pleno rostro lo que sucedió en ese momento. ¿Abel Solo? Se acercó a Daniel, haló su mano, la envolvió entre las dos suyas, se inclinó y la besó como a la de un papa o un obispo. ¿¿Qué hace??

La nariz de Daniel Pirro llega ya a la altura del hombro de Irene. Lo sobrepasa en descenso. Se detiene. Ahora es cuando Daniel le besará el pecho. O lo morderá. Succionará quizás su pezón, fresa fresca. Enceguezco. Siento que me ahogo, que no puedo controlar por más tiempo esta rabia asesina que me arde por dentro, que grita, que aúlla en realidad desde el interior de mi cuerpo. Tampoco consigo detener ya más este odio, este resentimiento, esta necesidad sofocante, urgente, incontrolable de vengarme, de cobrarme todas las afrentas, de poner a Abel Solo en su sitio y ahora sobre todo de demostrar a Daniel Pirro que él no es nada, es solo una marioneta, es solo un títere de sus poder y sus privilegios. Que no puede hacer todo lo que quiere. Que yo puedo detenerlo en el instante en que yo así lo quiera. Que si he soportado sus humillaciones y su prepotencia no ha sido por miedo, ni mucho menos por respeto, ha sido tan solo por la conveniencia para mi carrera. Deberá saber que estoy dispuesto a arriesgarla, a dejarla atrás, a acabar con ella si es preciso, si es que de verdad besa los hombros de Irene, o sus pechos, aquí, en público, delante de toda esta gente, el muy cochino ahora se encuentra a punto de arrojarnos, a mí y a todos los de esta compañía la más baja de todas sus afrentas, la más canalla, la imperdonable, la insuperable, la que ningún directivo podría perdonar jamás, la que yo no perdonaré nunca, reconozco que Irene es una coqueta y una perdida, cortesana, casquivana, lo sé bien, lo admito, pero ni aun así permitiré a Daniel Pirro semejante ofensa, lo levantaré a golpes al mejor estilo de las películas, empujones, puntapiés, puñetazos, todo lo que sea posible, todo lo que sea preciso para detener su trayectoria de desvergüenza. Doy un salto hacia adelante y me alejo de Abel Solo, lo dejo con sus palabras ya por fuera de su boca pero sin haber tocado todavía mis oídos, apenas han alcanzado el aire, el viento quizás, o la negra noche de este momento, doy un paso largo, precipitado, furioso, otro, otro, y cuando me encuentro a punto de abalanzarme sobre ese rival odiado, Daniel Pirro se inclina un poco más, da un paso atrás para alejarse de la casquivana, hace un reverencia, payaso, se yergue de inmediato, se acerca otra vez a ella demasiado, se inclina otra vez, da el paso hacia atrás y repite su reverencia, repite sus ¡ej!,¡ej!,¡ej! ridículos, aplaude al aire, manos arriba, palmas abiertas, y con un ademán invita a los demás danzantes a imitarlo en ese paso de baile que recién acaba de inventarse.

—Usted no me ha escuchado, —Abel Solo también lo ha visto y se recupera.

—Dígalo de una vez por todas, Abel Solo, no malgaste mi tiempo.

—Espero que Ud. no se ofenda, aunque…, es algo que tiene que ver con ella.

—¿¿Con quién??

—Con Irene. Hay una incongruencia.

—¿Incongruencia?

IV

Blanco. Casi de hielo. Casi de plata. Casi, casi, de gris de nube triste. No se extiende como manto dentro de esta habitación tan fría. Se interrumpe, en cambio, entre objetos de colores anodinos, tan mínimos que podrían parecer triviales, y provisionales, aunque en realidad no son lo uno ni lo otro porque no son exactamente objetos y sin embargo un gramático los llamaría sujetos, y un filósofo, realidades físicas: el cabello, el rostro, una rígida sonrisa sin expresión, desvanecida, los brazos al descubierto, tubos, jeringas, todos esos ocasos de blanco hospitalario semejantes a los reiterados ocasos del pensamiento, que se interrumpe y muere con cada destello en mi cerebro de esa invocación repetitiva. Ineludible. Intermitente. Impredecible. Abusiva. Que los dioses me concedan su perdón o su castigo. Que los dioses me concedan su perdón o su castigo. El fluido natural de mi raciocinio se estanca y pierde autonomía, se interrumpe aquí y allí cuando todo un contingente de imágenes insurrectas me asalta, me agobia, me destroza, las imágenes de lo que ya no es y no será ya, lo que pudo haber sido, lo que pudo haberse hecho, lo que no se hizo, lo que se dejó de hacer, y sobre todo lo que se hizo, lo que hice a Irene, recuerdo adolorido que se agita frente a mí mientras ella continúa, quizás para siempre, dormida. Mi mirada oscila entre el blanco, navegante a lo largo de una dimensión de tiempo que ya no es el tiempo porque ahora ya ni fluye ni se estanca sino que se ha limitado a dar saltos errátiles, descoordinados, carentes de un antes y un después, incierto. Observo a mi alrededor. Recuerdo. Me levanto de mi silla y doy unos cuantos pasos tardos. Recuerdo. Regreso a mi sitio y tomo asiento de nuevo. Recuerdo. Persigo las ráfagas de voces que allá, afuera de esta habitación, se esfuman desde antes de haber sido. Recuerdo. Recuerdo maldito horrorizado. Me levanto otra vez y me dedico a andar dentro de un círculo. Me fatigo. Regreso a mi silla. Me sumerjo entre el blanco disparejo. Un punto tornasolado allá, de segmentos de piel todavía algo refulgente, destaca. También nuevas realidades físicas de hospital: luces de colores en una pantalla, intermitentes; una mesa al lado de la cama con algo encima que desde aquí parece una bacinilla pequeña; en la pared una imagen de Jesucristo con ojos de aburrimiento; en el suelo, una almohada. ¿Cómo cayó? ¿Cuándo? ¿Debo levantarla y acomodarla? ¿Yo? La ignoro. Pretendo ignorarla es una frase más exacta, y obligo a mis ojos a encontrar un punto fijo en el lado opuesto de este blanco de mi tormento. Que los dioses me concedan su perdón o su castigo. Tiempo muerto. Estiro los brazos y las piernas. Bostezo. Evalúo mis uñas. Me levanto. Camino despacio en círculos. Repito en silencio: que los dioses me concedan su perdón o su castigo, que los dioses me concedan su perdón o su castigo. Regreso a mi silla. Me sumerjo entre el blanco. Mi cerebro repite mi letanía. Suena extraña e intento eliminarla, pero se niega a abandonar ese receptáculo cerrado que es mi mente. Permanece, y entonces hago un intento por cambiarla, al menos. No lo consigo, tampoco. Se me resbala, no se deja aprisionar y no logro articular siquiera una plegaria por esa persona que se encuentra entre esa cama, por Irene, no hace falta decirlo. Las frases se me escapan, las palabras no se forman, las vocales y las consonantes flotan inconexas, no es posible alcanzarlas. Vuelvo a recitar, en cambio, en silencio, otra vez, mi letanía y enseguida hago un esfuerzo por pronunciarla. Tampoco lo consigo, una roca con aristas puntiagudas atraviesa mi garganta y corta el paso del aire. Me es imposible pronunciar una palabra. Me sofoco de un modo gradual e interminable. Sin embargo mi respiración no muere. Sigo vivo. Vivo significa únicamente que no estoy muerto. No significa que tengo aliento, no lo tengo. No tengo ese impulso, esa energía, esa capacidad para seguir siendo, que significa la vida. Soy solo un algo que camina igual que un autómata dentro de este espacio blanco; y observa; y recuerda; y repite una y otra vez su letanía, que los dioses me concedan su perdón o su castigo. Es una repetición como de máquina. Taca..., taca..., taca..., que los dioses..., que los dioses..., que los dioses.... Repetición de robot. De piloto automático. De cadena sin fin en una planta manufacturera. Que los dioses me concedan su perdón o su castigo. Hace tiempo que la frase ha perdido su sentido. No es una plegaria ya. No ha sido nunca un mantra. Ni siquiera una invocación al universo. Tampoco es, en realidad, un mensaje dirigido a los dioses en su Olimpo. No dice perdónenme, no dice castíguenme. Solo dice que los dioses me concedan su perdón o su castigo, una frase impersonal carente de intención comunicativa, un sonido de algo hueco que golpea contra algo hueco, nada hay por dentro, nada se espera allá afuera. La desesperación, sin embargo, todavía no llega. Se ha anunciado ya, señal o aviso, en este color enfermo. Me ha cercado ya. Me ha hecho su prisionero adentro de su marasmo en círculo. Me rodea, me acecha. Se encuentra al alcance, allí, frente a mí, a mi lado, a mi espalda, bajo mis pies y sobre mi cabeza, tan cerca que podría tocarla con solo extender mi brazo o mi pierna, o quizás con solo inclinar el torso un poco y dejar que mi nariz se sumerja en ella. Más tarde o más temprano dejará de acecharme, se abalanzará sobre mí, y me invadirá, definitiva. Corpórea. Caníbal. Quizás se introduzca como una bacteria a través de alguna de mis cavidades: las fosas nasales, la boca, los oídos, los ojos, el ano, esas raspaduras en mis nudillos que resultan de aporrear las cosas, ese corte en mi quijada que se produjo esta mañana al afeitarme. Sobre todo, a través de ese orificio inmaterial adentro de mi ser por dónde se escapa la sensación de haber estado vivo. Mientras tanto me debato entre ese blanco de marasmo. Me levanto. Ando en círculos. Tropiezo con la almohada y la arrojo con el pie hasta una esquina. Repito la letanía que ahora tiene un olor de blanco, ya se encuentra debajo de mi piel, ya ha producido un sabor encima de mi lengua. Marasmo. Mi capacidad de ser un ser, se congela. Es extraño. Ser un ser a punto de estar desesperado no es ser un ser en movimiento que se sacude y grita, y ejecuta acciones torpes, dramáticas, violentas. No. Quizás la acción, el movimiento, los temblores, las sacudidas, las voces y las violencias aparecerán cuando se cierre el cerco y se produzca la asfixia. Por ahora, en el momento previo a la desesperación total, la que aniquila, la que acaba a propia mano con la propia vida, solo hay marasmo. Y el marasmo es blanco. Helado. Aséptico. Hospitalario. Como de mortaja. Mortaja, escalofriante palabra. Me obliga a dirigir mi mirada hasta el fondo, hasta esa distancia donde el blanco se interrumpe, hasta esa distancia que es en realidad un combate entre los dos extremos de un solo espacio, el espacio compuesto por esas minúsculas cánulas verdes que salpican ese blanco. Me encuentro en uno de esos extremos. En este extremo me encuentro yo, aquí gravito adentro de un limbo para siempre. En el otro extremo Irene duerme, creo, o se muere, o vive su propia muerte. Combate fiero. Mis pupilas se dirigen una vez y otra hacia allá, insisten por encima de mi intención y de mis deseos. Las refreno, y al hacerlo es mi cuerpo el que gira y se inclina en esa dirección también, o de pronto me levanto y sin quererlo doy un paso u otro casual, involuntario, que acortan la distancia tanto como un paso, o medio, jamás más que eso, y de nuevo empieza la batalla entre mi necesidad de estar aquí, en mi extremo, mi limbo, mi mortaja, y mi necesidad de estar allá, de acercarme, de ver, sentir, vivir, fundirme con ese estado de ausencia de vida y carencia de muerte que es en el que me encuentro aquí y es al mismo tiempo en el que se encuentra ella, con la única diferencia, notable y definitiva, de que aquí sí existe todavía la posibilidad de efectuar movimientos con el cuerpo. Allá no. La parálisis en ese extremo es física. La parálisis en este es moral, y esa sí que es una tragedia definitiva. De nuevo mis ojos se independizan de mi voluntad y se detienen en el extremo que ocupa ella. Piel. Máquinas. Cabello. Tubos diminutos y transparentes, rematados en cánulas verdes pequeñas. No hay una mortaja allí, todavía. Gracias. ¿Hay una acá, en cambio? Imposible decirlo. Irene todavía no necesita la suya, mientras que yo hace tiempo estoy envuelto en la mía.

Incongruentes, las siluetas de estas personas, en este parque de atracciones, en esta noche de fiesta. Siluetas desdibujadas. Deidades temporales. Las figuras frente a mis ojos se mueven a través del filtro de una cortina hecha de noche, de alegría ajena, de desesperación interna, de alivio que no es alivio, de rabia, de deseo. Quema. Se esparce en brasas dentro de mi boca y lacera mi paladar, mis labios, desciende a través de mi garganta hasta el fondo de mi organismo, imposible predecir cuál segmento de mi piel interna va a tocar y a hacer arder, cuál se va a escapar, cuál está ya tan quemado por tanto licor de tantos años que ya ni siquiera siente, eso no tiene importancia, qué podría importarme ahora lo que pudiera ocurrirle a mi cuerpo si ella baila para él, coqueta, se entrega a su ritmo que me es tan ajeno, a su música que es alfombra mágica, y sobre todo a los ojos de Daniel Pirro, a su mirada de cazador, a sus golpes de tambor, a sus interjecciones valientes, se requiere de coraje para emitir al aire ese sonido ridículo, ¡ej!,¡ej!,¡ej!, un nuevo concepto en gritos de caza, alarde que atrapa. Ella baila sola, él se limita a acompañarla. Se mece, fémina fatal, cimbreante, insinuante, peligrosa. Eros. ¿Yo? La miro. La odio. La desprecio. Escucho a Daniel con su interjección y su tamborileo. Examino el movimiento de sus manos, rápidas, salvajes, puedo ver que en algún momento va a tocarla quizás de la misma forma como hace un momento tocó a los tambores, con brío, o de una forma diferente que ella pueda sentir como una especie de caricia. Va a tocarla en todo caso, con destreza o sin ella, que me importa, lo que importa es que él si llegará a hacerlo, a tocarla, a poner sus manos sobre ese cuerpo, recorrerlo, fricciones, roces, punzadas leves, jugueteos epidérmicos, habrá más, lo habrá todo, y yo me resignaré a imaginar lo que él hace, lo que ella hace, lo que ella dice, lo que ella pide, lo que ella permite, mientras seguiré atado aquí a mi esquina, la esquina de mi poder, trampa, jaula. Estoy exhausto. He perdido toda mi energía. No tengo siquiera aliento para seguir viendo el espectáculo de Irene y Daniel Pirro entregados a su danza. Ellos no se cansan de bailar, el deseo de la carne es poderoso para inyectar al ser humano fuerza nueva. ¿Yo? Desfallezco. No encuentro dentro de mí ningún ánimo para seguir observándolos. Ni para dejar de hacerlo. Tampoco para escuchar ahora lo que tiene para decirme Abel Solo. No me interesa ni siquiera su chantaje. Tampoco me interesa averiguar qué es lo que él quiere decir cuando habla de una incongruencia. No esta noche. Nada de lo que puede haberme dicho alguna vez me ha interesado realmente. Nunca. Los detalles de lo que él ha llamado la incongruencia de Irene son irrelevantes. Será otra de sus trampas, seguramente. En cualquier momento lo escucharé pronunciar la palabra aunque. Entonces confirmaré que no ha sucedido nada grave, y que en esta noche, igual que en todas las noches previas, la espada de Damocles todavía no cae. Gracias. Gracias al Olimpo. Ícaro conservará por ahora sus alas. Gracias.

Mi cuerpo parece que por momentos se desmadeja. Desde un instante de angustia extrema ha desembocado en otro de lasitud que hace que mis piernas pierdan firmeza. Mis hombros caen, mi quijada, mi torso. Con mirada baja busco, casi sin darme cuenta, un lugar cercano para sentarme. Algún pedazo de árbol caído. Una barda. Un montículo. No acierto a ver nada que sirva para esos fines. Me encuentro tan cansado que ni siquiera mi pie izquierdo se alza en punta. No hubiera importado ahora, en todo caso, el anuncio de una incongruencia ha abierto una dimensión nueva para esta funesta noche eterna. A alguna distancia se encuentra una banca de piedra. La miro con esperanza, la evalúo, la desecho. Acercarme a ella significaría dejar de vigilar a Irene. También haría evidente que estoy cansado, símbolo de debilidad, de vejez, de fatiga. No. Eso nunca. No frente a los ojos de Abel Solo. Disimulo, igual que siempre. Este acto de disimulo es el mismo de todas las veces, y es al mismo tiempo uno nuevo. Es uno que se repite, y es sin embargo uno que en cada ocasión invento. Como todos, este no hace más que aumentar mi cansancio. Siento una gran debilidad física. Un inextinguible tedio. Me doy cuenta de que cada instante de mi vida en presencia de estas personas que yo llamo la compañía ha sido solo un acto de disimulación continua. Un teatro creado quizás para entretener a los dioses, o para escandalizarlos con la capacidad inagotable de fingir que ha desarrollado, a lo largo de toda su historia, la raza humana. También un arma para mi supervivencia entre este medio corporativo, cueva de chacales. Sobre todo, un trampolín para mi carrera. Por décadas he disimulado todo. Mis pensamientos. Mis deseos. Mis frustraciones. La timidez. Las inseguridades que me ha causado mi vicio izquierdo. La ira. Hasta mis reacciones físicas: los estornudos, nunca elegantes; los bostezos, siempre de mal gusto; el dolor de estómago; los gases intestinales; las erecciones en horas laborables. He disimulado, y disimulado y disimulado. He hecho de la disimulación una forma de ser, tiránica. Peor que todo lo demás junto. Sonreír si alguien dice una cosa imbécil, especialmente si es un cliente. Soltar una risotada para no estallar ante una ofensa. Mostrarse siempre seguro. Ofrecerse a pagar la cuenta. Pretender que no importa pagar gastos de la compañía con dinero propio. Quedarse a trabajar, sin cobrarlas, un número incontable de jornadas extras. Participar con generosidad en las colectas. Convertirse en un experto en temas de conversación banales. Convertirse en un experto en las ventajas del carro nuevo que acaba de comprarse el jefe, o en el lugar de sus vacaciones o en los méritos intelectuales de su esposa nueva. Gastarse una buena parte del salario en ropas, carros y fiestas muy caros que nunca han valido la pena. Andar siempre a la caza de ideas nuevas para promoverlas si son propias y para robarlas o arruinarlas si son ajenas. Disimulación es el arte de tener éxito en las empresas.

¿Yo? Hastío. Al final reclino mi hombro contra el tronco de un árbol grande, bajo una especie de lluvia lejana hecha de las palabras de Abel Solo, que han perdido su importancia. Todavía me siento débil. Sin fuerzas. Agotado. Es alivio. Toda la enorme descarga de adrenalina de hace unos momentos se ha interrumpido y ahora solo queda en mi organismo una sensación de lago tranquilo. Gracias. Los dioses se compadecen. Gracias. Gracias a una incongruencia. De ella proviene todo este alivio desfallecido. Incongruencia, ahora una palabra bella. Musical. Redentora. Perfecta. Incongruencia. Incongruente es algo que tiene una contradicción estructural interna, como por ejemplo, la insistencia de cada miembro de una pareja en que el otro sea sincero a pesar de que en su interior cada uno de ellos sabe bien que la mentira es lo único que les permite seguir siendo eso, una pareja. ¿Una incongruencia en relación a Irene? Eso no es nada nuevo. Irene, por definición incongruente. Es extranjera. Piensa diferente. No entiende cómo se vive la vida aquí, ni cómo se piensa. No procede de la misma manera. Si Irene se ha mostrado de nuevo incongruente junto a las demás gallinas de la División de Ventas, no es importante esta vez tampoco. Deberá sufrirlo y después dejarlo atrás igual que las otras veces. Lo que sí es importante, es que nada de lo que pudo haber visto Abel Solo la tarde en que conocí a Irene, podría haberse llamado una incongruencia. Nada. Gracias. Mi secreto no estará esta noche en los labios de Abel Solo. Gracias al Olimpo. Alivio. Sea lo que sea lo que Abel Solo tiene para decirme esta noche, no es eso que yo tanto temo. Gracias. No lo vio. O no lo dirá ahora. O no lo sabe. Gracias. Si es que sí lo sabe y todavía lo guarda para esgrimirlo en el futuro como un chantaje, se sabrá y se resolverá a su tiempo. No lo afrontaré esta noche, en frente de estas atracciones, en frente de esta danza, en frente de Daniel Pirro. Alivio. Ícaro no perderá ahora sus alas. Gracias al Olimpo. Gracias. Alivio. Bebo un trago largo que me quema la garganta y me produce un placer extraño, abrasador, picante. Estoy vivo, a punto de desmayar por el cansancio pero todavía dentro de esta danza, de esta fiesta, de este juego de poderes y de intrigas contra Abel Solo y Daniel Pirro. Gracias. He conservado mis alas. Gracias.

Ahora vuelvo mi mirada hacia este ser abyecto, mensajero del Averno, Hermes funesto. Abel Solo. Me observa con sus ojos fijos, anhelantes, interrogantes, en exceso abiertos, perro que espera de su amo un permiso o un premio. Quiere saber si sus palabras han surtido efecto. Si ha despertado mi curiosidad. Si ha desencadenado alguna clase de sentimiento. ¿Si me ha ofendido? Siento por él un desprecio inmenso y decido que es tiempo de que explique su asunto de la incongruencia. ¿A qué se refiere? Se acerca todavía más a mi oído y pronuncia unas palabras que se pierden entre los tambores, entre el viento, entre un ruido atronador, metálico, producido por las atracciones mecánicas: una rueda de Chicago, un par de pistas de carreras pobladas de carros chocones, varias montañas rusas. Molesto. Estentóreo. Horrísono. Me distraigo con el pensamiento de que esa mezcla estridente de sonidos forma una especia de cortina espesa con capacidad para encubrir un crimen, no se escucharían el disparo de un arma de fuego ni los gritos de una víctima. Me río de semejante idea peregrina. Mecanismo de defensa, diría un teórico psicoanalítico, la mente divaga para no mirar de frente la evidencia de que se está experimentando una gran tristeza. ¿Cuál podría ser esa gran tristeza mía, aquí, y ahora? Que Irene resultó ser una mujer coqueta, tristeza tonta. Infantil. Carente de lógica. Se burlarían desde su paraíso los dioses, nada hay menos racional que el ser humano racional y eso fue lo que los obligó a refugiarse en su Olimpo. Sacudo mi cabeza, reviso mi pie izquierdo, me aparto del árbol que me ofreció su apoyo y miro a Abel Solo desde arriba.

—¿A qué incongruencia se refiere?

—A los números.

—¿Cuáles números?

—Los de las cuentas.

—¿Cuáles cuentas?

—Los de los gastos de la fiesta.

—No entiendo.

—Puedo hacer que Mónica le explique todo, ella tiene los recibos de las compras.

Ahora entiendo. Las palabras de Abel Solo se quiebran con el viento, incompletas, imposibles, se enmascaran atrás de la música, se interrumpen, se renuevan, se fijan en mis oídos, resuenan con un significado nuevo en mi cerebro, ecos y fragmentos, se adhieren como punzadas en medio de mis sentimientos, puñaladas de dolor y alivio a un mismo tiempo, heridas que matan para devolver la vida. Irene, una extranjera, una indigna, una perdida. Ladrona, ahora. Gracias. Daniel, dos veces Pirro. Se lleva a la coqueta. A la coqueta que es ladrona. Gracias. Ícaro se eleva. ¿Yo? Río. Sin sonido, por supuesto. Sin gestos. Sin risa. Más allá de todo sentimiento imposible hacia ella, hacia Irene, mi diosa, mi ave, una perdida y ahora una ladrona. He vivido todo este tiempo en el espejismo de mi amor por ella. No ha sido nunca en realidad una diosa. Mi risa ahora se escucha, más sórdida entre más interna, triste, estupefacta, desamparada, hecha de un dolor insoportable, punzante, sin las carcajadas limpias que me produjo su historia de los ratones, sin la sorpresa maravillada de escucharla hablar acerca de los dioses, sin mi deseo fuera de control ante sus monumentales piernas. Deseo, origen de mi cinismo, la gran trampa. Río y río por dentro sin dolor ante la noticia nueva. Creí en una mujer perfecta, Irene. Mi ilusión y mi fantasía, falacias, ni siquiera han sido su mentira, han sido la mía. No me engañó. Me engañé yo mismo. Inventé para ella una imagen falsa. Ella no lo hizo, lo hice yo mismo. Entre más adoré sus muslos repletos y su caminar de diosa más me ilusioné con ella. Por ella. La idealicé. Ante mis ojos la hice perfecta. De ese modo la adoré. Inventé adentro de mí un sentimiento desconocido, intenso, en cada encuentro con ella. Lo forjé, ahora lo veo, en mi necesidad de creerla buena, sin darme tiempo para entenderlo. Sentí, es así de sencillo. Sentí, creo que por primera vez en todo mi tiempo. Sentí deseo, admiración, sorpresa, compasión, celos. Sentí y disfruté sentir solo por ella. Sentí temor también, y eso me hizo sentirme todavía más, vivo. Me atemorizó saber que aún tenía, también yo, capacidad de sentimientos, ironía devastadora frente a mí mismo. Eso que sentí tironeó de mi piel, la desgarró y la dejó engarzada trozo a trozo en el embrujo despiadado de sus piernas, arpón de dos puntas, maligno. Irene, incongruencia en las cuentas. Ladrona. La peor de las gallinas de la División de Ventas. Además, coqueta. Incongruencia en las cuentas es un eufemismo de empresa para decir lo que eso dice, que la persona roba. Ladrona. Irene. Imposible creerlo, casi. Natural haberlo previsto, casi. Extranjera. ¿Qué pasó conmigo? ¿A dónde me fui, mientras junto a ella se quedó esta marioneta? Debí saberlo. La perfección no existe, moraleja tan antigua que avergüenza. Extranjera. Desconocida. Hermosa. Distinta. ¿Yo? Sin espacio para el dolor. Para la desilusión tampoco. Ni siquiera para arrepentirme. Alivio. Cinismo.

Pregunté si era una persona creativa. Respondió que sí, y que de mente abierta. ¿Coqueteo? Ordené que dibujara a lápiz un objeto escogido entre tres, el teléfono sobre mi escritorio, una silla, mi portafolio en el suelo. Dijo que no era una artista. Respuesta decepcionante, ni servil ni coqueta. Profesional, se diría. Segura de sí misma. Orgullosa. Preguntó si yo aceptaría una historia a cambio. Accedí para no dejarme atrapar de nuevo por sus piernas. Empezó enseguida. Al llegar la noche un hombre entra a mi oficina como siempre. Trae su escoba. Su pericia para la limpieza. Su silbido de trabajador alegre. También su gratitud de viejo, nadie da empleo hoy en día a la gente de su edad, tan larga, y siente que el suyo es un privilegio, no un derecho. Es una persona pobre, sin hijos, sin pareja. ¿Su trabajo? No es un modo de sustento. Es una defensa. Es su modo de protegerse contra el aislamiento que consume en la edad madura el intelecto, roba la memoria, los sentimientos y hasta la capacidad para utilizar con autonomía el baño. Aniquila a los viejos. Un escobazo, dos, cuatro. Su silbido, melodías y optimismo. Se repite. Varía de ritmo. Se prolonga sin hacerse más alto. Silbido armonioso. Silbido festivo. De un momento para otro parece esconderse atrás de un sonido casi más bajo, un ruido extraño. Ahogado. Casi nada. El hombre hace una pausa. Oídos alerta. Mirada aguda. Silencio imperfecto: los mismos murmullos en la misma oscuridad al final de cada día; afuera, las bocinas de los autos y la pereza de una ciudad ya somnolienta; adentro, el rastro de los sonidos cotidianos, ecos incompletos de frases que no se producen, crujidos, espectros. Nada distinto. El trabajador, indiferencia. Escobazo número cinco, número siete, número diecinueve. Un rumor, de nuevo. Semejante a un zumbido abortado, cohibido, uno que ni se atreve a presentarse ni se marcha, tampoco se apaga, está ahí en alguna parte pero es nada, no termina de suceder pero sí, sucede. Es y no es, conmoción. Es y no es, susurro. Es y no es, algo. El hombre de la escoba, otra vez pausa. La noche activa el sentido de lo extraño. Ahora camina. Pasos cautelosos, livianos, atemorizados, lo bastante largos para recorrer todo el espacio, lo bastante cortos para asegurar sigilo. Nada. Ni sonoridades imprevistas ni seres de carne y hueso. Nada. La imaginación algunas veces juega con tretas. La tercera vez que su oído captura algo, el trabajador se siente en peligro. Decide culminar su tarea lo más rápido que pueda. No más escobazos. Desempolvar, rápido. Vaciar canecas, a toda marcha. Las plantas en sus macetas no se morirán por una sola noche que se queden sin agua, es preciso terminar y huir cuanto antes. Solo que ahora el rumor se mueve. Sus ojos alcanzan a captar una especie de oscilación en el suelo. Imperceptible, casi. Sin fuerza, casi. Sin ubicación precisa, casi. El zumbido ha sido en realidad un movimiento, no un sonido. La sensación de estar en peligro aumenta. La espanta con un manotazo al aire pero ella regresa y él debe luchar para vencerla. Contiene su respiración por un momento, exhala, retiene de nuevo el aire, estira hacia un lado su cuello, luego hacia el lado opuesto, no produce ningún sonido, no se desplaza, ahora se inmoviliza. Vigila. La oscuridad ya ha tomado posesión de todo a su alrededor de un modo lento. Alertas, sus sentidos. Atentos a cada vibración, a cada cambio en la iluminación, a la temperatura y hasta a la densidad del aire. ¿Explicaciones? Ninguna plausible. Está perplejo. Su mente se desliza errabunda a través de una cadena larga de teorías, no todas absurdas. Quizás una tubería abajo del piso tiene una fuga. Quizás sea cierto que al envejecer los edificios reproducen en la noche los sonidos diarios debido a algo que en sus clases en la escuela llamaban la magnética. Quizás, después de todo, la gente tiene razón y sí existen los fantasmas. Lo peor de todo es que el tiempo avanza. La limpieza sigue sin hacer. Las hipótesis se multiplican. La negrura de la noche ha dejado de ser la misma de cada vez y se ha vuelto siniestra. El ruido es en realidad una especie de movimiento que se repite y produce una especie de crujido sordo. Insistente. El hombre hasta puede predecir ahora cuándo ocurrirá el siguiente. El próximo. El otro que ya viene. De pronto detecta con precisión en dónde se produce. Tremenda sorpresa, no hay tiempo para pensar mucho. Es un lugar inconcebible. Incomprensible. Aterrorizante. Mi portafolio. Lo dejé en la tarde al salir para mi casa, olvidado sobre la alfombra, en el piso. Pavor, ahora. Algo se mueve adentro del portafolio del jefe de la oficina. El trabajador ya no se da permiso a sí mismo para imaginarse que no ha percibido nada. Tampoco para inventarse un temblor de tierra, un duende, ni un reproductor de música que alguien dejó encendido en el fondo de una gaveta. No puede ya ampararse en ninguna idea ingenua. Pánico. Ha descubierto al mismo tiempo dos verdades y esas verdades se han unido para convertirse en una sola, amenazadora. Primera verdad: sí existe un ruido. Segunda: el lugar de donde viene sí representa un peligro. No se trata de sus suspicacias, no se ha vuelto paranoide, él no es una persona de esas que ven amenazas por todas partes, esto es real, es inaudito pero sucede. Verdad conjugada: aquí hay una tragedia que ya llega. Silenciosa, como siempre. La tragedia siempre se abre paso en la vida humana con cautela. Durante tiempos muy largos. Con un paso lento que no se detecta. Subrepticia. Se forma a medida que se acerca, sutil para no deshacerse por casualidad en cualquier segundo ni en cualquier esquina. Dotada de inteligencia, voluntad o estrategia. No ocurrirá de un momento para otro, se anunciará en momentos inocentes, como siempre: en el dueño de un coche que olvidó darle mantenimiento, en la madre que abrió en exceso las ventanas, en el adolescente con su manía de andar por todas partes sin mirar en donde pisa. Es enviada de a pocos desde el Olimpo, no hay lugar a equivocarse. Y la tragedia que el hombre de la escoba recibirá de manos de los dioses de un momento para otro tiene forma de un rumor en el interior de un portafolio. El trabajador, pánico. Lo que sucede esa noche solo tiene una explicación posible. Y sí, es trágica. Cambiará su vida. En realidad, acabará con ella. Ahora su escoba entre sus manos tiembla. Náuseas. Pulso rápido. Sensación de pena. Un hoyo profundo succiona, en su interior, su estómago. Su corazón late con tanta fuerza que golpea casi a un mismo tiempo las paredes internas de su espalda y de su pecho. El sudor que de improviso empapa su frente, sus sienes, sus labios, esparce un halo rancio que hace denso su oxígeno impidiéndole llegar a sus pulmones. Las palmas de sus manos, su nuca y las corvas detrás de sus rodillas también se humedecen. Sabe que todo eso no es otra cosa más que la voz del miedo. No se atreve a moverse aunque sus ojos sí escudriñan. Sus oídos parecen haber aumentado de repente su capacidad de percepción hasta permitirle detectar, él piensa, el vuelo de un microbio. ¿Vuelan, los microbios? A nadie importa, su tragedia no vendrá enredada en un microbio sino en un ser vivo mucho más grande, al menos eso es lo que el hombre cree ahora, uno repulsivo. Uno que se mueve siempre rápido. Arrastra una cola larga. Mira con ojos despectivos. Un ratón. Un ratón se ha colado adentro del portafolio, idea fija al tiempo plausible e inaudita. Inaceptable. La lengua del hombre se enreda dentro de su boca. Su pavor aumenta. Se aferra al palo de su escoba como resultado de un acto reflejo y apoya su cadera contra el escritorio para no caerse. Todo a su alrededor parece dar vueltas como en un ataque de vértigo. Traga saliva. Agarra con más fuerza aún su escoba y hace un esfuerzo por respirar de un modo profundo. Su cuello se tensa. Sin darse siquiera cuenta expulsa una ventosidad hedionda. Se llena de compasión para consigo mismo. No teme a los roedores, su miedo es otro. Uno más vital, definitivo, uno de esos que se refieren a cosas fundamentales en la existencia humana. Miedo por su empleo. Todos temen por su empleo alguna vez. Todos. Si no lo atrapa, el roedor se escapará tarde o temprano y será descubierto luego. Desde ya anticipa un escándalo tremendo. Ruidoso, indigno. Las mujeres, todas, subirán sus piernas a las sillas, o darán saltitos. Además emitirán chillidos de esos semejantes a los de los simios debido a algo que llamaban, recuerda otra vez sus clases de ciencias en la escuela, las hormonas. Los hombres se apartarán con una mueca de asco, o harán una broma, para esconder que también ellos sienten miedo de semejante animal indefenso. Para complicarlo todo, el roedor se ha colado en la oficina de un jefe alto. Lo sabe por la elegancia de los muebles y sobre todo porque tiene puerta de cristal y ocupa toda una esquina. Cuando este jefe advierta la presencia del animal, llamará a un jefe más bajo. Ese, a otro. El tercero todavía a otro más abajo aunque nadie buscará al ratón en serio, ocupados como estarán todos, en cambio, en encontrar a un culpable. Todo el mundo sabe que ese es precisamente el trabajo de la gente que usa traje, buscar a un culpable para todo lo que pasa, fingir que se está todo el tiempo muy ocupado o que se es muy importante, y asegurarse de no ser encontrado, jamás ni ante nada, responsable. El hombre sabe que perderá su empleo. Ese tipo de cosas ocurre todo el tiempo. Un detalle nimio después de una década de desempeño impecable, un descuido de un tercero, alguien que necesita demostrar poder, o un recorte en el presupuesto, y quien se va a la calle no es quien lo merece sino quien se asomó a una mala esquina en un mal momento. Necesita deshacerse del roedor enseguida. No parece un gran reto. Levanta su escoba para matarlo pero se arrepiente antes de dejar caer su golpe. Afortunadamente. Si el roedor se muere adentro del portafolio, se esparcirá en el interior la sangre, idea repulsiva, y manchará los documentos que se encuentran adentro. Será muy pero muy difícil limpiarla, tomará muchísimo tiempo. Algunos de esos papeles se arruinarán y será preciso desaparecerlos. Decide que es mejor esperarlo hasta que el roedor salga por sí solo de adentro del portafolio. Lo atrapará con ayuda del cubo de la basura y la escoba. O tal vez izándolo a mano limpia por la cola. Decide esperarlo. El tiempo transcurre. El empleado espera. Nada pasa. Se ha hecho ya muy tarde y la limpieza por hacer lo llama. La ignora. Confía en su pericia y sabe que luego alcanzará a reponer el tiempo que se desperdicia. Continúa esperando. No ocurre nada. El roedor aún se agita pero no abandona su refugio. Ha detectado la presencia humana, nueva idea fija. El trabajador, astuto. Sabe que debe encontrar la manera de engañarlo. Muchos años en el oficio construyeron todas sus habilidades laborales, no se va a dejar ganar de un ratón cualquiera. Más sabe el diablo por viejo que por diablo. Cavila. Sin moverse observa todo, evalúa la situación, se esfuerza. Al final pone en marcha todo un plan de acción, no solo los jefes altos son capaces de diseñar una estrategia. Sin perder de vista mi portafolio, coloca el cubo de basura en una posición concreta. Retira cada uno de los objetos que se encuentran encima del escritorio. Se sube a él con sigilo. Se acuesta boca abajo, piensa que si el roedor deja de sentir su peso sobre la alfombra, ganará confianza y saldrá de su escondite tarde o temprano. Apoya la escoba contra el borde de madera para aprestarla a empujar el animal hacia el cubo cuando asome. Vigila. Se llena de paciencia. El tiempo avanza muy despacio. El animal se sigue agitando adentro del portafolio pero no se deja ver, su movimiento se percibe como el de una vibración infinita. El empleado de la limpieza permanece inmóvil. Al acecho. Las horas pasan. Él se cansa. Poco a poco la fatiga se apodera de sus huesos, de sus músculos, de sus órganos internos y hasta de su cerebro. Modorra sorda. La noche, muy oscura. Su cuerpo, en exceso inmóvil. A su alrededor, misterio, sigilo, silencio. Todo se conjuga también para adormecerlo. Se esfuerza por seguir despierto y resiste por bastante tiempo. También el animal. Parece haber tomado la decisión de no salir de su escondite aunque se sigue moviendo. Ahora ambos esperan. Él, a que el ratón salga. El ratón, a que él se vaya. Esperan. Esperan en vano. Ya la oscuridad se desvanece y la madrugada se abre paso. El hombre sucumbe, al cabo. Se duerme. Quizás sí es cierto que existen dioses burlones y que esperan en algún lugar a que ocurra la torpeza de la especie humana para aprovecharla y divertirse. Quizás Dolos quiso ejercitar su arte. ¿Por qué lo digo? Porque un poco después del alba un supervisor decide inspeccionar esa precisa oficina. Entra sin hacer ruido. ¿Qué encuentra? La imagen del empleado dormido sobre el escritorio. La limpieza sin hacer. El cubo de la basura derrumbado. Los objetos del escritorio arrumados en cualquier parte. El hombre despierta, es posible que haya recibido un aviso de una deidad menor, Iris, por ejemplo. Comprende al instante lo que está pasando, se apresura a bajarse del escritorio y se arrodilla. No da ni siquiera tiempo al supervisor para decir una palabra. Está aterrado. Desesperado. Balbucea una lista larga de méritos acumulados. Pulcritud. Disciplina. Varias décadas de trabajo honrado. Se ha vestido de Noel cada Navidad en la fiesta de empleados. Nunca se afilió al sindicato. Una vez hasta ocultó a un vicepresidente y a su amante, un mensajero, entre el armario de los traperos y de ese modo evitó a los otros jefes el bochorno de haberlos sorprendidos en el acto. Enseguida suplica. Es un eremita en medio del mundo. No tiene a nadie con quien hablar por fuera de su trabajo. Pasa sus días de asueto sentado enfrente de su ventana a la espera de ver pasar la gente pero hoy en día las personas ya no pasean por la calle. A su edad ya no conseguirá otro empleo en donde sentirse útil. Su alma y su cerebro se pudrirán sin un cometido diario, sí es cierto que el trabajo da una dirección a la vida del hombre y la dignifica. El supervisor no lo interrumpe. Escucha apenas. No manifiesta nada, no se descubre. La súplica se alarga. Más y más, casi lo convence. Casi obtiene el perdón para su falta. Casi. En el último momento, a punto de dar la vuelta y marcharse sin castigarlo, el supervisor cae en la cuenta de algo. Esta es una oportunidad preciosa. Una de esas que todo empleado busca todo el tiempo. La de lucirse delante de sus jefe. Si despide al hombre de la limpieza habrá mostrado su habilidad para mantener la disciplina entre sus subalternos. Ya no lo piensa ni siquiera otro poco. No llega a considerar algún castigo leve, una nobleza de esas estará siempre negada a quien tiene un poder que sabe falso. Lo despide de inmediato. Después reacomoda la oficina y sale. Yo no llegaré nunca a enterarme de la tragedia que empezará a vivir a partir de ese mismo día el anciano de la limpieza. Al entrar a mi oficina esa mañana correré hacia el portafolio que olvidé anoche e introduciré mi mano en él, confiado. Ningún ratón saltará irreverente, como hubiera esperado el nuevo desempleado. Yo sonreiré con alivio. Habré comprobado que aún funciona un reloj de alarma que mi esposa coloca entre mi portafolio a diario para recordarme la hora de tomar mi medicina, y que vibra todo el tiempo. Siempre he pensado que agita el portafolio como si hubiera un animal adentro.

—Yo no tengo esposa.

Solté una carcajada plena. Una carcajada inevitable, divertida, desprevenida. Con la boca abierta por completo. Amígdalas expuestas. Feliz. Cómodo. Sin miedos. Sin inhibiciones de alto jefe. Sin el peso de la vergüenza por eso que sucedió cuando la vi por primera vez a través del cristal de mi puerta, eso que olvidé o que ignoré, no lo recuerdo, eso que pretendí que no había ocurrido nunca. Eso que enmascaré con mi risa. Eso que deshice entre decibeles de alegría. Borré todo eso de mi mente y viví en ese instante, creo, sin proponérmelo y sin darme cuenta, la fantasía inesperada de una vida leve a pesar de todo lo que hice siempre para corromperla. Sin cargas y sin premuras. Sin arrogancias. Reí todavía más fuerte, más y más risas, resonancias desconocidas en la voz de alguien que pudo haber sido distinto, alguien menos huraño quizás, o menos autoritario, menos solitario. Reí como nunca deberá jamás reír un alto directivo frente una aspirante a un empleo. Como ríe un ser humano cuando ríe realmente. Como un hombre frente a una mujer, ¿coqueteo? Peligro. Caí en cuenta de repente en lo absurdo de mi risa, lo humano, lo indigno. Peligro. Me obligué a controlar la risa, suspiré, tosí, creo, hice una pausa, tosí de nuevo, de nuevo creo, y al final le pregunté por una moraleja.

—¿Moraleja? Los dioses sí saben que los ratones no existen.

¡Los dioses! Apenas sonrió cuando lo dijo. Apenas respiré cuando lo dijo. ¡Los dioses! Mi horizonte se abrió de pronto, casi físico. ¡Los dioses! Ella, la aspirante al empleo, una promesa. Promesa de mujer, no promesa de subalterna. Yo, sorpresa. Una mujer que habla de los dioses, cuesta creer que ha dicho lo que ha dicho. Casi, casi, hago que lo repita.

Los dioses. ¿Quién se atreve a mencionar a los dioses en una entrevista para un empleo? Alguien que piensa de un modo distinto. ¿Una intelectual? Alguien que lee mucho. Tiene tiempo libre. Ni esposo ni hijos. Está sola. Es soltera. Imposible preguntarle por su estado marital, la ley del trabajador en este hemisferio lo prohíbe. Lo que importa es que tiene tiempo para dedicarse a inventar historias de animales y a pensar en dioses. Igual hago yo, los dioses si existen, después de todo. ¿La mujer perfecta? Cerebro y piernas, combinación suprema. La mujer por la que un hombre espera siempre.

—¿Cuáles son sus dioses favoritos?

—Los masculinos.

—Los míos son los femeninos. En realidad, debo decir las diosas.

—¿Artemisa, por sus doncellas?

Ahora ella rió. Carcajadas frescas. Una mujer perfecta. Rió. Reí. Reímos. Reímos. Nuestras risas, dos gotas nacidas de una misma nube. Simultáneas y sucesivas. Reconfortantes, nuevas. Abrigadoras. Redentoras. Casi. Su risa colonizó la mía. La invadió como a un país ajeno o a un desierto, como a una tierra de nadie a dónde el paso llega de un modo casual y enseguida parte, ni lleva ni encuentra voluntad, tampoco resistencia, se desliza apenas. La despojó de su peso soberbio. Reí sin darme cuenta, sin pensar en el timbre ni el tono y esa carcajada nueva se robó los decibeles de mi risa antigua y la convirtió en otra, libre. No la medí, no la detuve, no pensé en su volumen, no reí como un hombre en una empresa lleno de condescendencia. Reí una risa auténtica. La suya flotó y se elevó, igual que en volutas desde un suelo que me tuvo anclado durante toda mi vida a lo bajo, a lo ordinario, a lo egoísta, a lo calculado, a lo falso. Ascendió y encapsuló la mía, la hizo una risa desconocida. Una que no se escuchó ni antes ni después salir de mis labios. Una de esas risas en las que el hombre que ya se ha enamorado de una mujer se entrega, se desnuda, se despoja de su armadura, risa ingenua que no es posible en la presencia de otro varón cualquiera, ni amigo ni padre ni hijo, pero que junto a ella fluye sin atadura, y es sincera, y es sobre todo incontrolable, no hay esfuerzo ni intención que puedan jamás llegar a hacerla distinta porque el hombre ha perdido su coraza y se ha vuelto niño, débil, indefenso, sumiso. El instante de lo mejor para mi vida, ese momento. Fugaz, evasivo. No el mejor instante, sino el instante para algo mejor, no es lo mismo. Un encuentro con un posible mejor yo, un mejor humano, coyuntura que se aparece ante toda persona como la oportunidad de cambiar la vida propia y que se pierde casi siempre, o se deja ir, quizás todas las personas se atoran en su propio vicio izquierdo. No me di siquiera cuenta. No lo detecté a tiempo. Todo lo que sucedió después, me lo merezco. ¿Yo? Más débil que yo mismo. Durante un segundo. Empecé a soñar. En ese mismo momento y hora. Desde mi silla. Escondido atrás de mi risa. Atrás de la suya. Con mi pensamiento anclado en la imagen de sus piernas. Con mi cerebro entre sus frases, entre su cuento sencillo, su moraleja, sus dioses masculinos, su humor fino. Todo hombre sueña siempre con la mujer perfecta, beldad para despertar envidia, inteligencia para que no sea necesario hacer todo por ella, capacidad de producir su propio dinero con el fin de no tener que mantenerla. Y ahora ella, promesa. Aparece en la puerta de mi oficina, los dioses me ven con buenos ojos este año, quizás lo siguiente será mi ascenso a Presidente de la compañía, nuevo peldaño hacia arriba. Voz de alerta. Esperar. Contar hasta diez. Hasta treinta. Hasta cincuenta. Dejar de reír, hay que pensar, calmarse. El futuro Presidente de la compañía no puede enamorarse de una subalterna, sin importar que tan fenomenales puedan ser sus piernas. Dilema: contratarla y renunciar a ella, o seguir hablando sobre los dioses, invitarla a cenar después, y asegurarme de conseguirle empleo en una compañía distinta donde su presencia no sea un riesgo para mi carrera. Al final ganará mi ser oscuro, predije, gana siempre. De repente me di cuenta de que nunca hubo un dilema. ¿Contratarla? ¡Sí, y rápido! Análisis breve: extranjera; hermosa; acento desconocido; risueña; habla sobre dioses de la mitología griega. Será todo un triunfo para mi carrera. Un golpe de alto impacto con la junta directiva, siempre quieren ver que la compañía da empleo a personas de razas diversas. También quieren ver siempre un buen par de piernas. Será un golpe de alto impacto con los clientes internacionales, ella es extranjera. Será un golpe de alto impacto para conmigo mismo, bonificación de fin de año todavía más llena, quizás hasta ese ascenso a Presidente de la compañía. Asesiné mi risa y contraté a la extranjera de las piernas monumentales. Irene.

V

Inerme. Si la distinción entre lo inmóvil y lo inerte está en la superficie, en la textura por ejemplo, esto no es el cuerpo de una persona sino el pedazo de una roca. Seca. Tiesa. También podría ser un trozo de hierro. Forma irregular, salientes, pendientes, curvas, profundidades, grietas, hendiduras, no sé si el hierro alguna vez puede tener semejante forma pero esto frente a mí es así de rígido, así me lo parece. Si por el contrario la distinción está es lo interno, en la vida que fluye y se crea a sí misma en pulsaciones, segundo a segundo, latido a latido, o en el alma que inventaron los ancestros para explicar la existencia de los sentimientos, da lo mismo. Aquí de todos modos no hay movimiento. ¿Está hecha la piel, como todo lo demás en el universo, de moléculas? Si la respuesta es sí, ¿qué ocurre al cabo de la vida con ellas? Miro y pienso, pienso y miro. Creo que ni siquiera en las moléculas de estas células hay oscilación ni vibración, son moléculas paralíticas, un concepto nuevo. Quizás lo que hay es anestesia. Anestesia voluntaria contra el sufrimiento. Ni Freud, ni Jung, ni ninguno de sus seguidores llegaron a concebir jamás la verdadera dimensión de todo esto. Aquí no funcionan sus mecanismos de defensa ni sus subconscientes compartidos. Aquí hay tan solo es un ser humano que ha decidido anestesiarse a sí mismo y su anestesia es hacer de su cuerpo algo inerte, algo estático, algo rígido, quizás bajo la creencia de que si la sangre no fluye, ni las moléculas vibran, ni las células se unen y se reproducen, no habrá lugar ni oportunidad para que el dolor, ese invasor, encuentre la forma de deslizarse hasta adentro. Es posible que ese haya sido después de todo el verdadero sentido del escarabajo de Kafka, revestir la fragilidad interna con algo impenetrable desde afuera, pudo haber sido una tortuga también lo que amaneció ese mañana en esa cama, un caparazón de espaldas también impide el movimiento. Ahora, en esta época, cuando la ciencia ha avanzado tanto, la figura también podría ser la de un hierro o alguna otra aleación de esas, quizás un metal sin peso. Uno de esos especiales para fabricar androides, maleables y flexibles aunque impenetrables. Este de aquí, este ser corpóreo tendido, se ha desconectado a sí mismo, hace falta encenderlo. Se requiere de un botón quizás, o quizás de un enchufe. Mientras tanto no se mueve, sigue inerte, inerme, estoico. Si esta es una fórmula para evadir el sufrimiento deberé reproducirla. Copiarla. Hurtarla. Hacerla mía. Ese gran dolor de ahí, ese que se oculta atrás de ese cuerpo estático de Irene, no puede nunca ser más grande que el mío. La víctima no sufre jamás tanto como el victimario aunque a veces ese victimario finja que no se da cuenta. Durante algún tiempo. No es ese mi caso, por supuesto. El dolor ante mi culpa lacera. Está vivo, más vivo que este cuerpo inmóvil que ahora contemplo. También es definitivamente móvil. Es todo lo opuesto a este cuerpo. Palpita.

Fluye. Se reproduce. Se desplaza. Se mueve, dolor a punzadas. Una aquí, la otra allá. Una ahora, la otra vendrá luego. Duele cada vez que viene a mi memoria el día que hice esto, el día que dije aquello, el día que miré, el día que no lo hice, cuando me burlé, cuando ignoré, cuando me distraje, cuando estuve en exceso atento. Muévete por favor cuerpo sin movimiento. Sacúdete Irene, reacciona. Levántate y golpéame para vengarte. Desquítate. No te quedes ahí, que no sea esa tu venganza. No me obligues a seguir sentado junto a tu cama hospitalaria viéndote vivir sin vida y morir sin muerte por culpa mía, levántate y álzate y camina como antes, golpea, muerde, araña, corta, mutila si quieres, pero no te quedes quieta, no me condenes a contemplar tu cuerpo inmóvil, inerte, desierto, que no sea ese precisamente mi castigo, castigo terrible, lleno de crueldad y saña, hice lo que hice, o dejé de hacer lo que he debido porque tuve celos de tus movimientos, de tu andar inalterable, de tu cadencia, de tu paso impecable y de tu cuerpo al sacudirse, homenaje al viento, y de tu danza, oda o poema, tributo en todo caso, a la alegría, a la capacidad única en el ser humano para experimentar la vida, posibilidad irrepetible de sentirse un día alegre y al siguiente triste, qué regalo magnífico, qué privilegio enorme, qué símbolo profundo y al tiempo corpóreo de lo que significa eso de que la sangre fluye, arremete, circula, golpea, solo el animal llamado hombre siente y sabe cuándo su propia sangre se vuelve lenta, cuando cambia a gris o se hace menos roja, por ejemplo debido a que la noche está demasiado fría, o a la ausencia de la mujer amada que jamás es corta, ella no llama o no llega, no agradece, no ama o no honra, del abismo al firmamento se va y se regresa y eso precisamente lo que hace a la vida humana perfecta. Por favor,

¡tan solo un movimiento! Uno solo, aunque sea pequeño. Una seña del dedo meñique. Un temblor en una esquina de los labios. Un parpadeo incipiente. Algo insignificante, minúsculo, incierto. Lo que sea que me permita inventarme la ficción de que ese cuerpo tendido no está muerto sino tan solo inmóvil, tan solo inerme, aquí nada ha ocurrido que sea definitivo, es tan solo una estratagema, una venganza, un ardid como castigo, me hace sufrir enormemente verlo así de quieto pero se levantará y se moverá después, dentro de algún tiempo. Necesito creerlo. Necesito inventarlo. Desearlo. Invocarlo con tanto empeño que las energías del universo sentirán piedad de mi tragedia y unirán su fuerza cosmogónica para devolverle su vibración a las moléculas, a estas, las que se han detenido adentro de estas células tan perezosas, tan inmóviles, enfermas, células momias, ya no más vibrátiles, ya no más activas, células que ya no establecen conexiones y de ese modo han adjudicado a esta masa inerte la actividad propia de una piedra. Por favor, por favor, solo un movimiento. No pido más, no exijo, no ordeno como antes, un movimiento tan solo, suplico. Por favor. Por favor. Que los dioses me concedan su perdón o su castigo.

Quizás sí sea verdad que el amor danza al compás de tambores y maracas desde alfombras mágicas. No así la rabia. La rabia no da pequeños saltos rítmicos. No se cimbrea. No se insinúa en movimientos provocativos, no agita sus contornos, no seduce. Ruge, en cambio. Da alaridos. Callados, ponzoñosos, arteros. Descomunales. Atraviesa callada todos los otros sonidos para devorarlos y de ese modo los obliga a desaparecer, los elimina. Los sustrae a la capacidad del oído humano hasta exterminar su rastro, aunque algunos, muy pocos, a veces logran escaparse. Persisten. Esos sonidos a los que me refiero son los ¡ej!, ¡ej!, ¡ej! ridículos. Esos son sonidos que sí se escuchan. Tienen la habilidad de hacerse mayores, más elevados, más penetrantes. Se imponen al rugido del dolor y retumban. Causan una mezcla todavía más confusa de rabia, decepción, amor, rencor, celos. Desespero. Odio. El desespero del odio. El odio del desespero. Agua estigia turbulenta, maloliente, espesa, caldo ardiente de vapor inmundo desde donde caigo a un abismo todavía más hondo, cenagoso, el abismo de mi odio por Abel Solo, por Daniel Pirro, por mí mismo. Por ella, ladrona indigna. Embaucadora. Víbora. Traidora. No quiero verla. No quiero contemplar su danza. No quiero fijarme en sus senos con silueta de manzana. Tampoco en sus pezones endurecidos ni en sus descomunales piernas. No quiero amarla. Sí lo quise. Si soñé, igual que sueña todo ser humano, el sueño de convertirme en alguien a quien alguien ama. El sueño de dejar de ser un solitario. El sueño de no sentirme ya nunca más insuficiente. Inadecuado. Imperfecto. Indigno por ser alguien a quien nadie nunca logró amar de una forma verdadera, profunda, duradera. He envejecido y me he hecho feo, triste y amargado porque no logré que alguien me quisiera. ¿Mujeres? Muchas. De todas las clases y tamaños, el poder tiene en toda fémina el efecto de una flecha de Eros. ¿Compañeras? Ninguna. Irene, promesa de redención que no admití, ¡gracias al Olimpo! No reconocí de qué manera he estado enamorado de ella. Gracias. No me entregué del todo a la ilusión. Gracias. No sucumbí. ¿Gracias? Irene, quimera semejante a la del vuelo de Ícaro con sus falsas alas. Esta noche la ilusión que no alcanzó a nacer ha muerto. Aborto. No quiero escuchar ni una palabra más de labios de Abel Solo.

No quiero escuchar los ¡ej! ¡ej! ¡ej! ridículos de Daniel Pirro. No quiero tener que vivir este instante inevitable. No quiero tener que vivir mi vida ahora que ha llegado a este punto. No quiero siquiera respirar este momento, no tengo fuerzas.

Mónica ya llega. Los dioses se refugian en el Olimpo para protegerse de personas como ella. De todas las personas, realmente. Tienen razón. Esta que está aquí, esta persona, esta que se acerca con el vaivén de quien baila al ritmo de una música rara, esta persona con su desenfado, con su aire de inocencia, es casi la peor que he visto. Casi. Mónica. Solo Abel Solo la supera. Quizás, también yo mismo. No es joven ni inexperta. Tampoco vieja. Cloquea con ese tono convencido de alguien que ya tiene la edad necesaria para saber cómo causar daño, a quién y cuándo. Sacude el cuello. Separa los brazos del cuerpo y los acerca de nuevo, varias veces, alas cortas que no sirven para volar sino para impedir que pierda el equilibrio cada vez que intenta levantarse del suelo. Intento vano, siempre terminará en una especie de salto corto y ridículo. Hay quienes en realidad no quieren ser mejores de lo que son o quieren conseguirlo sin ningún esfuerzo. Mira de reojo. Lo que me dirá ahora arruinará una vida ajena pero ella lo dirá de todos modos. Sabe bien que en todas partes la impunidad es la gran reina. Esa es la gran diferencia entre vivir en el Olimpo o en la tierra: los moradores de allá arriba tienen siempre el poder para vengarse. Los de aquí, no. Eso es lo que hace que estar aquí abajo resulte tan peligroso. Mónica. Cero, cero, siete. Licencia para asesinar con toda clase de mañas de empresa. En su andar danzante hay prisa. Parece que hay algo con lo que quiere acabar de una vez por todas. Tiene completa seguridad en lo que hace. En su mirada, una inexplicable capa de agua corrompida. He debido rehuirla. Que los dioses me concedan su perdón o su castigo.

—Tiene Ud. algo para decirme, Mónica.

—Es delicado.

—No quiero que nadie empiece de nuevo con la información a medias.

—No se enfade.

—Hay o no hay, una incongruencia en las cuentas.

—Hace falta una cantidad importante.

—Debe haber recibos o facturas.

—Andrea es quién sabe.

A mi alrededor, la noche. Las luces artificiales. Las atracciones del parque en movimiento. Algunos pocos clientes dejan de bailar y suben a la máquina de la montaña rusa. Es extraño. Alcanzo a escuchar el sonido de los dispositivos de seguridad de los carros mecánicos. Clic. Clic. Clic. Se cierran en forma sucesiva, primero una hilera de asientos, luego otra, enseguida una tercera. Me vuelvo a mirarlos y pienso que están demasiado cerca. Es peligroso. No entiendo por qué razón presto ahora atención a esto. ¿Para acallar mis pensamientos? Para no sentir lo que he sentido todo este tiempo. Por ella. He sido una marioneta a causa de sus piernas. Ella. Me embaucó con su piel repleta. Con sus historias sobre ratones. Con su modestia falsa. Ganó mi confianza y la aprovechó para robar dinero de la fiesta. ¿Yo? Desciendo. Me hundo en un precipicio de anestesia mientras ella danza. Coquetea con Daniel Pirro. Se le ofrece. Extranjera indigna. ¡Ej!, ¡ej!, ¡ej! ¿Yo? Ni siquiera rabia. Ni siquiera tristeza. Tampoco necesidades de venganza. Estoicismo o cinismo, da igual el nombre, no siento nada.

—Llamen a Andrea, quiero llegar al fondo de esto.

—¿Quiere beber algo más mientras la espera?

—No gracias, no quiero nada.

—Solo un poco.

—Está bien, pero que sea rápido.

Más licor. Más danza. Más heridas que se desgarran a sí mismas en mi interior y sangran. Mi sangre, oráculo. Mi cerebro, caos. Mi pie izquierdo en punta. Mi espalda encorvada. Mi dignidad de alto directivo se ha esfumado. Igual que mis sueños de ella. Mis fantasías de una vida distinta. Hasta mi odio por Abel Solo. Hasta mi rencor hacia Daniel Pirro. Nada existe más para mí, ni siquiera ese licor maldito cuando llega Andrea, plañidera. Praefica de este siglo. En su rostro, angustia. Estrujamientos en sus dedos. Rigidez en sus labios.

—Pobrecita, nadie más tiene tan mala suerte —el sonido se atora en su garganta.

—¿De qué habla?

—De las nuevas tecnologías, en cualquier momento fallan.

—¿A qué se refiere?

—A que la suerte siempre traiciona, pobrecita.

—No me ha dicho aún de qué es lo que habla.

—De lo que ocurrió anoche, pobrecita —tono de congoja.

—¿Qué ocurrió a quién?, dígalo de una vez, no me haga perder tiempo.

—Del fallo de la Internet, pobrecita —gesto compasivo.

—¿Cuál?

—El de la página con el concurso promocional nuevo.

—¿Qué pasó con eso?

—La página del concurso desapareció de la Internet como por arte de magia, borró toda la información y a los pocos minutos reapareció, aunque sin datos.

—¿Y eso qué significa?

—Se arruinó el concurso porque no se pudo recuperar la lista de participantes.

—¿A quién perjudicó eso?

—A la compañía, los compradores ahora creen que el concurso fue una farsa.

—¿A alguien más?

—A Irene, por supuesto, ella organizó ese concurso. Pobrecita…

Interrumpo con un ademán la frase. ¿Pobrecita? No, pienso. Pobrecita no. Coqueta. Ahora, hasta ladrona. ¿Mala suerte? Mala suerte no, mal karma, deudas cósmicas, justicias de la vida, castigos caídos desde el Olimpo. Irene se ha ganado eso que Andrea, tan compasiva, ha llamado su mala suerte, los dioses no se guardan nada, todo lo devuelven. Ni por un instante desconfío de las palabras de Andrea ni de su mirada serena, humana. Una pregunta, sin embargo, desde alguna parte salta y me alcanza. ¿Ha sido la falla en la Internet, en realidad, un accidente? Examino a Abel Solo, lo mido en realidad, lo evalúo. Su talante es el mismo de siempre. Gordo grasoso y melifluo, conspirador, repulsivo. Nada, sin embargo, sugiere que él haya orquestado ese fracaso ruidoso en ese concurso que organizó Irene. De cualquier modo ya no me importa, Irene es una ladrona. Me lleno de impaciencia y miro a Andrea con frío, con desdén autoritario.

—No es de la falla en la Internet de lo que quiero que me hable.

—Ya lo sé, aunque me pregunto si deberíamos ayudar a Irene

—¿A qué se refiere?

—A que quizás pensó que podría repetir aquí las malas costumbres de su patria.

—Dígame de una vez todo lo que sabe.

—En realidad no sé casi nada.

—Abel Solo y Mónica dicen que sí, que usted sí sabe.

—Es bien poco lo que sé.

—Dígalo.

—No hay contratos ni facturas para explicar la cantidad enorme que hace falta.

—¿Cuánto?

—Demasiado, pobrecita, debió imaginar que nadie se daría cuenta.

—¿Lo comprobó usted misma?

—En realidad lo comprobó Amanda.

—Hágame el favor de llamarla.

—Ella está aquí cerca, justo al lado de esa montaña rusa.

—Acompáñeme.

Pasos desiguales. Los de Andrea, apresurados. Los míos, lentos, no quiero oír lo que oiré de todos modos. Pasos fatales. La fatalidad no llega en realidad, tan solo se limita a esperar a que ocurra el acto humano. El sonido de la tracción sobre los rieles asesina el eco de la música de Irene y de su insoportable danza. También mi fantasía sobre su alfombra mágica. Mi fantasía sobre ella, imagen falsa. Yo, estúpido. Ella, indigna. La realidad me ataca con saña. No hubo una diosa, solo una ladrona. Los sonidos mecánicos, metálicos, avanzan, aceleran. La máquina parte con su fuerza arrolladora, con su estruendo, ahoga todas las palabras, también todos los pensamientos, se lleva todo otro sonido, ruge, abre un hoyo en el viento y se introduce en él, lo penetra, lo forma a medida que lo atraviesa con su descomunal fuerza, lo convierte en un túnel o en una caverna aérea invisible, carente de materia, no física pero real, viento, soplido, rugido y de pronto, sin aviso, todo cesa. La máquina ha regresado. Clic. Clic. Clic. Las personas dejan sus asientos, otros las reemplazan. Esa montaña rusa está demasiado cerca. Aun no entiendo por qué motivo me fijo en esto en este momento. Los dioses juegan. Ahí está Amanda. Mi esperanza. En el fondo quiero que me diga que nada es cierto. Que todos están equivocados. Todo fue falso. No hay discrepancia en los dineros, ninguna cantidad hace falta. Quiero oírla decir lo que quiero oír únicamente. Que Irene no ha robado nada. Encontraron los recibos, los contratos, las facturas. Revisaron las operaciones aritméticas y comprobaron que se trató de un error de calculadora, todo es correcto ahora. Irene no es una ladrona. Volveré después la espalda para observar su danza y descubriré que no ha bailado para Daniel Pirro, que no es coqueta, que no se ofrece. Que no baila como una mujerzuela para exhibirse, que esa música de su país, tan suya, se baila de ese modo sensual siempre. Que se dejó llevar por su alfombra mágica y ni siquiera notó que Daniel Pirro estaba presente. Que todo sigue siendo igual a cómo era antes, que sigue siendo mi diosa, mi niña, mi ave, que nada ha cambiado. Quizás me decidiré ahora a buscarla. A decirle. A confesarle, a pedirle que guarde el secreto de mi amor por ella. A rogarle que me ame. A proponerle que protejamos este amor, tan grande. Protejamos, verbo conjugado en plural, me siento extraño. Nunca antes hubo un nosotros en mi vida, pero ahora que has llegado, Irene, sí lo hay, estoy enamorado. Estoy perdido. Irene. Eros. Quiero tocarte, tenerte, hablarte de mis cosas, compartir contigo el café de las mañanas, las noches, los secretos, las complicidades, la vida diaria, la vida extraordinaria, mi universo cotidiano, mis pensamientos, nuestros dioses griegos, la música de tu país, tus costumbres raras, las mías, mi poder, mi éxito con la nueva planta, todo lo que soy, lo que hago, lo que pienso, yo también merezco como todo ser humano ser amado, Irene, ayúdame, ayúdate, no dejes que la acusación de que eres una ladrona sea verdadera, no hagas esto, por favor, mi niña, mi diosa, por favor, déjame seguir creyendo que alcanzaré la inmortalidad entre tus piernas, ¡Irene!

No me devuelve la ilusión, Amanda. No niega que hace falta una cantidad enorme. No me tranquiliza. Tampoco se desvanece esa sensación de anestesia y de cinismo que otra vez me ataca. Ni la rabia.

—Amanda, dígamelo todo.

—Solo conozco una parte.

—Dígamela.

—Es difícil.

—Nada es fácil, hable.

—Me acerqué a su escritorio por accidente.

—¿Al escritorio de quién?

—De Irene.

—¿Por qué dice que por accidente?

—Porque está detrás de un biombo.

—Ordené hace tiempo que la cambiaran a un cubículo.

—No sabía que Ud. había ordenado eso.

—Continúe.

—¿Quiere que yo haga cambiar ese escritorio de lugar?

—Continúe.

—Quizás ya no sea necesario.

—Ud. se acercó por accidente al escritorio de Irene y…, ¿qué pasó? ¡Dígalo!

—Sin quererlo vi en el escritorio una colección de recibos y facturas.

—Sin quererlo.

—Estaban esparcidos por todas partes.

—Siga.

—Algo me llamó la atención.

—¿Qué cosa?

—Al principio no pude saberlo.

—Pero ahora sí lo sabe, dígalo.

—Uno de los recibos estaba alterado.

—¿Qué quiere decir con eso?

—No se enoje conmigo, esto es muy serio.

—Sí que lo es, continúe con eso del recibo alterado.

—Tenía manchas.

—¿Qué clase de manchas?

—Manchas blancas.

—¿Qué quiere decir con manchas blancas?

—Manchas de líquido blanco de ese que se utiliza para encubrir errores.

—¿Qué es eso?

—Un corrector. Se aplica sobre el error y cuando se seca se escribe encima.

—Eso no comprueba nada, si se escribe encima se verán las manchas blancas.

—Eso ya no es así hoy en día.

—No son manchas invisibles, Ud. misma dice que las vio.

—Los recibos hoy en día no se conservan en papel, se escanean.

—¿Qué significa eso?

—Escanearlos significa tomarles una foto, las manchas blancas no se detectan.

Es cierto, mi cerebro grita. Es cierto. Anestesia. Ni siquiera es necesario contar hasta cincuenta. Extranjera deshonesta. Indigna. Coqueta. Pendejo. La estafa de Irene casi ha sido perfecta. Andrea se ensaña y desde alguna parte extrae una especie de portapapeles. Voluminoso. Odioso. Innegable. Me lo entrega con una mirada que parece querer ser neutra pero que es a triunfante. Tengo miedo de recibirlo. Espero un segundo. Reviso la postura de mi pie izquierdo. Invoco a los dioses. Al final, lo tomo, lo abro, extraigo los documentos y los examino. Despacio. A conciencia. Todavía me niego a creerlo. Todavía. La cantidad que hace falta es grande. En realidad es enorme. Perdida. Deshonesta. Coqueta. Indigna. Extranjera. ¿Yo? Anestesia. No siento dolor ni ira. No siento nada. No siento. Tampoco consigo decir ni una palabra. Ni logro elaborar un pensamiento. Ni puedo invocar a un dios, siquiera, no existió jamás un mito sobre un hombre que ya no experimentó jamás un sentimiento ni produjo un nuevo pensamiento. Hasta las leyendas del Olimpo resultan insuficientes para semejante clase de momento. Amanda calla. Abel Solo sonríe. Andrea exhibe su mejor mirada compasiva. Desnudos, un poco a distancia, los brazos de Irene se levantan, alas, mientras los ¡ej!, ¡ej!, ¡ej! ridículos de Daniel Pirro se extienden al compás de esa música rara. El cuerpo de la que fue mi diosa se mece. Hacia un lado. Hacia el otro, piel sin vergüenza. Repleta, extensa, brillante, mojada. Grita su necesidad de ser tocada, de ser acariciada. Me habla. Me pide. Me exige. Me implora, casi, por favor dame tus manos, por favor dame tus labios, recórreme de arriba hacia abajo, despacio, con las yemas de tus dedos, con tus palmas, con tus labios, con tu saliva, bésame, tócame, acaríciame, dame vida, róbate la mía, róbame el aliento, el movimiento, el aire, aprisióname con tus caricias, con tus besos, con tu deseo, hazme esclava de esa urgencia de mí que has guardado durante todo este tiempo, hazme servidora de tu deseo, domíname, colonízame, avasalla, violenta, arrebata, apodérate, roba, aquí estoy en mi alfombra mágica para llevarte a mi país extranjero que está lleno de misterios, de horizontes sucesivos y aguas redondeadas, de cielos inmensos, tan cercanos que podrás tocarlos con las manos. ¿Yo? No siento. No pienso. Anestesia. Cinismo, la mujer de ensueño no existe, no ha existido nunca. Ni siquiera existieron las diosas, menos aún los dioses, fueron fábulas tan solo, mitos sobre el Olimpo, sueños de los que se despierta al caer al precipicio. Este es el mío, mi propio abismo, el abismo de haberme enamorado de una mujer ficticia, una que no tuvo existencia nunca, una mujer imaginaria.

Ahora deberé llamarla. Interrumpir su danza. Enfrentarla. Mirarla a los ojos y decirle. Que sepa que lo sé. Que sepa lo que haré. Que sepa que el coraje no me hará falta. ¿Yo? Directivo de carrera. Preparo lo que diré cuando la tenga cerca: que hace falta un dinero en los gastos de la fiesta. Que las cantidades no son claras. Que la cuantía es importante. Que no somos tontos. Que haré caer sobre los hombros de quien sea el peso de todas las consecuencias. Que me enfurezco cuando alguien intenta insultar mi inteligencia. Que no aceptaré explicaciones ni palabras, tan solo recibos, contratos y facturas. Que en forma inmediata. Lo que no diré: que caí en su trampa. Que me enamoré de ella. Que me dejé arrastrar por la ilusión de haber encontrado a alguien para mí, mi compañera, alguien para quererme, para honrarme, para acompañarme y cuidarme a través de mi vida diaria, de mis años, mis tiempos, mis acontecimientos, lo que soy, lo que quiero, lo bueno de mí, lo malo, alguien con la intención de darme su ternura, todo ser humano sueña con ser querido, todo ser humano debería serlo, se debe haber sido todo un miserable para no haber encontrado a lo largo del camino ni siquiera una sola persona de quien se pueda decir que te ama, es algo peor que haber nacido con algún defecto físico. Que soñé que ella sería para mí esa persona, que necesité su amor de manera desesperada. Que ahora mi decepción ha hecho mi vida aún más amarga, que su amor es un fracaso nuevo, que el amor es siempre una trampa, una persona que te ama cambiará tu vida, robará tu espacio, usará tu tiempo, juzgará tu pensamiento, se impondrá en tus sentimientos, combatirá con maña y saña tu ser más interno, pero serás fracasado si nadie te ama, serás una persona amarga, solitaria, extraña, un ente que no logró nunca ser amado, alguien quien de seguro tiene algo en su interior que es nefasto. Que ese ente es lo que soy ahora. Que nunca me preocupó el amor antes de ella, no lo busqué ni lo tuve ni me hizo falta. Ahora me hundo en mi anestesia por causa de su engaño. Irene, ídolo con pies de barro. No podré recuperarme de esto nunca. ¿Yo? Enorme, la sensación de fracaso. Tan fría. Tan seca. Tan carente de energía, sensación de piedra. Nada pasa aquí, nada tiene importancia, no hay movimiento aquí, ni vida, ni aliento, todo puede suceder o dejar de hacerlo. Sé que sobreviviré de todas formas hasta mañana, y hasta el día siguiente y el tercero, hasta el fin del tiempo sin que pase nada, sin que nadie más adquiera para mí importancia, sin que nadie más me duela ya, ni me conmueva. Ya no. Ya nunca. Esa es la anestesia. Ese es el cinismo. Esa es la verdadera tragedia, haber perdido la capacidad para sentirse parte de la raza humana. La que sufre. La que siente. La que se entrega a las pasiones o las combate en inútiles batallas. La que siente, siente, siente, sentir es un regalo de los dioses, una dádiva, la dádiva de estar realmente vivo, de no quedarse sumergido entre la ausencia de sentido, sentimiento plano, exceso de estoicismo. Cuando nada importa ya, y ya nada duele, ya no se es un ser humano. Para serlo de verdad, sufrir es algo necesario. Amar. Dar cabida a la esperanza, esa que yo recibí en ella, agua de vida inesperada y fresca, manantial, cascada hecha de fuerza. La bebí completa, sin reservas, sin cautelas, tan solo dejé a mis sentimientos tener existencia y esa existencia significó amarla. Por única vez en toda mi vida. Por primera. Por última. Amé, soñé y sentí, sentí compasión, admiración, ilusión, deseo. Fui un ser humano. Humano gracias a ella, eso es lo que realmente cuenta. ¿Ella? Se robó todo eso con su engaño, ardides de mujer mala, deshonesta, ni siquiera solo infiel y coqueta sino además ladrona, taimada, timadora, perversa, mal intencionada, Irene como has podido hacerme tú, precisamente tú, todo esto.

La prensa. Nunca como aparece en las películas. No ahora. Quizás nunca. Hermes, heraldo. Ni elegantes caballeros ni preciosas señoritas con sus camarógrafos y sus micrófonos a la espera de algún personaje junto a alguna puerta. Llevó su mano a la frente y la deslizó hacia atrás, Abel Solo. Pulgar separado. Toque leve. Movimiento de quien se alisa el cabello con la mano aunque en realidad ya es casi por completo un calvo. Inseguro siempre. Floja, en extremo blanca, adiposa, la tez de su rostro fofo se volvió rosada como ocurre ante el exceso de irrigación de sangre debido a un tremendo esfuerzo. Cuello inexistente debajo de varios rollos de grasa. Fosas de la nariz en extremo anchas. Verticales. Vueltas hacia el frente, no hacia abajo como casi toda la gente. Gruesas gotas de sudor en su labio lampiño. Repugnantes. Todo un cerdo. Su voz, melosa, indecisa, sibilante, siempre con muy pocas frases, todas muy cortas, más que todo interjecciones, labios nunca generosos para la tarea de transmitir un mensaje, ni siquiera el embrión de una idea. No es fácil entender cómo pudo haber llegado tan alto en la jerarquía de una empresa alguien que jamás produce un pensamiento. La pregunta lleva adentro la respuesta, dijo alguien. De seguro un filósofo, jamás un hombre de empresa. Que sí, dijo. Que está bien, y asintió con la cabeza. Que estoy de acuerdo, silbó bajito. Que será de ese modo, por supuesto, no hay ningún problema. Letanía del sí, de lo que usted quiera. De usted tiene el poder. De yo me humillo. De este teléfono no es para comunicarle, es para adularle. Cada día de vida corporativa trae por lo menos un momento despreciable. Por lo menos uno. Por lo general, bastantes. ¿Yo? Arrogante. ¿Yo? Expectante. Recorrí a lo largo y lo ancho toda mi oficina. En círculos, en óvalos, en rectángulos, sin geometría en algunos otros pasos. Atento a mi pie izquierdo, a sus monosílabos, a la expresión meliflua de su rostro, a su ausencia de voz, tan empalagosa. Una zancada mía, un instante quieto, otra zancada, otro momento. Varios pasos, varios monosílabos, ansiedad, no alcanzo a adquirir certeza sobre lo que está ocurriendo. ¿Abel Solo? Más asentimientos. Ahora repite las inclinaciones de la cabeza. Y las sonrisas. Idiota, la persona al otro lado del teléfono no puede verlas. Yo camino. Yo espero. Pienso. Cruzo los dedos como un adolescente en la escuela aunque los adolescentes de hoy en día ya no esperan que las cosas pasen, sencillamente hacen que sucedan. Por poco me santiguo. Por poco. Invoco a Hermes, el mensajero. Abel Solo continúa al teléfono, de pie junto a mi silla. Ni lo invité a sentarse en mi lugar de nuevo Presidente de la compañía ni él se decidió a sentarse en el del subordinado, al lado opuesto. Yo, Samuel Lucas, soy el Presidente de la compañía ahora. Llegué. Gracias. Soy todopoderoso, ahora. Tengo ahora toda la autoridad, todos los privilegios, he llegado a la cúspide de mi carrera. Ícaro más allá del cielo. Llegué. Llegué gracias a la idea de abrir una nueva planta en el país de Irene. Jugué bien mis cartas.

Me invade ahora la impaciencia mientras Abel Solo persiste en su colección de interjecciones al teléfono, y sus monosílabos. Llamada eterna. Su sonrisa al final, nunca sonrisa real, siempre mueca. Mira de reojo y suspira con resignación pero se recompone enseguida. Torso erguido, hasta estira el cuello de su camisa. Lo consiguió, hoyo en uno. Ahora debo disimular, restarle importancia a lo que ha conseguido Abel Solo ante mis propios ojos, no hay que darle oportunidad para sentirse útil, mucho menos para creerse indispensable ni victorioso. Daniel Pirro dejará caer su boca. Primer triunfo en mi Presidencia. Sonrisa. Pie izquierdo en punta, otra anotación más en mi registro interno. Nada nuevo. Tomo asiento en el sofá, actitud de condescendencia. La malicia se enredó entre sus labios. Estuvo ahí siempre. ¿Yo? Pensé rápido. Devolver a Abel Solo a su lugar de obediencia, el imperativo del momento. Todo subalterno cree siempre que es más inteligente que su jefe, es preciso demostrarle cada vez que se equivoca. El logro de Abel Solo esta tarde sí resultó muy importante. Sí. Sí, consiguió convencer a un representante de la prensa de hacer una visita a nuestra planta. Sí. Sí, lo obtuvo con apoyo de sus relaciones personales. Sí. Sí, se ganó como recompensa una bonificación mayor para el fin de este año. Sí. Sí demostró que tiene paciencia y conexiones importantes. Sí. Sí y sí de nuevo. ¿Dejarlo pensar que gracias a eso tiene oportunidad de llegar un día a reemplazarme? Nunca. Ni en sueños. Este triunfo es mío. ¿Él? La contribución de su llamada a la prensa, decididamente crítica. ¿Yo? El hombre que piensa. El creador de la estrategia. El cerebro, no el músculo. Nadie abrió antes una fábrica en ese país preciso para poder venderle a *Tiendas Integradas* al precio que ellos quisieran. Planta nueva en un país nuevo, con empleados nuevos y un precio de fabricación nuevo, más bajo, por supuesto. Golpe con impacto ante los ojos de *Tiendas Integradas*, nadie podría venderles por menos. Golpe con impacto ante la industria, la nuestra es una compañía pionera. Golpe con impacto ante la prensa, toda innovación en el mundo de los negocios es siempre noticia. Notas en los diarios, en la televisión, en la radio, hasta las redes sociales si se tiene suerte, entrevistas, fotos de la planta, de los laboratorios, de los animales que se utilizan para las pruebas. Prensa. Prensa. Golpe de impacto ante la junta directiva, me hizo Presidente. Soy la mente maestra. Miro a Abel Solo de reojo, suspiro de esa manera que convierte en una ofensa el suspiro, lo felicito por su logro con palabras frías, elegantes, profesionales, indiferentes, que se adhieren rigurosamente a los preceptos del manual para altos directivos. ¿Él? Siempre el lobo en persecución del ave, igual que en la tira cómica de un coyote y un correcaminos, cada trampa explotó en su rostro, cada zancadilla quebró sus propias piernas, cada argucia es un motivo para la risa. Yo, el ave. Veloz y astuta. Aun así Abel Solo decidió apostarle a su habilidad para engañarme. Que él me agradecería la oportunidad de manejar a la prensa por sí solo. Que después de todo eran sus amigos. Que yo siempre he estado muy ocupado. Que alguien tan importante como yo no necesita hacerse cargo de las minucias. Adulador. Mañoso. Que los dioses me iluminen. Que los dioses me protejan. ¿Para qué quiere quedarse solo con la prensa? No lo sé, pero no se lo permitiré de ningún modo. Majadero. Víctima de su propia lengua. Ahora hago uso de mi poder de Presidente para devolverlo a su sitio.

—Haga llamar a Irene. La nueva planta estará en su país, después de todo.

Abel Solo se queda en silencio a media frase. Su rostro se vuelve blanco, verde en realidad, por la rabia o por la envidia, o por ambas. Su mirada, oblicua, vidriosa, inquieta, insegura, huidiza. No se mueve. Casi ni respira. Levanto el teléfono y ordeno que hagan venir a Irene pero ella se tarda en venir mientras que yo repito en mi mente la pregunta que se quedará por siempre sin respuesta. ¿Para qué necesita Abel Solo manejar él solo a la prensa? No lo hará, es todo. Yo, sonrisa. Suspiro de inteligencia, de persona al mando, aquí se hace lo que yo diga. De todos modos contraatacó, y no me di cuenta. Que él quisiera también darle oportunidad de participar a toda la División de Ventas. Que deberíamos llamarlas a todas, se van a poner celosas si hacemos venir tan solo a Irene. Que será una oportunidad para hacer que Irene se integre más al grupo, ella siempre está sola. Que hay que hacerlo todo de tal modo que se produzca una muy buena impresión entre los clientes. Que las ejecutivas de la División de Ventas realmente saben cómo hacer bien esa clase de cosas. Que no es bueno dejar esto en manos de una persona extranjera, a veces esas personas no entienden los detalles, no saben, se ha preguntado algunas veces cómo piensan, si es que piensan realmente alguna vez. Risa.

Llegaron. Cuatro al mismo tiempo. Bulliciosas. Ni pasos, ni movimientos, ni siquiera gestos en silencio. Roces contra la mesa de juntas, sillas arrastradas, crujidos del cuero cuando se sientan, lápices que caen, computadoras portátiles que rasguñan la madera de la mesa, se oponen a ella, la colonizan con brusquedad, sin gentileza, sin respeto por su superficie lisa, tazas de café, agitadores para el azúcar. ¿Cómo hacen para producir semejante ruido sin siquiera abrir la boca? Gallinas. Caminaron todas al mismo tiempo dentro de una especie de poliedro imperfecto en lugar de seguir una línea recta. Julia, paso corto al frente, paso corto al lado, se detiene, se devuelve, paso corto al frente, se devuelve, dobla el cuello hacia el piso, lo dobla hacia el cielo, parpadea, se detiene otra vez, inclina el cuello, paso corto al frente. Amanda, desplazamiento lateral, salto breve. Salto breve. Gira el torso. Salto breve. Se detiene. Se devuelve. Gira el torso. Salto breve. Medio giro, giro completo hacia el lado opuesto, salto breve. Andrea, zancada de espaldas, si zancada se puede llamar al segmento escaso que permite a sus piernas su falda en exceso angosta. ¡De espaldas! Mira a sus compañeras, cuchichea, sonríe, ajusta sus espejuelos, parpadea, zancada a un lado, paso corto, salto breve, otra vez los espejuelos, sonríe, mira a cada lado, no logro entender cómo es que logra avanzar un poco. Mónica, barbilla erguida, enorme trasero móvil, ancho, gigantesco, lo desplaza de un lado para el otro, apretado creo, elevado, alzado, mi mirada casi espera descubrirle una punta, ella es todo para su trasero, su trasero es todo para ella, toda su atención está ahora en sus glúteos inmensos, los sacude, los menea como a una masa para pan adentro de una batea, los suyos no son pasos ni zancadas, tampoco saltos largos ni saltos breves, los suyos son accidentes necesarios ente un meneo y otro de su cadera. Todas, movimientos simultáneos, sincronía imperfecta, cada una a un tiempo desigual y con un ritmo distinto, mueve cada vez una parte diferente de su cuerpo. Todo es desconcierto y caos, no hay patrones ni secuencias, solo simultaneidad y movimiento. Abel Solo habla sin su lengua. La ha escondido bajo el paladar, atrás de sus labios, la inmoviliza como una serpiente para producir su siseo, podría sacarla en cualquier momento, culebra, y arrojar su latigazo, su veneno, una de sus frases incompletas, un aunque, una pregunta llena de malicia, o una crítica devastadora hecha de medias palabras y múltiples señas. Gesticula y derrumba, arrasa, aniquila, he aprendido a ponerme en guardia cada vez que él oculta su lengua entre sus labios, lo que ocurre casi siempre, aunque mi reacción en esos casos nunca ha sido lo bastante fuerte y jamás a tiempo. Las gallinas se alegran. La noticia de que nos visitará la prensa, es buena. Preguntan si se autorizarán, o no, gastos de salones de belleza. Si habrá día libre la tarde anterior o la mañana siguiente. Cuáles serán las ventajas y desventajas de ofrecer almuerzos en cajas individuales comparados con servicio de meseros de algún restaurante. Todas tienen mentalidad inmediata, ninguna tiene capacidad para ver algo distinto de lo que se encuentra al frente, es por eso que yo soy el jefe. Sin embargo ahora yo tampoco pienso, ella llega.

Diosa. Ave. El suelo no existe con anterioridad a su presencia, nace apenas cuando ella llega y se extiende, ya esclavo, a su paso. Tampoco el cielo, ni el aire. Avanza como una reina. Línea recta y andar firme. Ligero, sin embargo. Se diría descalza. Se diría que la levedad y la gravedad se han dado cita entre sus pies para elevarla por encima de la torpeza en la pisada ajena. De las pisadas de la División de Ventas. De su ausencia de huella. Efecto de remolino, el andar de Irene. De niño visité un país que tiene uno de los ríos más caudalosos del mundo, uno de los más briosos, un río poderoso, cruel, hambriento. No recuerdo con quién ni cuándo, supongo que con mis padres o con alguna excursión de la escuela. Nos detuvimos en la orilla para admirar el agua. Transparente. Limpia. Viva. Corría con tremenda fuerza a tropezones, no impulsada sino empujada, violenta, imparable. Recorrió kilómetros y kilómetros con su fuerza estremecedora. Rugiente. Imposible de detener, autónoma. Pareció condenada a seguir andando, como un personaje de un mito, el judío errante o el flautista del cuento infantil, obligación de seguir sin detenerse, sin dejarse siquiera sacudir por los obstáculos. Arrasándolos, realmente. Una rama aquí. Un tronco enorme. Una roca allá. No los bordeó, siquiera. No los esquivó. Los hizo suyos, los devoró y siguió avanzando desbocada, llena de brío, pasó de largo por una playa pedregosa, por una orilla más honda que semejó una zanja, por una especie de canoa boca abajo y carcomida, mohosa, que de seguro naufragó y fue arrastrada hasta atascarse en la orilla o quizás hasta rendirse, hasta que dejó de resistirse al caudal violento y enfurecido que se dirigió quién sabe a dónde, quizás ni siquiera el propio río conocía su destino pero aun así seguía avanzando, seguía empujando, arrasando con ese poder incontenible, con esa fuerza y esa tremenda prisa, indoblegable. De repente a medio camino, a lo lejos aunque todavía dentro del alcance de mi vista, de la nada se formó una especie de disco de agua, sin aviso. Círculo ancho y vivo. Fauces de monstruo. Precipicio. Succionó de pronto toda el agua. Trozos de árbol, devorados. También las rocas. Los animales habitantes de la fuerza líquida, submarinos o flotantes. Desperdicios. Sobre todo se tragó la fuerza, el empuje, el empeño, el brío, giró y giró sobre sí mismo, embudo, abismo, y el río vigoroso ya no fue eso mismo sino que en el siguiente centímetro se volvió un agua calma. Sosa. Distraída. Casi como un lago o un pozo. Aún todavía llevo conmigo el sentido de semejante absurdo, no fue que el agua cambió, sino que algo, el remolino, el disco, la devoró y la regurgitó en otra cosa.

¿Yo? Ya no más agua turbulenta. ¿Irene? Remolino en su caminar de diosa. Abismo. Scheherezada que llega a la alcoba. Sugerente. ¿Altiva? No. Lo supe enseguida. Alfombra mágica, antes y ahora. Desde el primer momento y también en esta noche de fiesta en la que recuerdo todo esto. La tejió al andar, paso por paso, igual que la primera vez y me llevó hasta un lugar por fuera de mi mismo. A un país inexistente fuera de mis fantasías, uno ajeno a mi mundo corriente, vulgar, real, tangible. A una dimensión sin enemigos, sin clientes, carente de mi desprecio por la gente, a un lugar sin mi pie izquierdo en punta, sin mi vicio izquierdo, a una atmósfera distinta donde me hubiera gustado quedarme a respirar el resto de oxígeno de toda mi vida. Desapareció la junta. No más preguntas idiotas. No más gallinas de andar cloqueante disfrazadas de ejecutivas. No más negocios, ni dinero, ni bonificaciones, siquiera. Tan solo sus piernas. Marlene Dietrich de la época moderna. No hay que mirarlas. Contar hasta cinco. Contar hasta treinta. Revisar la postura del pie izquierdo. No hay que mirar a Irene. ¡No! Pensamiento detenido, el mío. Suspendido. Hundido en ese disco vertiginoso que se forma en su andar de reina.

Ellas, ruidosas. Ella, silenciosa. Pido a los dioses en silencio que la obliguen a sentarse, por favor, de prisa. Me obligo a volver la cabeza. Pensamientos en mi cerebro, ninguno. Participación en esa conversación idiota, tampoco. Persisto en mi esfuerzo por ignorar sus piernas. Las veo sí, mi imaginación ha encontrado la forma de traspasar la mesa. Las vetas de la madera, largas. Rumores de frases tontas. Piernas. Tiene muchos nudos, la madera de esa mesa, es de una clase fina. Piernas. Risas diplomáticas. Piernas. Los nudos más pequeños en la madera son los más oscuros. Preguntas sobre el café y las bebidas. Piernas. Las mesas de juntas deberían ser de vidrio transparente para que se vean más modernas. Piernas. ¿Almuerzo típico o menú extranjero? Almuerzo típico del país dónde abriremos la nueva planta, por supuesto. El país de Irene. ¿Irene? La miro. A los ojos, no a sus piernas. ¿Su mirada? Me esquiva. No ríe ni cuenta historias de ratones escondidos. No habla de su país aunque ese es precisamente el tema del día. Su desparpajo, escondido. Su voz, oculta. Inexistente. Sus labios, apretados, cerrados, rígidos. Recta, su espalda, alejada del respaldo de su silla. Sus brazos sobre la mesa, demasiado tiesos. Sus ojos navegan, luminosos puntos que recorren el espacio de una persona a otra, y a otra, escudriñan, esperan, preguntan, piden, suplican, buscan un espacio, un silencio, un momento, un vacío entre el ruido ausente de significados que producen las frases banales a lado y lado de la mesa, no lo encuentra, está nerviosa, se sabe distinta, se siente ajena, he visto un millón de veces esa ansiedad en una junta, alguien quiere hablar y no lo logra, no consigue poblar el sonido con sus propios verbos y sus propios sustantivos, sus enunciados, sus frases, sus propuestas quizás novedosas, quizás interesantes, quizás inteligentes, por lo general quien calla es quien discurrió algo distinto y eso es precisamente lo que causa su silencio y su temor a hablar, siempre lo más fácil es asentir y repetir lo mismo que dicen también los otros asistentes a una junta corporativa.

La miro y la esquivo. A su alrededor, y al mío, más conversación idiota. Quiere hablar y no lo logra. Se advierte. Lo advierte Abel Solo y sonríe sin sonreír, taimado, peligroso, serpiente. ¿Lo advierten las demás? Quién sabe. Abel Solo la mira con disimulo, finge que fija sus ojos en algún punto al frente pero los desvía hacia un lado, los detiene, los devuelve al lugar original y otra vez a un lado. Su nariz, hinchada. Sus labios, sonrientes, chacal presto para atacar a su presa. Chacal no, lobo. Ella no es el ave. ¿Qué es ella? Una extranjera. Nueva en el país. Nueva en la empresa. La persona a quien no se invita para las celebraciones de los cumpleaños. Alguien que narra historias sobre ratones y habla acerca de los dioses griegos. Debo esquivar sus piernas. Esquivo también sus ojos. La esquivo. ¿Ayudarla? No puedo hacerlo. Sería demasiado obvio. No debo, comprometería mi carrera. Pido a los dioses que la obliguen a hablar, a decirles algo, quien se queda en silencio, pierde, se piensa que es un empleado débil y el débil pierde siempre. Abel Solo está al acecho. También yo, como siempre en su presencia, como siempre preguntándome qué alcanzó él a ver la tarde que conocí a Irene a través del cristal de mi puerta. Las ejecutivas de la División de Ventas exhiben ahora su verdadera naturaleza, exceso de ruido y ausencia de ideas, empleadas perfectas. Abel Solo continúa en silencio, nadie sabe nunca lo que piensa, sus miradas son oblicuas, no participa, las fosas de su nariz parecen más grandes, tiene los labios entreabiertos y su respiración es distinta, parece un lobo que olfatea una presa. Yo, un desconocido ante mí mismo, mi pensamiento está en ella. Ella, angustia, mirada tímida, ansiedad, inseguridad, se sabe ajena, sufrimiento corporativo de esos momentáneos, de esos superficiales, injustificables, que se vuelven con el tiempo vicios, se implantan inadvertidos y se quedan, tarde o temprano serán el mayor obstáculo en su carrera, pienso que equivale a mi pie izquierdo, me sorprende ese pensamiento y casi río. Casi. Ella sufre. Yo pretendo que no me doy cuenta. Al final Irene logra mencionar algunas estadísticas sobre su patria y de inmediato sugiere servir a los invitados de la prensa un refresco típico. Su voz, baja. Su tono, pregunta. Sus hombros, caídos. Su mirada, incierta. Es un paso en falso, ha debido demostrar firmeza. Amanda estira el cuello. Julia parpadea. Andrea mira al suelo. Nadie sabe qué decir, eso se advierte. No se atreven. Nadie quiere ser primero en apoyar o desaprobar, demasiado riesgo. Abel Solo está lívido. ¿Qué vio Abel Solo esa tarde? Ahora sus labios tiemblan, ya no la mide de reojo. La mira de frente, en cambio, con impaciencia, con dureza, y de pronto embiste.

—No. La gente que se respeta prefiere las cosas de su país, no lo extranjero.

—Es mejor pensar antes de proponer —Andrea.

—Recomiendo conectar el cerebro antes de abrir la boca —Patricia.

—El que no sabe es como el que es ciego —Mónica.

—Más sabe el diablo por experto —de nuevo Andrea.

—Pueblo a donde fueres debes hacer lo que vieres —Amanda.

—La ignorancia es atrevida —otra vez Patricia.

—Al menos no propuso una de esas repugnantes comidas típicas —ahora Julia.

—O uno de sus espectáculos de circo —Abel Solo.

—O… ¡¿mujeres de alquiler? —Mónica.

—¿Llegaría hasta ese punto? —Julia.

—O un ridículo desfile de trajes típicos —Amanda.

—Para que bailen así —Andrea mueve sus hombros de una manera ridícula.

—Y así —el cuero de la silla de Mónica ruge con el bamboleo de su trasero.

Carcajadas. Humillantes. Ofensivas. Explosivas. Toda la junta se ha convertido ahora en una carcajada colectiva que no termina. Carcajadas. Pares de ojos a medio cerrar, torsos hacia atrás, tamborileos en la mesa para imitar un ritmo desconocido. Se respira desprecio a cada carcajada que se reproduce, como en un concierto o en una ópera, una compleja, larga, arrítmica, con tonos de tenores y de contraltos, de barítonos y sopranos, arreglos de cantatas, solos, recitales, en su Olimpo los dioses las disfrutan, de eso no me cabe duda. Aquí, las padece Irene. Con las lágrimas en las orillas de sus ojos, se fija en los nudos de la madera de la mesa. Los mira con atención, parece que examinarlos es lo único que en este momento cuenta. Los dibuja mentalmente con su dedo inmóvil, quizás, o quizás los memoriza, aunque todos sabemos bien que tan solo está fingiendo que le interesan, mientras se aguanta la humillación sin dejar que ni una sola lágrima descienda aunque ya están allí, todas. Convierten en un lago su mirada y se agolpan para no caer, igual que ante una compuerta o una esclusa que cederá al cabo y les permitirá fluir sin trancas, pero Irene las detiene, las domina, las oculta. ¿Yo? Silencio. Pretendo que me encuentro entretenido en algo que sucede al otro lado de la ventana. No digo nada. No detengo los ataques. No la protejo, enamorado indigno. Que los dioses me concedan su perdón o su castigo. Al final anuncio una reunión inexistente con uno de nuestros accionistas, y me escabullo.

Una gallina solitaria picotea dos veces desde el interior de su galpón de madera. Imprecisos, sus movimientos. Idénticos a los de todas las otras. Distinto, sin embargo, su cuello. Más... ¿vibrátil? Sacudidas menos predecibles, más rápidas, menos completas, más cortas. ¿Nerviosa? Soy el único que presta atención a este tipo de cosas. La prensa, boca abierta. La cámara dispara. Dispara. Dispara de nuevo. El hombre atrás del lente se empina, se inclina, tuerce el torso, lo acerca a su rostro, lo aleja, hace un gesto con sus labios, hace otro. Dispara. Bonita, la periodista. Delgadita. Jovencita. Mini-grabadora en su mano. Bolsa de mujer enorme. Todo un éxito, su visita. Nosotros, pioneros. Veo desde ya mi foto en la portada de las revistas, el ejecutivo del año, mi estrategia es innovadora. Nuestra decisión de abrir una nueva planta en ese país distante, una forma de ayuda por parte de una gran corporación a un país pobre. Las mentiras se convierten en verdades en las manos de la prensa. Nuestros galpones con gallinas para el laboratorio, una muestra de nuestros desarrollos en tecnología y ciencia. Asombrada, la jovencita. Curiosa, llena de interés, hoy ha aprendido muchas cosas. Nunca imaginó el mundo corporativo así de fascinante, de seguro esta será una de sus mejores notas, hará una gran carrera como redactora de negocios, con el tiempo se conseguirá para marido un ejecutivo importante. ¿Yo? Henchido. Vanidoso. Autosuficiente. Siempre tan amable. Mi mejor corbata y mi mejor traje. Zancadas muy largas a través del inmenso edificio de nuestras oficinas, la cafetería, la planta de producción, los laboratorios, los galpones ahora. No pretendo obligar a la jovencita a correr detrás de mí, es solo un modo de caminar distinto para mantener a raya a mi pie derecho. En el galpón, una gallina solitaria parece nerviosa y picotea de modo inconexo, errátil. El camarógrafo dispara más su cámara, la reportera me mira más y más, a solo a mí, nadie más le importa, y formula más y más preguntas. Empiezo a disfrutar la mini-grabadora.

—¿Por qué no está esta gallina al lado de las otras?

—No es nada intencional. ¿Desea ver alguna otra cosa?

—Me gustaría observar un poco más a la gallina que es distinta.

El picoteo inconexo de la gallina solitaria se repite, errátil. Aislado, caótico, ansioso. Después de un momento el ave se aburre de picotear, quizás, o encuentra algo más apetitoso al otro lado del galpón de madera, no se sabrá con certeza, las gallinas no piensan, o al menos eso es lo que la mayor parte de las personas piensan. Estira aún más su cuello por encima de la madera, cacarea y da un picotazo fuerte. Al instante emite una especie de grito, y enseguida se ve una astilla enorme clavada justo debajo de su cabeza. Larga, delgada, afilada, recuerda la imagen de una lanza aunque la gallina de ningún modo evoca la valerosa imagen de un guerrero. No, nunca, a pesar de estar herida y de esparcir por todas partes hilos de sangre oscura. Gorda, blanca, con almohadillada en sus plumas, nerviosa, con movimientos sin control, ojillos titubeantes y un cacareo distinto, semejante a gritos leves o quejidos, carece de toda profundidad y toda elegancia. Nunca una gallina es elegante. Tampoco sus sonidos. El momento, corriente y desagradable. Se pondría peor, he debido presentirlo. Más sangre brota desde el cuello de la gallina. Casi negra, viva, móvil. Borbotones no, todavía, apenas escasas gotas, nada lo bastante fuerte para alarmar a nadie, nada repulsivo ni atemorizante. Todavía. Ni las plumas blancas se tiñen de rojo de improviso, como en el cine, ni se produce, todavía, un charco en el suelo. Brotaron, simplemente. El dolor, seguramente, hace saltar a la gallina hacia adelante con sus patas casi unidas y su carencia de habilidad para elevarse. ¿O el miedo? Con ese movimiento, tan solo logra clavarse la astilla un poco más adentro de su cuerpo. Da otro salto, ahora hacia arriba, que también resulta inútil, la astilla se clava todavía otro poco. Ahora agita sus alas. Da un par de pasos hacia atrás, dudosos, cortos, temerosos, erráticos. Otros más hacia adelante. Uno hacia un lado. Varios hacia el lado opuesto. Ninguno de sus esfuerzos consigue zafarla. La sangre sale más rápida, más y más a cada esfuerzo que hace la gallina herida para liberarse de la lanza. El escenario es, ahora, horrendo y atractivo al mismo tiempo, el dolor ajeno es siempre un espectáculo. Otra gallina se acerca y se dedica a observarlo. Joven. Con mirada de inteligencia, casi. Curiosa. Determinada. Oronda. Me recuerda a Mónica y a Amanda. ¿Olfatea esa nueva gallina las moléculas sangrientas? ¿Reconoce las gotas rojas? ¿Detecta la atmósfera de sufrimiento? Se acerca despacio al ave herida, con pasos errantes, cuello móvil y cacareo inconexo. Con sus ojillos fijos, sin embargo, es difícil afirmar que no sabe lo que está haciendo, que no se da cuenta, su excusa es tan inútil como cualquiera de las mías. Que los dioses me concedan su perdón o su castigo. La gallina joven se detiene demasiado cerca a la gallina herida. Observa. Cacarea. Observa de nuevo y cacarea más alto, de modo continuo, hasta cuando una nueva gallina se aproxima. Enseguida otra. También una siguiente. Todas y cada una, has-

155

ta la última de las gallinas de ese galpón se acerca ahora. Examinan a la herida con detenimiento. ¿La examinan? Parece. Pero no, las gallinas quizás ven pero en realidad no examinan, no observan, no evalúan, no tienen cerebro. Sangrante, prisionera, lastimada, fracasada en su intento por librarse de la astilla, la gallina herida no inspira ningún respeto. ¿Compasión? Ninguna. Por lo menos no de parte de las de su mismo género. Sus ojillos, casi muertos. Su cuello apenas algo menos que tieso. Un remedo de sonido, su cacareo. Sus movimientos, no más un intento por librarse de la lanza, apenas un meneo aún más inconexo. Sufriente. Débil. Vulnerable. Escandalosa ahora, la sangre. Ni batir de alas ni saltos hacia adelante ni hacia arriba, ni siquiera reflejo de picoteo. Atentas, las otras. Vigilantes. ¡Silenciosas! Casi inmóviles. ¿Expectantes? Al final la gallina herida deja de batirse. Encoge su cuello y despliega una de sus alas. Inclina un poco su cabeza y mira a su alrededor con pena. Sin inteligencia aunque con tristeza. Respiración casi imperceptible. Respiración, sin embargo. Todavía. La gallina joven, la que se acercó al principio, se aproxima ahora un poco más, clava sus ojillos en la sangre, y de súbito se abalanza y picotea con fuerza una de las alas de la gallina herida. Retrocede enseguida, recorre con su mirada los ojillos de las otras aves, cacarea y lanza un segundo picotazo. Ahora se escuchó un cacareo general, muy fuerte. ¿Grito de ataque? Una gallina rojiza salta, apresa con su pico un pedazo del cuerpo de la gallina casi agonizante y tira del plumaje, lobo que desgarra a una presa. Ocre, una nueva gallina que se aproximó después, de un salto, apresa un extremo del ala extendida y jala también con fuerza. Una cuarta picotea sin pausa en las plumas de la moribunda. Una quinta, empieza a arrancarlas, una por una. Otra más se abalanza. Otra y otra. Todas. La herida en el cuello sangra aún más, mientras que los picotazos y los jalones producen más sangre todavía. Los movimientos de la gallina herida disminuyen. Sus cacareos se hacen más y más escasos. La sevicia de las otras gallinas se convierte en una exhibición de saña, parecen los pájaros de Hitchcock con sus picoteos mortíferos, afilados, penetrantes, despiadados animales feroces. Un picotazo más, otro, otro, otro. Sucesivos. Imparables. Repetitivos. Ni siquiera una sola de las plumas se queda sin recibirlos. Masacre metódica. Escalofriante. La sangre salpica, los cacareos se reproducen, el horror en los ojos de la periodista se vuelve volumétrico. Casi. Todo, un suceso de menos de un minuto, el tiempo parece haber adquirido un ritmo distinto. De repente sobreviene un gran silencio, especie de sombra perniciosa que se desgaja en forma de nube hecha de ausencia de cacareos. Las gallinas simplemente han dejado de producir sonidos, o sus gargantas han desaparecido, o nuestros oídos se han cerrado, quizás aterrorizados, el caso es que de un momento para otro el asesinato de la gallina herida continúa sin ruido. Asesinato eterno, parece que no terminará nunca. La vida se rehúsa a dejarse despojar de su capacidad de ser sí misma, parece. La gallina a punto de morir todavía trata de defenderse en el último momento. En el piso, tendida, sangrante, con la astilla clavada cerca de su cabeza, con su sangre por todas partes, sus alas rotas, sus plumas arrancadas, cuello tieso, ojillos fijos, estertores y ausencia de cacareos, endereza su cabeza, fija su mirada en las otras, de un modo insistente, emite un cloqueo alto, audible, agita sus patas y lanza un nuevo picotazo que tan sólo recibe el aire. Lo que sigue resulta todavía más horrendo. La gallina líder, la joven, la que se aproximó al principio, salta al cuello de la herida, se afianza en él, apunta con toda su cabeza hasta los ojos, toma impulso y clava en uno de ellos su pico fiero. La sangre brota ahora en cascada. Caudalosa, furiosa, estrepitosa. Oscura, todavía espesa, ya no viva, aún no muerta, se derrama por todas partes y de pronto cesa de brotar, se ha agotado, en el cuerpo de la moribunda ya no queda nada. A mi lado la periodista jovencita suelta un grito. La cámara dispara de nuevo, el camarógrafo parece haberse despertado de repente, sobresaltado. ¿Las otras gallinas? Se detienen. Sus cerebros sin existencia alcanzan a darse cuenta, quizás, de que la gallina débil agoniza, o que ya se ha muerto, y repliegan su violencia. Después de todo, las gallinas sí exhiben mayor cerebro que el cerebro humano, cuando menos algunas veces. O más compasión, o más decencia. ¿Yo? Aprovecho la pausa de las otras para hacer que un trabajador las disperse con chorros de agua de una manguera. No me enorgullezco. He protegido a la gallina moribunda solo en el último momento, cuando ya es tarde. Sobre todo, cuando ya no hay riesgo de que la sangre salpique mi traje más elegante. A Irene ni siquiera entonces. Que los dioses me concedan su perdón o su castigo. Todavía no suelta a su víctima, la gallina líder. Con sevicia todavía más grande lanza un picotazo nuevo al otro ojo. Al primero. Al segundo otra vez. Vuelve y comienza. El agua de la manguera no la detiene. Tampoco la sangre que ha dejado de fluir al fin y al cabo, ni los gritos de la periodista, ni ninguno de los disparos de la cámara. Lo mismo ocurrió en la División de Ventas. Sin gallinas, con personas. También lo atestigüé. También lo ignoré hasta cuando ya fue demasiado tarde. También resultó mortífero. Que los dioses me concedan su perdón o su casti-

go. Que los dioses me concedan su perdón. Que me lo concedan de una vez, aunque sé que no me lo concederán nunca. Que los dioses me concedan, entonces, su castigo. ¿Me lo
han concedido?

VI

No es una burbuja de aire aunque pudiera serlo. Tampoco una esfera hueca en el espacio, carente de agua y de oxígeno, vacía, muerta. Ni siquiera es una bola de cristal que absorbió todas las palabras y todas las frases, verdades y mentiras entremezcladas, convertidas en ideas que alguna vez honró, dándoles vida, alguna mente humana. Es una realidad sin paralelos. Una dimensión total, extraña, que lo abarca todo y lo es todo. Un absoluto. Crece en torno a la ausencia de sonido que es mi pensamiento, de una forma circular y me deja prisionero en su centro. Gravita. Permanece. Aumenta. Es el silencio, ente al acecho. Palpita. Se expande. Se extiende inconmensurable más allá de todo límite posible, monstruo amorfo con infinito número de brazos, de piernas, de extensiones, de tentáculos. Me rodea. Se enreda en los agujeros de mi nariz, en mis oídos, en mis ojos, en la entrada de mi boca, alrededor de mi cuello, de mi torso, de mis piernas, atrapa mis brazos y el resto de mi cuerpo para aislarlo, paralizarlo y devorarme poco a poco, me anexa a su ser y de ese modo se convierte en algo más monstruoso, más enorme, más espantoso. Parece provenir de todas partes. Desde el exterior, paisaje coherente y brillante, me distrae con un engaño. Me hace creer que el camino conduce siempre a una misma parte, aunque oculta que en realidad son los pasos los que llegan hasta algún lugar, o dejan de hacerlo. Yo, observo desde aquí. Medito. Descubro. Invento. De un momento para otro me doy cuenta de que el monstruo ya ha invadido el camino, ya se ha hecho dueño de los pasos, y ya no vendrá jamás desde allí ningún sonido. Quizás sea solo efecto del vidrio de la ventana, me consuelo mintiéndome a mí mismo. Desde este lado de ese vidrio, fortaleza falsa, el monstruo también se reproduce. No lo advierto, al principio y cuando lo hago reconozco que es muy tarde. Flota por todo el lugar. Lo coloniza. Lo invade. Ondula como adentro de una cámara de aire o una cápsula del tiempo, ingrávido aunque denso, inmaterial, viajero del tiempo o del espacio sideral que cae a un mundo inerme, suspendido, ondeante, fluctuante, carente de gravedad, trágico, y la tragedia está precisamente en que todo flota y todo sobrevuela, nada se detiene para quedarse, nada se impulsa para marcharse, todo desespera, todo está y no está, nada viene y nada va, catatonia en el ser, catatonia en toda molécula y como resultado, esto es lo inaguantable, nada suena. Nada. Tampoco en el lado interno. Desde el otro lado de mi piel, mi revés, percibo una especie de ausencia de energía eléctrica. Nada es más un componente vivo, nada late, nada fluye, nada alimenta, impulsa, recibe ni envía, nada sigue vivo, nada tampoco ha muerto, ni se paraliza, ni deja de ser, ni se transforma siquiera, marasmo en los órganos vitales, o parálisis, da lo mismo, lo de adentro es y no es, no está averiado pero no está en funcionamiento, no ha desaparecido tampoco, todo está justo en dónde estaba antes pero ahora también está esa dimensión de realidad irrespirable, ese silencio rotundo, esa ausencia absoluta de sonido, ni siquiera resuena el bombeo de la sangre, no existe el latido, el corazón se calló, eclipse por dentro, es posible que aún se encuentre en su sitio, o que no lo esté ya más, no se sabe, solo se detecta su silencio, ese silencio agudo, estridente, punzante, ubicuo, absoluto, flotante, que ha llegado hasta mí, viajero, quizás a una velocidad mayor que la de un impulso luminoso desde ninguna distancia, no hay distancia entre estos cuerpos, el tuyo y el mío, solo hay silencio. Cabeceo y me despierto. Reconfortante, el color blanco que me ataca. Recorro el espacio con mis ojos y te reencuentro, Irene, encuentro tus cánulas verdes, un segmento de tu brazo, tu cabello, tu almohada fuera de lugar, tus máquinas. Recorro el espacio con mis oídos, pasos de goma en el corredor, y murmullos, la misma rutina hospitalaria. Por dentro de mí, marasmo. La inmovilidad de mis moléculas. La pregunta que no se va y ni siquiera llega. ¿Desde cuándo? ¿Hasta cuándo? No habrá jamás respuestas. Mi cuerpo puede tocar el tuyo, mi mano lo toca, de hecho. Estás aquí, Irene. Existes. No eres un componente asfixiante de un sueño. Tampoco lo es este silencio que ahora está aquí, se apoderó de ti y de mí, llegó para quedarse, inmenso, definitivo, navegante. Partió desde tus labios quietos. No. Me equivoco. Partió desde la misma carencia de sonido de tu piel por dentro, corazón silente, cruzó tu garganta y se atascó en tu boca quieta, se quedó, invasor, tirano, raptó tus palabras, tus suspiros, tus gemidos, ronroneos, ecos, todo decibel, toda vibración, toda resonancia, extendió su rapto hasta mí y me dejó mudo también, no puedo hablar ahora, ni gemir, casi ni pensar siquiera, solo puedo sentir esta necesidad desesperada de escuchar algún sonido, solo puedo sentir este vacío, esta sensación absurda de encontrarme flotando dentro de un cosmos profundo, inmenso, ajeno, inexplicable, siento que me encuentro a media caída desde la más alta montaña, un nevado quizás, o en medio de un glacial remoto, solitario, desconocido para el ruido, una geografía inconcebible, blanca y fría, carente de la huella humana, majestuosa, soberbia, intacta, o en la parte más honda de un bosque denso, verde originario e impoluto, vegetación salvaje que el pie del hombre no violó aún y gracias a eso todavía puede preservar dentro de sí la ausencia de sonido, se preserva a sí misma al caer desde esa cima, al fundirse entre ese hielo, al perderse en ese paraje de la misma forma cómo se preserva ahora el miedo que me producen tu silencio, Irene, tu inmovilidad, tu ausencia de vida, tu falta de muerte. Me anula el temor. Debo vencerlo, romperlo, deshacerlo en partículas minúsculas para después desintegrarlas, reducirlas a nada. Necesito una palabra, necesito un gemido, necesito un grito, un insulto, una carcajada, un suspiro, un reclamo, una queja, necesito el ruido de la voz humana, tu voz Irene, que no sucede, esa es la gran venganza, tu voz que no existe más pero me ataca, contagia su ausencia a la mía, la anula, la aniquila, no consigo emitir ningún sonido porque tú ya no tienes uno, ya no existe un sonido que sea el tuyo y yo necesito cuando menos uno, lo espero, lo espero ya sin aliento, lo espero aunque sé que no habrá ninguno, lo espero porque esperarlo me mantiene vivo, esperar es al mismo tiempo mi privilegio y mi castigo, aplaza el momento de darme por vencido, lo desdibuja, lo envía a una dimensión incierta desde donde se me permite creer que no deberé hacerlo, no habrá derrota sino prolongación infinita de la lucha, solo existe supervivencia ahora, reproducción de la angustia de saber que nada será ya jamás distinto, nada tampoco será otra vez como era antes, nada volverá, no habrá sonidos, no habrá palabras, no me aliviará tu voz ya nunca y yo seguiré aquí, perdido, suspendido, flotante en torno tuyo, sin partir, sin quedarme, sin desistir, sin resignarme, sin voz, sin vida, sin muerte, colgado del aire como tú, colgado del viento, o del agua, del cosmos quizás, o quizás flotante sobre esta corriente estigia que viene y va y se repite, no avanza, no retrocede, no se adelanta ni se queda, todo se conserva igual sin conservarse, todo sigue igual pero es distinto, es peor cada vez aunque cada vez es lo mismo y yo sigo aquí, anhelante, expectante, esperanzado, desesperanzado, sin ninguna ilusión ya, aunque ilusionado, pidiendo a los dioses, al destino, a la vida, a las fuerzas de la vida, a los poderes de la muerte, rogándoles, implorándoles que hagan algo, que escuchen, que respondan, que algo pase. Nada pasa. Nada ocurre. No ocurren mi voz ni la tuya. Ni la vida. Ni siquiera ocurre la muerte.

Arrastro mis pasos. No consigo hacerlos sólidos, rápidos, decisivos, como corresponde a un altísimo directivo en camino a despedir a una empleada a quien se descubrió robando. Tampoco a un enamorado que despreciará a una mujer traidora. No lo son. No lo parecen. Vacilan. Se tropiezan en la calzada, a veces, se enredan en la grama, algunas otras veces, y se tardan una eternidad a pesar de que la distancia entre la montaña rusa donde entrevisté a Amanda, y el lugar de la interminable danza, es casi nada. Corta o larga, la distancia entre dos puntos nunca es de naturaleza física para el ser humano. Me arrastro. Advierto con vergüenza que la suela de mis zapatos no pierde en ningún momento contacto con la superficie que se encuentra debajo, no se despegan, más bien se enredan. Ni siquiera puedo culpar como siempre a mi pie izquierdo porque el derecho es ahora igualmente torpe. Invoco a los dioses Algo en mi interior retarda algo más que mi andar. ¿Qué cosa? El flujo de sangre adentro de mis venas. Creo. Los procesos de reproducción de mis mitocondrias. Creo. La transmisión de electricidad entre mis neuronas. Creo. O todo eso al mismo tiempo. O quizás nada, en realidad no importa. Lo que sí importa es que no encuentro el arrojo necesario para enfrentarme a esto que debo hacer ahora. Hago un esfuerzo por elevar el siguiente pie en el siguiente paso y siento un repentino ardor en la parte de atrás de ambas rodillas, una especie de alfilerazo. Es agudo y desaparece de inmediato. Envejezco. Quizás. Un pequeño dolor aquí y otro diferente más tarde. Quizás no, no se trata de eso. Quizás es la angustia ante lo que deberé hacer lo que me produce ese dolor punzante. ¿Angustia? Eso es lo que arrastro en realidad, una mezcla de desilusión, de rabia, y de miseria del alma. Desolada. Desamparada. Vengadora. La miseria del corazón es la única para la cual no existe ningún alivio. Tropiezo otra vez y por poco caigo. Me siento ridículo. No luzco marcial ni autoritario entre mi paso arrastrado y mis torpezas. Despreciable. Pienso ahora que todos me miran. Abel Solo con sus ojillos de rata. Amanda, Andrea y Mónica, con sus pares de pupilas de gallina clueca. De seguro vieron que trastabillé y se preguntarán qué es lo que me pasa. No. No se lo preguntarán, lo saben. Lo han sabido todo el tiempo. Saben que este es el trayecto más difícil de todos los que hasta este momento he andado, quizás mi amor por ella ha sido siempre un secreto de esos corporativos que conoce todo el mundo y de los cuáles nunca nadie habla. Al menos eso creo. Eso quiero creer, al menos. Ha sido un secreto para mí, después de todo, uno del que no hablé a mí mismo antes. Tampoco he dicho jamás a nadie que una idea de Irene ha sido lo que me propulsó hasta la Presidencia de la compañía. Ni siquiera Abel Solo sabe, todavía cree que lo que él desarrolló fue una idea mía. Imbécil.

Soy un hombre de secretos: el primero, mi amor por ella; el segundo, que no he sido yo quien discurrió la idea de la nueva planta de manufactura en el país de Irene; el tercero es el peor de todos los secretos, es el que me llena de vergüenza. Quizás se huele en el aire que estoy lleno de secretos y es debido a eso que las gallinas me espían. Creí ver un brillo lleno de malicia en sus ojillos apenas hace un momento, cuando me enviaron de rebote de la una a la otra como a una pelota antes de aclararme el asunto de la incongruencia. Vi placer en esos ojos. Suspicacia. Disfrute. Parecían querer leer mis pensamientos. Gozaron con hacerme esperar antes de darme la noticia de la factura alterada con ese líquido corrector blanco. Se alegraron de mi sufrimiento, las revanchas de los seres que se saben inferiores son las más nefastas porque llevan más envidia, más rencor y más saña. Por esa razón me obligaron a pasar de Andrea a Mónica, de Mónica a Amanda. Para divertirse con mi zozobra. Para poder observar cuanto quisieron los efectos de su denuncia en mi semblante, ahora veo que todo esto ha sido un escenario diseñado para comprobar mi amor por ella. Para disfrutar con mi desconcierto. Para burlarse. No. No es eso. No puede serlo. No debe serlo. He ocultado mi amor aún ante mí mismo con pericia, de la misma forma como he ocultado siempre lo que soy y lo que he sido, con igual talento natural para la hipocresía con el cuál he ocultado a lo largo de todo este tiempo mi carrera equina. Quizás eso también es mentira. Quizás todos saben ya que he llegado tan alto en mi carrera a fuerza de humillarme ante los clientes con la humildad de un jumento. Quizás tampoco es cierto que mis pasos arrastrados de este instante confirmen mi amor por ella, la extranjera ladrona e indigna. ¿Cómo podrían? Quizás todo eso son solo imaginaciones mías, tan solo un efecto de la intensidad de este momento. Después de todo acaban de informarme que Irene ha cometido un robo. Quizás las gallinas que ahora me observan junto a Abel Solo no han pensado en que amo a Irene. No lo saben. No lo adivinan. Quizás solo piensan que me falta arrojo para despedirla de manera fulminante. Mala cosa, muy mala, si lo que piensan es que me hace falta coraje. Perderé autoridad ante todos esos pares de ojos, y prestigio. Un directivo que vacila. Mala cosa. Avanzo unos pocos pasos más todavía sin levantar los pies del piso. ¿Ella? Danza. ¿Él? ¡Ej!, ¡ej!, ¡ej! ridículos. Mi primer impulso de rencor contra Irene se ha desvanecido atrás de mi figura incierta. Soy un monigote. De pasos arrastrados, carente de firmeza. Un lastimero espantapájaros. Debo proceder ahora con autoridad y tan solo consigo andar de una manera que parece una queja. Es un lamento en realidad. Sí, es una queja. La queja de un hombre derrotado. Me venció el amor por ella, me hizo su esclavo. Me hizo un ciego. Me hizo débil. Me convirtió en un títere vacilante que no tiene el valor de deshacerse de ella. Indigna. Extranjera. Perdida. Ladrona. ¿Dónde se encuentra ahora Ares? Invoco su nombre y pido su furia en préstamo, su poder y su brutalidad, pido ser de nuevo un ser de odio, o un guerrero. Ares no responde. No me presta su coraje, no lo consigo. Los dioses desprecian la debilidad del hombre. También la temen, es esa debilidad lo que los ha obligado a refugiarse en su Olimpo dónde puedan encontrarse fuera de su alcance.

Sin darme siquiera cuenta de lo que hago, me acerco al par que danza. Hago un ademán de saludo con la cabeza. Sonrío. Ejecuto unos pocos movimientos que imitan a los de Daniel Pirro y pretendo que me he unido a su baile. A ella, no la miro. Sólo a él, soy su vasallo. Me desprecio cuando advierto qué es lo que estoy haciendo pero mi desprecio se expresa en elevación de brazos, movimientos de caderas y repetidos ¡ej!, ¡ej!, ¡ej! ridículos. Payaso desarticulado, descoordinado, patético. Nunca bailé. Nunca he bailado. No hubo para mí, jamás, alfombras mágicas, Terpsícore me negó el don de reflejar en la oscilación de mi cuerpo mi más profunda verdad interna, lo más sagrado para mí, lo más profano, mi ser interior, mi vibración, mi sustancia, mi materia. En mis diecisiete, lo intenté una vez y fue un fracaso. Ruidoso. Humillante. Definitivo, peor aún que todas las veces que me enfrenté a mi vicio izquierdo, aunque para el asunto de intentar bailar no hubo jamás repetición alguna: fracasé frente a una mujer al primer intento y nunca lo intenté de nuevo. Hasta ahora. La fiesta de entonces, pequeña. Sin clientes, ni músicos, ni bebidas ni comidas como en este momento, apenas un grupo de adolescentes todavía sin novia y todavía sin mostacho. ¿Yo? Inexperto. Virgen. De pie en una esquina, como la mayor parte de esta noche, con un refresco en una mano y la vergüenza de ser el único virgen entre todos mis amigos, escuchando sin perderme de una sílaba, sus confesiones. Que las mujeres gimen. Que suspiran. Que, algunas veces, algunas gritan. Que es mejor no decirles lo que el hombre quiere, sino mostrárselo. Con la mano. Con los movimientos. Con el ejemplo. Que su paroxismo femenino se logra sólo en el punto exacto. Que no hay que precipitarse para encontrarlo sino que es necesario aproximarse a él paso a paso. Dedo a dedo, dijo uno que siempre pareció un macho alfa. Beso a beso, dijo otro que más adelante se dedicó a ser poeta. Cómo sea que cada una de ellas quiera, dijo el erudito. Todos ya sabían. Todos ya tenían experiencias. Todos menos yo, Samuel Lucas, virgen todavía. Quizás el único entre todos. El hazmerreír. El tonto. Inferior. Débil. Ser el único virgen de un grupo de hombres es la humillación suprema. Sudé escuchándolos, lleno de vergüenza. Lleno de curiosidad también. Excitado. Sufriendo el momento más miserable, el más patético, ese cuándo tener el cuerpo de una mujer ya no da más espera pero se carece del arrojo necesario para hacer que eso suceda. Sarcasmos de los dioses, sus carcajadas resuenan. Me esforcé por mirar a mis amigos desde arriba con aire de suficiencia para hacerles creer que yo también ya tenía esa clase de experiencia. Mentira. Aún no había sentido a ninguna mujer bajo mi cuerpo, aún no me había vertido entre ningún par de piernas. Nadie me había besado, tampoco. No había siquiera logrado realizar un acto sexual con nada ni nadie diferente de mí mismo. Vergüenza. Se hizo indispensable participar en la conversación para ocultarlo. Emitir opiniones llenas de morbosidad, proporcionar información, mencionar anécdotas. Había que decir algo con urgencia. ¿Qué? No logré pensar en nada. No encontré en mi cerebro, no existían, ni la más mínima clase de recuerdos de los cuáles echar mano. Nada. Ni la imagen de unos senos atiborrados batiéndose hacia arriba y hacia abajo con el ímpetu de los empujones y los movimientos. Ni la impresión de un bosque de vello púbico grabada en las palmas de las manos. Ni el eco del gemido femenino y de mi propio gruñido en mis oídos. Nada. Nada por decir. Nada que usar para inventar. Nada. Minuto desesperado.

En algún momento quise pretender que mi atención estaba en otra parte pero el tema resultó demasiado importante para hacer de esa patraña algo plausible. Simular que no escuché lo que decían hubiera sido todavía peor que no decir nada, me delataría. Mi virginidad quedaría al descubierto con mayor certeza. La conversación continuó y yo permanecí en silencio. Rogando a los dioses por una idea inspiradora, un chiste, un verso, un recuerdo de alguna fotografía de una revista pornográfica. Nada acudió a mi mente. La angustia de no haber sentido lo que todos los amigos ya habían vivido borró de entre mis recuerdos todo lo que antes de ese momento leí o contemplé acerca del sexo. No conseguí inventar absolutamente nada. Seguí callado. Expectante. Incómodo. Más avergonzado a cada momento. Sudor en las manos y en la espalda. Mirada huidiza. Hombros bajos. Apariencia indecisa, humilde. Agonía. De repente, salvadora, los dioses me escucharon, se cruzó ante nuestro grupo una mujer mayor, como de veinte, casi, y yo me arrojé a su paso sin pensarlo y la invité a bailar conmigo. Imbécil. Salida en falso. Olvidé que yo jamás había bailado. Si no hubo antes sexo en mi vida, tampoco hubo una novia, ni una amiga, ni siquiera una pareja de baile ni una compañera para un juego, los dioses se divierten creando individuos para quienes el amor se negará por siempre, esa es una de sus ironías favoritas. ¿Yo? Uno de esos desde siempre y para el resto de mi vida. A pesar de mi buena apariencia, a pesar de mi dinero, a pesar de mi carrera. Uno de esos seres olvidados del género femenino, condenado para siempre a la angustia de saber que nunca una mujer nos quiso, preguntándome qué cosa salió tan mal conmigo, qué hice o que no tuve, en cuál circunstancia del camino desvié el rumbo de semejante modo. Me lo pregunté tanto como me lo pregunto ahora, aunque ahora la pregunta es culpa de Irene. Irene. Coqueta. Perdida. Extranjera. Indigna. Ladrona. Lo que sucedió enseguida resultó peor, me puse en evidencia más todavía. Tomé a la mujer mayor del talle y levanté de una sola vez su brazo, en un movimiento breve que quiso exhibir pericia aunque elegí el brazo equivocado y de esa manera demostré mi inexperiencia y mi torpeza. Idiota. Ella cambió de brazo y sonrió, piadosa. Imbécil. Bajé la cabeza y emprendí unos pocos pasos al ritmo de una música muy rápida pero tropecé y pisé su pie, desastre. Pendejo. Al final ella se libró de mi abrazo y se unió a una conga a la que la seguí, aliviado. Ignorante. Creí que avanzar pegado a sus caderas y moviéndome con ritmo sería una acción sencilla, error de novato. La persona a mi espalda se enredó en una de mis piernas que levanté demasiado rápido. Inepto. Todavía peor, de un momento para otro la conga se convirtió en una danza de hileras paralelas. Sin siquiera darme cuenta de cómo ocurrió, cuál fue la señal o el detonante, de repente me encontré en el medio de varias líneas de cinco o seis personas mirando hacia el frente. Todos se dedicaron a mover simultáneamente sus brazos y piernas de una misma manera, al compás de la música vibrante, estridente, incitante, hacia un lado y el otro, hacia atrás y hacia adelante. Sincronía automática. Perfecta. Cada quién adivinó a tiempo el momento justo para elevar su brazo, para deslizarse hacia la izquierda o la derecha, para dar un salto o emitir un grito. Cada quién. Y todos.

Excepto yo, no hay que decirlo. No logré, ni una sola vez, deslizarme hacia el mismo lado que los otros. Tampoco elevar el mismo brazo ni saltar al mismo tiempo. Varias veces me atravesé al paso de algún otro. Los hice trastabillar. Interrumpí sus secuencias. Casi me encajé en contravía entre sus cuerpos. Payaso torpe, humillado, sentirse inadecuado en medio de un grupo es una de las peores afrentas. Los dioses se carcajean. Durante unos pocos minutos, que en mi ansiedad se hicieron décadas, seguí intentando encajar en la danza sin ningún éxito. Debo admitirlo, no conseguí adivinar a tiempo ninguno, ninguno, absolutamente ninguno de los movimientos. Después de unos minutos me separé de ellos. Sin embargo, no encontré el arrojo necesario para unirme de nuevo al grupo de mis amigos y a sus conversaciones llenas de peligros. Durante el resto de la fiesta permanecí aislado en una esquina, sin hablar con nadie, sin mirar a nadie y con mi pie izquierdo apoyándose contra la pared y levantado en una punta.

Jamás intenté bailar de nuevo. Hasta ahora. Justo hasta este momento cuando lo que debo hacer es despedir de modo fulminante a la ladrona. Coqueta. Indigna. Los dioses han inventado esta noche, para mí, la más inaguantable de sus torturas, el sonido de esos ¡ej!, ¡ej!, ¡ej! ridículos que continúan saliendo ahora también de entre mis propios labios, en contra de mi voluntad, creo, junto con mi incapacidad para cumplir con mi deber y decirle a Irene esa frase que terminará de una vez por todas con mi sufrimiento, la alejará para siempre de mi vida, y también con esta danza incontrolable que se ha apoderado de mis brazos y mis piernas, descoordinada, arrítmica, patética. ¿Yo? Saltimbanqui. Bailo de modo errático, emito ¡ej!, ¡ej!, ¡ej! ridículos y me pregunto cómo podré interrumpir este horrendo episodio para llamar aparte a Irene y despedirla sin que Daniel Pirro sea testigo. Sé que los ojos de las gallinas y la víbora se encuentran fijos en mi espalda, dagas prestas a desprender mi piel con saña. Bailo. Los segundos pasan y me doy cuenta de que debo hacer algo rápido. No logro pensar en nada, ninguna idea se compadece y viene a hacerse presente en mi cerebro. Atenea, ayúdame, necesito una idea, una ocurrencia que me permita dejar de danzar y también sustraer a Irene de su danza. No se me ocurre nada. Bailo. Daniel Pirro hace gestos con sus labios y sus mejillas, sonríe, tararea, me mira, aumenta el volumen de sus ¡ej! ¡ej! ¡ej! ridículos, sacude su cadera, se agita. Irene eleva sus brazos, sus alas de ave, mi diosa, mira a Daniel Pirro, me mira a mí, y yo me siento atrapado en medio de esta danza de comedia. Los ojillos de las gallinas me perforan. Bailo. De repente siento otra vez una punzada en la parte de atrás de mis rodillas y vuelvo a pensar en que envejezco, esto de bailar ya no es prudente a mis años. De inmediato siento una especie de golpe en la nuca, como una tajo, parece que mi cabeza podría desprenderse de su cuello, Ícaro se encuentra a punto de precipitarse, ya sin sus alas. Doy un paso de baile que me permite darme la vuelta y mirar lo que se encuentra a mis espaldas. Escalofrío. Todo lo que veo es una espada afilada en los ojos de víbora de Abel Solo. Eso es, pienso de pronto y siento un escalofrío. Pido a los dioses su protección, al universo, a Dios, a las fuerzas del cosmos. Eso es. Todo esto no ha sido más que un plan de Abel Solo para hacerme víctima de su chantaje. Esta es su manera insidiosa, torcida, enferma, de decirme que conoce mi secreto y que debo despedir a Irene. Ese será el precio de su silencio. No me pedirá un aumento ni un ascenso, tampoco poder ni influencia, solo exigirá, ha exigido ya, de hecho, el despido de Irene. Después del asunto de la incongruencia que pueden atestiguar Amanda, Andrea y Mónica, ya no me será ya posible defenderla ni negociar de ningún modo su permanencia en esta empresa. La odio. ¿Cómo me ha creado semejante turbulencia por robarse un dinero? Extranjera indigna. Coqueta. Perdida. Ladrona. Que los dioses me protejan de Abel Solo.

Bailo todavía con mayor torpeza y emito atropelladamente los ¡ej!, ¡ej!, ¡ej! ridículos. Soy un títere. Y estoy perdido. Ícaro perderá definitivamente esta noche sus alas. Sí, Abel Solo sí me vio. Sí, conoce el secreto que me avergüenza, ese que arruinará no solo mi vida y mi carrera sino sobre todo mi sentido de la dignidad frente a mí mismo, no podré jamás volver a levantar mi cabeza cuándo ese secreto ardiente se sepa. Sí, ahora Abel Solo me chantajea. Ni siquiera necesita informármelo, ha aprovechado el robo de Irene para hacérmelo saber sin siquiera ponerse en evidencia. Ganó. Resultó más astuto que yo, y más perverso. Ahora me tiene en sus manos y me controlará de ahora en adelante como a una marioneta sin tener que molestarse en decírmelo. Que los dioses me protejan. Bailo. Doy algunos pasos erráticos, sacudo sin coordinación mis caderas, elevo mis brazos en un ademán que más parece un intento de atrapar alguna mosca, reconozco que me veo patético, me asaltan dosis adicionales de vergüenza y mi danza se hace todavía más lastimera. Aún no discurro una manera de terminar con esta acrobacia lamentable. ¡Atenea! Esto que está a punto de suceder, he debido predecirlo. Abel Solo sí me vio esa tarde y ha estado todo este tiempo al acecho de la oportunidad para hacérmelo saber y cobrarme su precio. ¿Cuál precio? La cabeza de Irene. Extranjera. Perdida. Ladrona. Una secretaria obesa que ha estado agitando su adiposidad al ritmo de los tambores y las maracas, sin el menor respeto por la estética, se siente animada al ver que ahora yo danzo en trío con Irene y Daniel Pirro. Se acerca. Se nos une con sus movimientos en exceso llenos de peso y de volumen. ¡Gracias! Los dioses se han compadecido. Sonrío. Hago un ademán de bienvenida, guiño un ojo a Daniel, señalo con uno de mis dedos mi reloj con uno de esos gestos que sugieren universalmente que el tiempo apremia, e indico a Irene con la cabeza que debe seguirme. Nos alejamos juntos de la escena, mientras que la secretaria pone cara de deleite y continúa bailando con Daniel Pirro. ¿Yo? Marcial, arrogante. He ganado un poco de confianza para mi andar ahora que he encontrado el pretexto para liberarme de esta odiosa danza. ¿Ella? Andar de diosa. Vuelo de ave.

Las ideas. Atenea. Mi alma por una idea nueva, mis riñones, mi mujer para su cama, mi esposa, mi hermana, o mi mamá, según sus preferencias, hasta los dineros de mi plan de pensiones si eso es lo que se requiere. Lo que sea por una idea. No una idea cualquiera, está claro, sino una idea rentable, aplicable, una que produzca toneladas de dinero, montañas, océanos repletos. Las musas, siempre esquivas. ¿Quiere hacer carrera dentro de una empresa? Produzca una idea. Habrá promociones, aumentos salariales, influencia, respeto. No para quien la discurre, aquí no hay lugar para candores, sino para quien la aprovecha, ley de supervivencia. Para quien la entendió, la engalanó y supo venderla. Canibalismo mental, naturaleza humana. Se espía. Se acecha. Se copia. Se roba. Se invoca a los dioses, ritos y altares de sacrificio, para obtener una idea nueva. No escuchan. No pueden, la invención de las ideas que conducen a riquezas resultó el gran descalabro del Olimpo. También su creación más perfecta. Pobres dioses. Fallaron. Triunfaron también, paradoja. Inventaron la riqueza para mantener al hombre distraído, siempre con algo entre las manos, el corazón y el cerebro, algo vital, algo grande, para impedirle ser sí mismo. Lo lograron. En todas las partes del planeta, cada día la raza humana se esfuerza por conseguir una idea que solucione sus necesidades de riquezas, se afana, trabaja, sufre, se desilusiona, se llena de esperanzas, cree que buscarla es lo mismo que labrarse un destino y la persigue con ahínco, urgencia, angustia, disciplina, integridad a veces, perversidad la mayor parte del tiempo. También resultó un error definitivo, al lado de la riqueza nació la envidia, monstruosa deidad con millones de extremidades, omnipresente, tiránica, invisible, pestilente, inmortal, universal, subyugante, madre de desmanes y de guerras. ¿Guerra en las empresas? Sí, y pueden ser macabras. Espionajes. Robos. Traiciones. Mañas. Que los dioses me concedan su perdón o su castigo. Una idea ajena, el nacimiento de mi carrera. Otra, su exterminio.

Allí yo, Samuel Lucas, cubículo intermedio. Allí yo, profesional sin mérito. Ni bueno ni malo, ni seguidor ni líder. Joven, todavía. Inteligente. ¿Buenmozo? Soltero sempiterno. ¿Prometedor? Casi nada. Destinado a no llegar a ser más que un mando medio al cabo de algunas décadas. ¿Aburrido? Un poco. ¿Indolente? Un poco más. Insignificante. De repente, de pie frente a mí, con ojos llenos de esperanza, agitada, expectante, dudosa, manos temblorosas, una auxiliar de secretaria con un documento de varias páginas, recuerdo triste. Ingenua. Pobrecita. Que ha trabajado mucho en esta idea y sabe que es buena, dice con voz de quejumbre. Que tan solo quiere que yo la lea y la corrija. Que yo que soy todo un profesional puedo ayudarle, ella es menos que una secretaria, humildad sincera. Lo recibo y lo hojeo sin entusiasmo. El documento resulta demasiado grande, con muchas páginas, ningún directivo estará jamás dispuesto a leer semejante tratado enciclopédico. Feo, el dichoso documento. Párrafos largos, letras y letras, nadie pondrá atención a una presentación que parece más apropiada para el mundo de la ciencia. La idea de la auxiliar de secretaria se revela de inmediato ante mis ojos como el sueño de toda mi vida, catapulta para impeler más allá del infinito a mi carrera. Brillante. Novedosa. De seguro muy rentable. Muestro toda la displicencia que puedo, y que es mucha. También la más absoluta falta de entusiasmo.

—Haré lo posible por ayudarle.

Hago además una advertencia contra toda esperanza falsa, nadie en la empresa se entusiasma con las ideas nuevas. También miro a la auxiliar de secretaria de un modo compasivo, se trata de hacerla sentirse pequeña. Un poco torpe. Y muy idiota. Después trabajaré con disciplina durante noches innumerables, solitario en mi casa donde nadie me verá, en particular esa auxiliar de secretaria. Modifico todo el documento con imágenes, frases célebres, diseños, porcentajes. Conservo la idea intacta, resulta realmente buena. Cuando me sienta listo, desanimaré a la auxiliar de secretaria acerca de su idea y le recomendaré, en cambio, con tono de quien conversa con el viento, aunque también con palabras paternales, dedicarse a hacer algo distinto. Haré algo todavía peor para distraerla. Mencionaré el interés de un ingeniero de la planta en su talento, interés que no ha existido hasta ese momento, por supuesto. Que es soltero. Que recién ha recibido un ascenso. Qué joven y buen mozo, con una madre viviendo en una ciudad que queda demasiado lejos. No he vuelto a oír hablar de ella después de que renunció a su empleo, cuando nació su primer hijo de ese ingeniero. Mi siguiente acción consiste en identificar a la persona correcta para exponerle mi idea. Mía, la he hecho mía desde el primer momento. Convierto mi escritorio en un puesto de observación y a mí mismo en un centinela. También en un evaluador constante de psicologías ajenas. Este ejecutivo que pasa de largo a cada rato con prisa, siempre lleno de sudor, siempre lleno de ansiedad, lleno de expectativas, no es una persona con influencia, parece que carece de dominio sobre sí mismo, parece que solo tiene angustias. Descartado. Este otro, obeso, de andar incesante, bamboleado, pausado, repetido, sin motivo, interrumpido aquí con una sonrisa, allá con un apretón de manos, más lejos con una conversación intempestiva que más parece un siseo de culebra, por lo furtiva, este que parece creerse muy influyente, este que parece que se llama Abel Solo, este parece un mando medio apenas creciente, tiene aspecto de ser un traidor porque sonríe demasiado y con demasiada frecuencia. Descartado. Este que es casi un anciano, que camina de modo elegante, zancadas precisas, sabe bien por donde pisa, tiene siempre el torso erguido, el cuello erguido, la cabeza erguida, este que al detenerse en algún lugar parece plantarse como bandera, piernas separadas llenas de marcialidad, confianza, firmeza, parece que sabe lo que es, parece que sabe lo que quiere, parece que sabe todavía mejor lo que no quiere, este que no necesita fingir simpatía, tiene un aspecto impecable, inteligente, fino, cosmopolita, ilustrado, este que no es un hombre que parece importante, que tampoco se siente importante, menos que quiere ser importante, este es un hombre que es realmente importante y que por ser importante tiene todo el poder que quiere, este, precisamente este, es el directivo que yo espero ser un día. Elegido.

Ahora vendrá el diseño de mi estrategia para venderle mi idea. En un junta, nunca. Las juntas de negocios no se hicieron para discutir ideas sino más bien para evaluar poderes, quién asiste, quién se excusa, quién asiste pero se excusa y se ausenta, quién no asiste y no se excusa, quién habla primero, quién no dice nada, quién asiente, nunca quién contradice porque contradecir en una junta es falta de buenas maneras, a quién no se invita. ¿Presentar una idea nueva durante una visita a una oficina con ese objetivo? Tampoco. Nunca. La respuesta de toda persona a quien se visita en su oficina para exponerle una idea nueva, solo puede ser de aplazamiento porque necesitará algún tiempo para entenderla, o porque ya la entendido y requiere de un plan para robarla. Ya lo he hecho yo con la auxiliar de secretaria. Un encuentro en un pasillo es siempre la mejor estrategia. Espero al ejecutivo anciano un día a media mañana. A la hora del café. Al finalizar una de sus juntas. En medio de un corredor estratégico de donde no conseguirá escaparse a través de otro corredor o hacia una esquina. Me hago el encontradizo. En mi rostro, una sonrisa. En mi apretón de manos, firmeza, confianza, pericia, no duró mucho ni poco ni resultó demasiado fuerte, tampoco débil, lo ensayé durante días. Debajo de mi brazo, el documento. Hermoso, poco voluminoso, conciso. En mi cerebro, la historia. Quién es este personaje, qué sabe, qué ha hecho, qué prefiere, qué detesta, dónde vive, a qué juega, cuáles son sus méritos.

En mi boca, una pregunta que comenzó con un elogio, la adulación siempre funciona. Después una mención casual, con apariencia de desprevenida, corta, concisa, a mi idea. Ahora una explicación un poco más completa. Y enseguida el documento, arma secreta. Y mi sonrisa. Mi aspecto de confianza en mí mismo, promisorio profesional que ha sido hasta el momento desconocido, joven talento, empleado que piensa todo el tiempo en el beneficio de la compañía, toda una dramaturgia con un desempeño perfecto. Funciona. La idea jamás se discutirá ni se aplicará pero yo he obtenido un ascenso que me convierte en supervisor de Abel Solo. Con el tiempo, casi he olvidado ese momento de mi carrera. Abel Solo no lo ha hecho nunca. Ni siquiera lo recordaré ante esa oportunidad para dar a Irene también un ascenso. Lo mereció, la idea de la planta manufacturera en el extranjero fue suya, aunque nadie lo sepa. Que los dioses me concedan su perdón o su castigo. Quizás se hubiera abstenido de robar, de haber obtenido su ascenso. O de haber recibido un puesto de trabajo en un cubículo, en lugar de una mesa atrás del tablón alto para esconder el café y los artículos de la limpieza. O de haber sido protegida contra los ataques que las gallinas de la División de Ventas. O de haberle dado el crédito que merecía por su idea de abrir la planta nueva de manufactura en una ciudad extranjera, la suya. No hubiera valido la pena, esa idea me hizo Presidente de la compañía. Ella jamás hubiera llegado tan arriba en su carrera. Era una mujer. Y era extranjera.

Al final me decidí un día a hablarle de mi amor por ella. ¿Ella? Musa. Diosa en su pasillo largo. Ave en su paso impecable, ligero, aéreo. Esperé hasta verla pasar una tarde, adolescente cautivo. Eros. Psique. Eros. Mi puerta de cristal, ventana a su paso, igual que siempre. Mi mirada llena de ansiedad por ella, igual que siempre. Ella, sola. Yo, carente de mi dominio en su presencia, igual que siempre. Me lancé fuera de mi oficina cuando la vi acercarse y me hice el encontradizo, niño grande. Sonrió. Sonreí. Siguió de largo. La alcancé a grandes pasos. Palpitaciones. Sudor en las manos, la espalda, las sienes. Piernas temblorosas. Lengua enorme y torpe, mi momento de confesarle mi amor llegó, igual que ella llegó a mi puerta, igual que el ave verdadera llegó al firmamento de Ícaro y lo obligó, con su vuelo, a seguirla. Pregunté si en su país se conocía la fábula del asno flautista. Sonrió otra vez, dijo que no, y me siguió al interior de mi oficina cuando la invité para discutirla con ella. Anuncié varias implicaciones corporativas en esa historia y funcionó mi estratagema. No hubiera podido ser de ninguna otra manera, yo era el jefe y ella la subalterna. Empecé mi historia con hablar atropellado y la terminé del mismo modo. Creo. Enamorado. Creo. Feliz de haber encontrado un pretexto para tenerla para mí a solas. Creo. Que el asno transita por un prado alto y extenso, dije, aire libre, sol ardiente, viento. Su testa, erguida, no es un borrico humilde. Igual sucede casi siempre en casi todas partes, menos humildad entre menos inteligencia. Su cola golpea sus flancos, sus patas se sienten leves, el aire huele a campiña, el borrico se divierte. Sus pezuñas se hunden en la hierba y él se siente el rey de la naturaleza. Todos los otros animales saben que él no es un rey y lo desprecian por su escaso intelecto pero él no se da cuenta. El asno, sonrisa bobalicona. Andar de jumento. Mirada errabunda y gitana, no se interesa en realidad por nada, se limita a ser solo lo que es, un animal con un cerebro pequeño. De ese modo vive feliz y sereno. De repente, a su paso, la flauta. Todos de seguro han oído alguna vez esta historia, se trata de una fábula universal y antigua. La flauta se encuentra medio oculta entre la grama, quizás alguien la dejó en ese lugar sin darse cuenta, la olvidó un pastor que se entretuvo con sus ovejas, un niño la dejó caer de su bolsillo cuando echó a correr para retar el viento, o una ninfa de los bosques la perdió al volar de rama en rama. Para el borrico nada de eso importa. No sabe siquiera que lo que ha encontrado es una flauta. Tampoco tiene idea de que ese objeto pequeño y simple produce ese obsequio del Olimpo que es la música. Sin embargo su curiosidad se despierta. La examina. La olfatea. La aprisiona con sus dientes, la levanta, la deja caer de nuevo. La empuja un poco con su cabeza de un lado para el otro, la levanta y la suelta otra vez pero sigue sin saber qué puede hacer con ese objeto. Otros animales lo observan. En realidad, lo espían con menosprecio. Saben que el borrico es un borrico desde cuando nace hasta cuando muere y que hará honor a su ser todo el tiempo. El viento, grato y generoso con sus brisas suaves algunas veces, aterrador con sus vendavales otras veces, mágico siempre, lo mira. Sabe lo que es la flauta y se encuentra listo para soplarla de mil maneras, rápido y despacio, fuerte y suave, interrumpido, sostenido, largo o breve. Anticipa desde ya el momento de deleite que tendrá con cada una de las notas musicales. Las producirá con gran orgullo, con empeño, conoce su misión y la ejecutará con maestría. El borrico todavía juega con la flauta. Ahora la hace rodar sobre sí misma con una de sus patas. Ni siquiera está perplejo porque no ha discurrido todavía que el objeto es más complejo que una rama o una caña, menos aún sospecha que tiene una razón de ser, un uso, un motivo. El viento espera. Los restantes animales hacen mofa del borrico. También apuestan sobre el momento cuando él mostrará su verdadera naturaleza. Al final el asno desciende su cuello hasta la flauta para observarla más de cerca, advierte que tiene un orificio y aproxima a él su boca abierta para averiguar si expide aromas. El viento, impaciente ya, ansioso ya, o quizás solo confuso, aprovecha su oportunidad y sopla. No es el borrico quién sopla, como cuenta la historia, es el viento con su impaciencia. El sonido sale de la flauta, se esparce en el aire, navega, danza. Es hermoso, muy hermoso, el viento ha hecho su mejor esfuerzo. Orfeo se ha sentido interpelado y también se ha hecho presente. Atónitos, los animales interrumpen sus bromas, y escuchan. Casi no pueden creer que el borrico haya hecho música. Todo se convierte en un momento de pasmo general, inesperado. El borrico también se queda, en el primer instante, boquiabierto. Mudo. Inmóvil. Endereza sus orejas. Levanta su cuello. Desliza sus ojos desde un lado para el otro de sus órbitas, todo se ha vuelto, en su mundo, caos. Sintió miedo. Todavía lo siente. Algo semejante no ha sucedido en su vida nunca antes. No puede interpretar lo que ha pasado. Mira hacia la flauta, hacia el paisaje, hacia los otros animales, hacia la flauta otra vez, hacia los árboles. ¿Qué ha ocurrido? No lo sabe. No lo entiende. Presta atención y escucha, pero Orfeo ya se ausenta, ha empezado a escapar en el momento mismo cuando advirtió el desconcierto del borrico, y de su música ya casi nada queda. El borrico, zozobra. Desconcierto. Lo que sucedió podría tener que ver con una especie de fantasma o un asunto de magia, en todo caso una amenaza. Después de un momento, sin pensarlo, huye a toda prisa, con urgencia, con temor, casi hasta con rabia, se ha tropezado con algo que es demasiado bueno para sus alcances y no puede hacer otra cosa que fugarse hacia un lugar más familiar, más estable, menos nuevo. Su galope se pierde en la distancia mientras que Orfeo acaba de desaparecer del todo con su música. Desilusionado el viento también se escabulle. Los restantes animales ríen y las apuestas se pagan. La vida continúa exactamente igual que antes.

—¿Moraleja?, preguntó Irene, musa, diosa, amada, mujer de piernas perfectas.

Ninguna, quise decirle. Quise decirle que toda esa historia no ha sido sino un ardid para atraerla a mi oficina. Para tenerte aquí, conmigo, Irene, a mi alcance, desprevenida y sola. Para confesarte mi amor, quise decirle. Callé y dejé su pregunta sin respuesta. No pude articular ninguna. No conseguí poner entre mis labios una palabra, no conseguí hablarle ahora que ella estaba tan cerca, a mi alcance, a mi lado. La miré. Eros. Sentada en mi oficina, enfrente de mi escritorio, cruzadas sus piernas fenomenales. Nunca antes vi a una mujer de esta manera. La admiré, sintiéndome frágil. Sabiéndome frágil. En exceso. La admiré. Todo lo que alguna vez pensé acerca de la mujer vino a mi mente ahora y saltó desde allí hasta mi lengua y mi garganta. Las paralizó. No podría haberle respondido a ninguna de sus preguntas, no podía decirle nada. Finalicé la historia del asno que nunca hizo soplar la flauta y me quedé sin más nada que decir, angustia repetida. Mi pie izquierdo, en punta. Por supuesto. Irene, una fémina. Y todas las féminas son un peligro. Se presentan y se ausentan sin advertirlo. Prometen con su presencia el paraíso, con sus sonrisas. Durante momentos breves te llenan la vida, te la hacen significativa. Si se lo proponen te hacen sentir un rey o un dios con una corona hecha de sus caricias. Si se lo proponen, te harán creer que llegarán a amarte, que serás para una de ellas lo más importante. Que no vivirán sin ti. Que te amarán eternamente, serás su centro, su motivo para vivir y tendrás solo para ti su cuerpo, su mente, sus sueños, su vida. Después desaparecen. Féminas, peligro. El instante de su paso es siempre solo eso, un instante, aún si ocupan tu vida por varias décadas. Ese es su poder. Ese, su dominio. Un minuto es una eternidad sin ellas, una vida en su compañía no será nunca bastante. Féminas. Palabra que es sinónimo de esperanza falsa, de promesa incumplida, de abandono, desolación, ruina. Féminas. Si una fémina decide irse, ya se ha ido. Si es un hombre quién se va, de todas maneras se quedará cerca.

¿Yo? Ni me marché ni he sido abandonado, simplemente estuve siempre solo, Eros nunca antes se acercó a mí, me ignoró todo el tiempo y me convirtió en objeto de mi propio desprecio, un hombre patético. De todo eso quise hablar en ese instante a Irene, mi fémina. Mi reina. Hasta quise hablarle de matrimonio, a ella, la casquivana y la ladrona, ahora sé que he hecho todo este tiempo, con mi amor por ella, el peor de los ridículos. También quise abalanzarme sobre ella, para tocarla, para rozarla con las puntas de mis dedos, alas para acariciarla, para despertar su piel, para honrarla, regarla, darle vida, idolatrarla. Cursi. Quise hundirme en su vida. Sumergirme en su piel, adorarla, tomar una bocanada de aire, quizás, acumularla, y arrojarme en medio de su propio aire para fusionarlo con el mío, confundirlo, hacerlo mi propio oxígeno, hacer de un aliento de dos solo uno, uno hecho de gemidos, varios, los suyos, femeninos, suaves, entrecortados, repetidos, susurros para tocar mis brazos, acariciarlos, también mi espalda, murmullos para excitarme, entregarme, verterme, derretirme, morir y vivir a un mismo tiempo con ella, gemir mi gemido gutural, ronco, gemido de garganta, no de alma, quejido masculino, gemir una sola vez sin advertirlo, sin contenerme, vencido, y entonces sin darme ni cuenta llorar de pronto, hundir mi cabeza en medio de su pecho y llorar como un niño, no, no como un niño, llorar como un hombre a quien la pasión ha rendido, momento irrepetible, inolvidable, insuperable entre una mujer y un hombre, eso es lo que quise de ti, Irene, de eso quise hablarte, eso es lo que quise proponerte, que no hubiera entre nosotros moralejas, ni historias de dioses ni de animales, ni conversaciones corporativas, ni el día a día, ni siquiera mi intención de hacerte mía, mi esposa, compañera para el resto de mi vida, mujer sin preocupaciones, todo eso pudo existir o no, no era importante, no contaba, contaba tan solo este sentimiento mío, esa necesidad de amarte, de entregarte lo que era, un caudal de soledad guardado desde el comienzo de mi tiempo para ese momento, por ti creí en el amor de una mujer, en ti fémina poderosa, en ti, extranjera ladrona, en ti, reina, en tu dominio, en tu fuerza, en todo lo que quisieras, cambié todo eso que antes pensé de las mujeres, todo eso en lo que creí alguna vez, no fuiste para mí solo una fémina orgullosa, tampoco un monumento a tus propias piernas, no fuiste ni has sido nunca una subalterna, ni ocasión ni momento. Irene. Eras mi diosa.

La miré. Miré sus piernas de fémina, sus pestañas de fémina, su postura de fémina, y no dije nada, no pude. Las palabras se fugaron de mi cerebro, las frases huyeron, los significados nunca existieron. Ahora que ella estaba ahí conmigo, sentada en mi oficina, sonriente, triunfante, imponente, toda frase que yo hubiera podido decir había dejado de ser relevante. ¿Irene? Fémina. ¿Yo? Caos por dentro. Nada importó si era conveniente o no hablarle de amor o tan solo de matrimonio. Nada importó la fábula del asno. Nada importaron sus piernas de monumento. Nada importó nada en ese, el momento para lo sublime, lo trascendental, lo definitivo. En este instante mi vida pudo comenzar, al fin, días irrepetibles de amaneceres distintos cada vez, o pudo seguir para siempre siendo la misma, remedo de un transcurrir en medio de una rutina. Decir a Irene lo que sentía, ahora un asunto de seguir muriendo o de empezar a vivir al cabo de todo mi tiempo. Volví a mirarla y ella continuó sonriendo. Fémina. Sus piernas de trapecio, firmes, llenas. Su torso, erguido. Su espalda, lejos de su silla. Sus brazos sobre la madera parecieron dispuestos, parecieron esperar por algo para asir, quizás, para llevar, para sostener. Por ejemplo, mi vida. Sus ojos, viajeros en su puerto, me miraron con una pregunta, con miles, quisieron saber por qué estaba ella aquí, qué era lo que yo quería. Invoqué a Eros, a Hermes, al Olimpo entero pero no conseguí decirle nada. Los instantes se sucedieron y yo permanecí en silencio. Ella siguió a la espera. Un segundo. Dos. Cuatro. Un minuto entero. Este es el momento, pensé, la miré, y sonreí pero callé de todos modos. Me miró ahora sin preguntas en sus ojos. Sin ansiedades. Sin expectativas, con esa mirada de luz rara que ha mirado hasta ahora a un sol que brilla en otra latitud, la que puso en sus oídos otra música y en su mente otra forma de entender la vida, una latitud a donde no he llegado nunca ni iré jamás, una latitud distinta. Sonrió y dijo que mi historia era nueva. Que en la historia original, la que recorrió con una moraleja todo el planeta, el burro sopló, no el viento. Que ahora entendió que hablé de esa historia para darle un ejemplo sobre lo que ocurría con las ideas en esta empresa. Que agradeció mi intención de ayudarla a pensar de un modo nuevo. Que gracias a eso quería proponerme ahora mismo una idea rentable en la que había trabajado desde hacía tiempo, en realidad un plan para reducir los costos de producción y venderle más barato a *Tiendas Integradas*. Quizás después de todo eso, lograría un avance en su carrera. Su propuesta, abrir una nueva planta en algún país en el extranjero, el suyo, por ejemplo. Quería aprovechar la oportunidad de hablar conmigo para hablarme de su idea. ¿Su idea? No, pensé. Irene no ha entendido todavía la versión real de la fábula del burro y la flauta. Aunque el borrico acierte por casualidad y produzca un sonido, el flautista es siempre el viento. ¿Y esa idea? Esa idea ha sido desde siempre mía. ¡Féminas!

VII

La mirada se fijó en algún lugar aéreo, nuboso, oscuro a pesar de ser de día pero no del todo negro, un punto cualquiera en el espacio, flotante aunque preciso, que se iluminó a medias con un caleidoscopio de luces encendidas, dispersas, unas blancas o sonrosadas generadas en el neón de anuncios innecesarios que nadie observó realmente nunca, otras amarillas provenientes de estancias distantes donde sombras de personas se movieron, a veces, y también bastantes luces rojas, estas todas móviles, y redondas todas, desplazándose a velocidad constante allá abajo, paralelas y equidistantes, obedientes a la luz mayor de un semáforo, semejando hormigas, casi, desde el piso elevado de un gigantesco rascacielos, bloque de cemento y de espejos dentro de los cuáles las personas fingen para sí mismas que tienen una vida de ocho a cinco y que tienen otra antes y después de eso, todas las personas fingen todo el tiempo que se sienten vivas, y eso jamás es cierto. Después de un momento los ojos se desplazaron hacia un lado, los dos al mismo tiempo, y de nuevo se quedaron quietos, todavía enfrente del mismo paisaje, de luces con varios colores, de oscuridad que no logró remedar a la noche ni tampoco hacer creer a las pupilas que el tiempo había avanzado lo bastante como para ofrecer un nuevo día, de siluetas de personas desconocidas más allá de las ventanas de otros rascacielos desiguales, góticos algunos, modernos otros, elegantes todos, rutilantes, algunos más bajos que otros, algunos más anchos, todos exhibiendo por todas partes un exceso de cristales, la elegancia de ese espacio urbano la determinó hace tiempo el conjunto de reflejos verticales, horizontales y oblicuos que cada edificio ofreció desde su propia intersección con los distintos puntos cardinales, algunos mirando al sur, como nostálgicos, otros al oriente, llenos de interés metropolitano, e inclusive algunos otros diagonales al deseado norte, como esquivándolo y también retándolo, quizás para expresar una profunda ambigüedad humana, la de querer ser y no quererlo, en parte debido a la ambición, que todos tienen, y en parte también al miedo, que nunca falta. Regresó al blanco hospitalario, la mirada, y de nuevo al caleidoscopio artificial que se exhibió a sí mismo al otro lado de la ventana pero no se produjo ninguna chispa, en realidad no se produjo nada. No hubo ningún destello. Tampoco elocuencia. Sin embargo, sí, hubo movimiento. Sí, la mirada se detuvo primero en un punto y después en otro. Sí, eso pudo haber sido una señal intencional de inteligencia. O quizás involuntaria, el efecto sería el mismo, vida. Vida. Vida no como lo opuesto a muerte sino como lo opuesto a inerte, a cerebro sin espíritu, a silencio en la mente. Alguien se acercó a pasos grandes, engomados, efectivos, ruidosos y al mismo tiempo amortiguados, la clase de paso profesional que se repite millones de veces por segundo en lugares destinados a producir diagnósticos médicos alrededor del mundo. La persona que se acercó también miró, y sonrió, pero la mirada no respondió de ningún modo, no se desplazó como antes, ni se apagó ni se hizo grande, no hubo parpadeo tampoco. Estática, idéntica a como se vio un momento antes, siguió dirigida hacia los juegos de luz de afuera, no sería posible afirmar que se enfocó en ellos, ni que dejó de hacerlo, si hubo voluntad se escondió detrás de una ausencia de expresión que ejerció efecto de máscara y que como una máscara continuó adherida, estampada, sin varianzas a lo largo de todo un recorrido por esos corredores hospitalarios en exceso largos, esos sí iluminados por completo, asépticos, funcionales, bien diseñados, poblados a veces de otras personas también profesionales, también con pasos de caucho, sonrientes, solícitas, y otras veces a través de otros corredores por completo desocupados, como si las puertas dispuestas al azar a lado y lado se hubieran tragado, en el instante inmediatamente anterior, a toda presencia humana. Nada produjo otro destello en la mirada, sin embargo. Ni las otras personas, ni la ausencia de ellas. Ni los pasos con sonidos, ni los acallados. Ni los corredores interminables. Tampoco las puertas que se abrieron ni las que continuaron cerradas, ignoradas a pesar de contener, todas, cerradas o abiertas, una sucesión de equipos de tecnología ultramoderna que exhibieron también luces de colores, más que todo en botones rojos o verdes para encendido y apagado, además de luminiscencias con un tono gris metálico o azul sólido en las pantallas de un infinito número de computadoras. La mirada tampoco se inmutó más tarde, no produjo en realidad ninguna clase de respuesta durante todo ese tiempo. Quien la persiguió con su propia mirada y sonrió, habló, examinó el rostro que la enmarcaba, o lo movió hacia un lado o el otro, o lo ajustó a una máquina para una radiografía o una foto ósea, o lo retiró de esa misma máquina, o de otra, no obtuvo ni una reacción ni nada. Quien la ignoró, o se esforzó por evitarla, o empujó ese mismo rostro hacia atrás o hacia adelante, o se compadeció de él, o lo estudió o admiró sus rasgos, no logró tampoco, ni por un segundo, establecer ningún tipo de contacto. Tozuda o congelada, inferior a su voluntad, remisa, ocupada en una reflexión compleja o simplemente desatenta, la mirada no respondió ante nada. Después de atravesar una de las puertas, una mano femenina la cubrió con una especie de paño suave y tibio, uno de esos que podrían hacer evocar lo que se siente cuando hay cariño, por la sensación de abrigo, aunque en realidad se hicieron para proteger los ojos de pacientes a punto de ser introducidos en la máquina de escáner. Ni aún entonces se produjo una respuesta. La mano ajustó sujetadores y cables, proporcionó instrucciones, colocó audífonos. Nada. Muchas otras puertas se abrieron y cerraron, muchas otras maquinarias funcionaron a su alrededor, o encima, algunas con ruido ensordecedor y otras tan silenciosas que la muerte pudo haber llegado y cobrado sin delatarse. Siempre puede suceder, en el interior de esas máquinas médicas modernas, que en lugar de ayudar a prolongar la vida, sirvan a la voluntad de quienes quizás tan solo aspiran ahora a encontrar caminos hacia una muerte limpia, sin suicidios quizás, porque ya son viejos y están cansados, o pobres, o enfermos, pero sobre todo demasiado tristes y demasiado solos, y la máquina en lugar de ayudarlos a prolongar su día a día tan indeseado puede eliminarlo de forma definitiva quizás con una insospechada falla operativa, por ejemplo atascarse o explotar, derrumbarse y aplastar el cuerpo del paciente o cualquier otra magia de esa misma naturaleza. Nada de eso sucedió este día así como tampoco ocurrió un cambio, ni siquiera mínimo, en esa misma mirada que temprano en la mañana se fijó en un punto luminoso, parece, y enseguida en otro, si bien por el resto de la jornada permaneció inexpresiva. Lela. Carente de vida. Igual que todo el día, cada día. Igual que toda la noche, cada noche. En algún momento alguien sintió desespero. Fuera de control, casi, tomó el rostro de la ausencia de mirada, con fuerza por la quijada, con violencia casi, y lo obligó a dirigirse a buscar el rostro propio, y gritó, casi, un nombre, y ordenó con un tono agresivo, casi, mírame cuando te hablo, pero la mirada no miró, tampoco, ni sus ojos se cerraron ni parpadearon, tampoco. En algún otro momento alguien distinto sintió algo diferente, compasión y pena, ternura, todavía quedan sobre la tierra algunas personas buenas, y algunas de ellas, enorme sorpresa, en el campo de la medicina, de modo que esa persona compasiva también sujetó el rostro y también lo obligó a girar hacia el propio, aunque sin violencia, y ahora rogó, casi, mírame y déjame saber que sabes que te hablo, dame una seña aunque sea pequeña, lo dijo en un tono de voz duce, casi, con un interés real y humano, casi, y esperó una respuesta por un tiempo que pareció un siglo, casi, aunque en realidad solo pasaron unos instantes breves, pocos, antes de aceptar que no habría mirada, ni fugaz ni duradera, ningún tipo de contacto tampoco ahora, ninguna respuesta. Al final el día avanzó y terminó en medio de la zozobra que se produjo al principio, cuando aún no había, en el rascacielos, luminosidad del día sino las luces artificiales de afuera y la mirada se desplazó de un punto al otro para crear, solo una vez, solo durante un segundo, la expectativa, o la esperanza, mejor, de que daría, hoy sí, una señal de vida. No la hubo, ya se supo. Pero la raza humana se inventó un Dios para poder inventarse la esperanza, y del mismo modo la esperanza se reinventó a sí misma ese día, minuto a minuto, pasillo a pasillo, máquina a máquina, a pesar de que cada nuevo diagnóstico concluyó lo mismo que el diagnóstico previo y que el diagnóstico futuro, no se encuentra una explicación ni una causa evidentes, ni en el sistema neuronal, ni en el simpático ni parasimpático, ni en la columna vertebral, ni en ninguno de los millones de moléculas vibrando en el interior del cráneo, tampoco en la médula, no hay razón para que la paciente esté, en realidad, ya muerta aunque sí, sigue viva, vive, respira, todavía tiene aliento y pulso, sístoles y diástoles, movimientos y contracciones alveolares, todavía está aquí conmigo, aún no me deja, Irene, Irene, Irene, regresa. Que los dioses me concedan su perdón o su castigo.

Perseguir a quien no escapa es un sinsentido que solo una gran pasión explica. Una pasión fuera de control. O varias. La pasión por el poder. El deseo. La rabia. Los celos. Ceras para adherir a Ícaro sus alas. Mis piernas tambalean. Casi. Atrás de su falda en esta noche de fiesta, ya sin el sonido de los ¡ej!,¡ej!,¡ej! ridículos. Los tambores y maracas aún se escuchan con su resonar de noche dionisiaca. Ella avanza, diosa, ave, hacia el lugar de la montaña rusa donde esperan Abel Solo, Andrea, Amanda y Mónica. Yo la sigo con un talante que quiere ser soberbio y firme pero solo es dudoso, triste, confuso, patético. Detrás, algo lejos, Daniel Pirro. Cortejo fúnebre, pienso de un momento para otro y sacudo mi cabeza para espantar semejante pensamiento profético. Irene. La odio. La desprecio. Desde ya la extraño. Eros. Descubrirla, diosa del andar perfecto, cataclismo. Mi mundo, desequilibrio instantáneo ante el ondear de sus piernas. Explosión ontológica. Caos. Me fracturó y ya no fui el mismo que he sido. Ya no más. Ya nunca. Me convirtió en un viento que se contradice a sí mismo, un viento que ha dejado de soplar, que se detiene, que espera, que se queda ahí, suspendido a medio camino. Para verla. Un viento que no sopla no es un viento, es tan solo aire detenido. Eso he sido. Eso todavía soy, aun ahora cuando la persigo hasta un lugar dónde la obligaré a dejar de andar para que me escuche despedirla. Eso seré también después de todo esto, viento detenido, algo que ya no es lo que era, ni tampoco ha logrado ser algo distinto. No sé si soplé, empujé, arrastré, rugí, refresqué, atemoricé o dejé de hacerlo después de la primera vez que la vi, monumental, a través del cristal de mi puerta. Irene, secreto que me avergüenza. No sé si lograré deshacerme esta noche de una vez por todas de eso que me puso en manos de mi enemigo, Abel Solo, desde ese primer momento. No sé qué pasó en ese instante conmigo. No sé qué pasó después, tampoco, hasta esta noche eterna y funesta. No sé qué pensé, qué comí o bebí, ni en donde, que hice o qué pensé, por cuales senderos anduve. Tengo evidencia de que mi vida siguió y hasta logré un avance importante en mi carrera gracias al cerebro de Irene, a sus ideas. Igualmente sé que no viví nada de eso. Tan solo lo vi pasar, o mejor, no lo vi siquiera porque todo se redujo a verla pasar a ella. A evitar mirar sus piernas. A evitar mirar su llanto. A ignorar su esfuerzo por ser aceptada por las ejecutivas de ventas, gallinas, para no comprometer de ningún modo mi propia carrera. Extranjera. Inexperta. Ingenua. Coqueta también. Y ladrona. Nunca conseguí decirle nada acerca de mis sentimientos, ni siquiera la tarde de esa anécdota del borrico que después de todo no sopló y el viento que nunca fue en realidad flautista. Me abstuve. Tan solo podía pensar en ella y sin embargo tan solo pensé en mi carrera. Incoherencia. Para no comprometerme. Para no arriesgar mi poder pequeño. Pendejo. Para concentrarme en obtener la posición que ahora tengo, la que me permitirá despedirla en un minuto o dos, condena. ¿Ella? Extranjera. Ladrona. Indigna. ¿Yo? Ícaro. El origen de su caída fue querer llegar al sol a pesar de carecer de alas. De no haberse remontado no hubiera jamás caído, esa es precisamente su gran tragedia. Una vez que Ícaro adquirió las alas y pudo volar, se vio obligado a no hacerlo para no acercarse al sol y no perderlas. En el fondo cada héroe que se remonta es solo eso, una ironía.

Ahora camino atrás de ella, de mi diosa, mi ave, mientras mi deseo también arde. No desciende, como el licor, garganta abajo, sino que invade todo y se agolpa, doloroso, forma torbellinos en mi sangre. Me convierto en una repetición de mí mismo: el mismo individuo en el mismo sitio con respecto a ella. El de la mirada alucinada. El que ha sentido todo el tiempo su pene agrandarse con solo mirar sus piernas. El que ha estallado en pedazos frente a sus muslos de yegua a pesar de que ella es extranjera. A pesar de que ella es coqueta. A pesar de que ella es ladrona. Ya no puedo pensar en nada, tan sólo la sigo. No me interesan ya más, ni mi paso confuso, ni los ojillos enrojecidos de la rata y las gallinas que me esperan al final de este sendero para verme despedirla. Tampoco me importa la silueta de Daniel detrás mío, persiguiéndome, silencioso pero visible, de seguro quiere averiguar por qué he arrancado de su danza a Irene. Curioso. Se llevará un gran dolor, quizás, quizás tan inesperado como el mío. ¿Se enamoró de Irene en esta noche igual que me enamoré yo el primer día? Es posible. Este tipo de mujeres condenan a un hombre desde el principio. Ni siquiera puedo odiarlo ahora. Tampoco a ella, aunque sea una mujer que no vale la pena. Solo siento que me asfixio. Se me escapa el oxígeno desde los pulmones y vuela a través de mis oídos, mi nariz, mi boca, mis poros, la sustancia acuosa de mis ojos y todo lo que alguna vez conformó mi organismo. Detrás de todo eso se fuga también mi propia imagen, todo lo que he llegado a ser, mi nuevo cargo. Se espantó el valor ficticio de mi carrera, solo ahora me doy cuenta de que nunca ha valido la pena. Tanto la he perseguido, la he cuidado, la he honrado y de pronto, en la cima, me encuentro atascado despreciándola. Por su causa no tuve a Irene, por su causa la dejé pasar sin hacerla mía, por su causa ahora estoy en posición de arrancarla de mi vida. Quise ser el Presidente de esta compañía, lo logré gracias a que inauguré una nueva planta en su país, y ahora usaré ese poder para despedirla. Todo lo demás será después lo mismo, lo importante se disfrazará de algo nuevo por momentos pero nunca cambiará en forma definitiva. Mi rabia, ardor creciente. Fogonazo que se agita al viento y crece hasta convertirse en hoguera. Abrasa. Escuece. Flamea con el vuelo de cada uno de sus brazos, con cada paso que ella da, con cada ademán, con cada uno de sus suspiros.

La miro incrédulo. ¿Cómo idealicé su paso? Ahora lo veo corriente, absurdamente ordinario, nada hay especial en él, nada hay especial en ella, ella es una más, coqueta extranjera, ladrona, una mujer que se exhibe en su danza, jamás una diosa, las diosas no existen, los dioses no existen, ni el destino, solo la verdad de cada día, computadoras, teléfonos, calculadoras, negocios, plantas manufactureras, clientes, verdugos, rivales, enemigos, no hay lugar para poemas ni para la magia de alfombras transportadoras tejidas entre los acordes de su propia música, solo existe esta realidad escueta de una mujer fácil, una que se ofrece, una que se entrega por menos que unas monedas, hasta una mujer de oficio vale más, es más sincera, vende y cobra con claridad, sin letras finas, no trae a la negociación chantajes ni promesas, propone un contrato claro, mientras que aquí solo hizo falta un ¡ej!, ¡ej!, ¡ej! ridículo, un tamborileo, una fiesta, y eso resultó bastante para hacerla a ella exhibirse toda a la luz de las antorchas, de un modo diáfano a pesar de la oscuridad nocturna, todos pudieron ver sus pezones erguidos, sus muslos de yegua, su cintura larga, su piel demasiado extensa. También Daniel Pirro pudo verlos, pudo excitarse con ellos sin saber que es ladrona, taimada, sucia. Irene, imagen que se derrumba. Ya no es más una diosa. No lo ha sido nunca. Coqueta, perdida, indigna, ladrona, ladrona, ladrona. Ahora sé lo que sabido siempre, que ella no es especial, no es distinta, sus piernas de monumento solo son fragmentos de su telaraña femenina, densa, extensa, infalible y mortal, atrapa y enreda, es lo natural, para eso es para lo que la mujer está hecha, no hay ni siquiera lugar para culpar a la especie de las féminas, decepcionar está en su diseño original, en el fundamento de la idea de mujer, la naturaleza puso en la mujer toda la urdimbre necesaria para deslumbrar y atrapar, las miradas, las pisadas, las pestañas, los senos, las pieles extensas, los músculos llenos, las grietas, los montículos, los vellos, los brillos, las humedades, las cavernas, los pezones erectos que Irene ha exhibido esta noche sin decoro, sin prudencia, sabiendo que estaban ahí erguidos, duros, listos para que alguien los muerda. He sido un iluso. Un niño deseoso del confite que se encuentra atrás de una vitrina. Merezco todo lo que ocurra en esta noche de fiesta eterna, a mi edad la inocencia no tiene excusa. Ahora veo que esa Irene callada, intimidada por las gallinas es solo su propia telaraña, debería decir mejor araña, aunque no lo necesito, decir que una mujer es una araña resulta una redundancia, pensamiento circular, tautología. He sido tan torpe, tan infantil, tan lleno de sueños, ¡qué vergüenza! Irene, ya no más mi diosa. Ahora, una mujer que no vale la pena. Ya no más, Irene. Ya no más admiración por sus piernas. Ya no más sufrir en mi necesidad de ella, en mi deseo, en mi silencio, en mis pensamientos que me llevan una vez y otra hacia su imagen, obsesión irredenta. La he deseado. Eros. La he extrañado. Eros. La he dejado convertirse en mi centro de gravedad, mi polo a tierra, todo lo que ha sucedido desde que la conocí ha girado en torno a ella. He vivido para verla. He respirado para sentirla. He andado para verla, he ido atrás de sus pasos siempre. Me he esforzado por eludir sus piernas siempre. He estado pensando en ella siempre. Siempre he estado pensando en ella, pensando en ella, pensando en ella como un adolescente, nunca me atreví a decirle nada, amor platónico y reverente, estúpido, a mi edad y con mi poder no he debido contenerme, no tenía que haberlo hecho, no tenía que haber sufrido como he sufrido por Irene, extranjera, indigna, perdida, traidora, coqueta, ladrona.

Ahora su paso se ha detenido cerca de la montaña rusa. Un poco más allá, las gallinas y la rata. Un poco detrás de mí, Daniel Pirro. En el centro de todo eso, yo mismo. Queriendo escaparme y queriendo rogar a los dioses por una catástrofe, un evento extraordinario para evitar vivir esto que ocurrirá ahora y que cambiará su vida. Y la mía. Casi podría cerrar los ojos y cruzar los dedos para implorar al universo que algo me aleje de este aquí y este ahora. Casi. Infantil, lo admito sin vergüenza. Mi rencor por ella se exacerba. También mi amor. Mi desespero. Mi impotencia. Mi miedo ante lo que deberé hacer. Mi decisión de hacerlo. Mi esperanza de que esto que haré ahora me hará libre al fin de ese enorme secreto que me avergüenza. Levanto la vista y en la distancia diviso a Abel Solo, enemigo. Esta noche, quizás, seré libre de su trampa, esa que yo construí con mi propia mano por causa de ella, mi propio precipicio, mi secreto con el que Abel Solo me chantajea aún sin hacerlo. Ícaro no consiguió conservar sus alas pegadas con cera, él mismo las arruinó, condena. Los dioses entrenan a cada hombre, desde antes de crearlo, para que cada uno sea quién se sabotea a sí mismo. Este es el momento de despedir a mi diosa, mi ave. De expulsarla para siempre de mi entorno. De actuar igual que ese Yahvé vengador y enfurecido, carente de piedad y con menos amor que ira, que expulsó a la humanidad del paraíso porque su amor infinito no lo fue en el instante crítico, tuvo límites y egoísmo, y dejó a la humanidad, siempre tan débil, carente de su perdón, la hizo víctima de su soberbia. No recibió la raza humana en toda su historia, después de eso, nada que pudiera ser una compensación bastante para semejante explosión de rabia. ¿O sí? Quizás Jesucristo no nació desde su madre virgen para redimirnos sino para resarcirnos. Quizás no. De todas maneras, eso ya no tuvo importancia. Si nos falló ese amor absoluto cuando cometimos el primer error, el de la manzana, ¿qué cosa hubiéramos podido ser, diferente de lo que hemos sido? La espalda de Irene gira ahora, y ella me enfrenta. Me mira con esa mirada que una tarde me puso en la recta final de mi camino hacia la Presidencia de esta compañía. A ella debo estar ahora en posición de despedirla. Sus ojos de luz, de inteligencia, de inspiración privilegiada, se fijan directamente en los míos como preguntándome qué cosa necesito. Ilusa. Tonta. Creerá seguramente que su engaño ha tenido éxito. Que aún no hemos comprobado el robo. Que la necesitamos. Que la necesito. De repente ella mira hacia atrás de mi espalda y sonríe. Doy un giro y me doy cuenta de que Irene ha sonreído a Daniel Pirro. Coqueta. Perdida. Siento el impulso de abofetearla. Súbito. Violento. ¿Cómo ha podido hacerme esto? Perra. Me ofende con su existencia. Su pezón erguido es un agravio. La odio. La desprecio. Me resulta casi imposible respirar el mismo aire que ella. No soporto sentir tan cerca su presencia de araña. Perra. ¿Cómo puede ser tan cínica, y tan disimulada?, ¿Cómo puede haberse robado los dineros de la fiesta, cómo puede haberse exhibido durante toda la noche, cómo puede haber destrozado con sus manos de arpía mala mis ilusiones con respecto a ella y aún así sonreír, como si nada? Sonreírle a él, a Daniel Pirro, ¿Cómo puedes seguir siendo tan indigna, tan coqueta, tan traidora, tan extranjera? ¡Ay, Irene! ¿Cuánto más puede usted, mala mujer, pérfida, tramposa, casquivana, herirme?

Siento de repente que mi cuerpo se dobla a la mitad y que caigo hacia adelante, víctima de un ataque fatal con un arma contundente, una puñalada o un disparo. Casi me veo caer como en las imágenes del cine cuando el héroe ha recibido un golpe del cual no habrá jamás recuperación posible. Sé muy bien que eso no es lo que ahora mismo sucede, esta sensación mortal no es física. No caeré. No me doblaré tampoco. Sigo en pie, sobreviviente. Ninguna daga tangible cercenó mi vientre. Tan solo acabo de recibir un golpe moral fatídico, y un golpe moral no asesina de improviso sino por entregas, a plazos. Ataque con sonrisa de mujer para otro hombre, mortífero. No habrá sangre externa, sin embargo. La herida no será visible. Los dioses ni siquiera me enviarán el consuelo de morir aquí y ahora. Quedará de mí un cascarón sin aliento de vida y se me verá en pie, lleno de arrojo, sonreír también un poco para dar el contragolpe. ¡Ay, Irene! Me fijo con desesperación en las pupilas de mi enemigo, Daniel Pirro. Con dolor de hombre malquerido. Con humillación de directivo a quién se ha mentido. Implorante y sangrante. Desolado. Destruido. Aplastado bajo el peso de todo este universo de dolor que ella me causa. Anulado. Extinguido. ¡Ay, Irene! ¿Cómo has podido hacerme esto? ¡Ay, Irene! Mi rabia se ha transformado en un dolor inaguantable. Me sofoco. Mi visión se nubla. Quizás hasta tengo lágrimas en los ojos. No quiero vivir esto. No puedo. No tengo la fortaleza que se requiere. ¿Me tambaleo? ¡Ay, Irene, pequeña mía, mi diosa, mi ave! Vuelve a ser quien eras. Vuelve. Solo quiero que me digas que no es cierto, que no sonreíste a Daniel Pirro. Que no exhibiste para él tus pezones maduros en tu danza. Que no has robado. Que no eres una araña. Que no eres ni siquiera una extranjera, ni indigna. Quiero que me digas que todo es un mal sueño en esta noche nefasta y que mañana te veré en el pasillo como siempre, deslizándote sobre tus pedestales a lo largo de toda la jornada. Quiero que sonrías solo para mí y digas que mañana yo comprobaré aliviado que nada de esto ha sucedido, que sigues presente en mi predecible mundo corporativo. Que aún tendré oportunidad de decirte que te amo, de ofrecerte el mundo, el universo, el Olimpo. Que lo aceptarás y que te refugiarás entre mis brazos. ¡Ay, Irene! Déjame creer que mi mundo todavía no se ha hundido, Ícaro aún no perdió sus alas. ¡Ay, Irene! ¡Ay, Irene! Dime lo que quieras, estoy dispuesto a creerte. A ignorar las enmendaduras blancas en la factura blanca. A creer que tu pezón nunca se vio, ni se insinuó, todo fue un producto de esa misma imaginación mía fuera de control que un día te produjo un orgasmo con mi dedo aunque ni siquiera te toqué, aunque ni siquiera te hablé, aunque ni siquiera te conocía entonces. ¡Ay, Irene! Estoy dispuesto a creerte a cambio de no perderte. A cambio de salvarme de esta muerte. ¡Ay, Irene! Sonrío a Daniel Pirro y anuncio que Irene deberá dejar la danza para atender un asunto de trabajo urgente. Él me mira con incredulidad, al principio, enseguida suelta una risotada corta, eleva sus brazos, mueve sus caderas, se da vuelta y se aleja entre el sonido de sus ¡ej! ¡ej! ¡ej! ridículos. Alcanzo a preguntarme si quizás todo ha sido para él tan solo eso, fiesta y danza, quizás únicamente quiso divertirse y disfrutar de su homenaje, quizás nunca tuvo intenciones de seducir a mi ave. Quizás. Suspiro. Trato de recomponerme. No siento sin embargo ningún alivio. No puedo. Su blusa hecha de un material muy leve todavía exhibe desde el interior un par de pezones endurecidos. Ella sí danzó. Se mostró para él, insinuante. Se cimbreó. Lo excitó. Se ofreció con sus movimientos sobre su alfombra mágica. Y es una taimada, una buscona, una ladrona.

Un secreto que avergüenza es peor que un secreto que incrimina. Amenaza más. Hace más daño. Crea mayor zozobra. Anula y destruye más rápido porque lo único que lleva es precisamente eso, vergüenza. Otras clases de secretos llevan varios sentimientos, Hermes se extiende a sí mismo entre el secreto como un viento. Por ejemplo, en el secreto de un homicidio se entremezclan el orgullo por cada día que transcurre sin que nadie lo sepa, la expectativa sobre lo que puede suceder si se descubre, y también las imágenes sobre el juicio por venir y la condena. En el secreto de un robo se conjugan la soberbia por el disfrute de lo inmerecido y la rabia de perder tarde o temprano lo que ha sido mal habido. En la vergüenza, por el contrario, hay solo vergüenza, no hay espacio para nada más, nada más queda. Y mi vergüenza la causó ella. Ella. Irene. Ese primer día. Aún desde antes de conocerla. Desde antes de encontrarla, desde antes de crear para ella un espacio en mi vida. Apenas al ver su andar de diosa. Caminó sin prisa. El pasillo que conduce a mi oficina, largo. Más largo que siempre. Quizás no más largo, ella vino de más lejos. Sin prisa pero no despacio, andar pausado a lo largo de intervalos rápidos. No la vi nunca antes. No sabía su nombre. El tiempo voló a su lado. Voló detrás. Voló adelante. Por encima y por debajo. No logró alcanzarla, ella conservó su propio ritmo. Suena extraño. Esos tiempos con andar pausado solo llegan cuando se requiere de una brisa rápida, paradoja que ella trajo con su andar tan raro. Extraña también, mi sensación nubosa al otro lado de mi puerta. Flotante. Suspendida desde algún punto entre la pared, la alfombra y el techo. Extensiva. Contagiosa. Mi cerebro se llenó de algodón, cúmulos y nimbos en lugar de pensamientos, ideas incompletas, imágenes sin fondo. La miré sin mirarla, al principio. Por casualidad. Sin prestarle atención. Viéndola sin verla, con una mirada ausente de esas que no se adhieren a los desconocidos en un día ordinario. Hubo algo. Diferente, impredecible, fuerte. Me hizo volver la cabeza. Su paso. Línea recta. Inaudible y seco. Apoyó la punta del pie primero y dejó caer el talón sin esfuerzo. Sin torpezas ni desvíos. Con precisión. Con firmeza. Cada movimiento de sus pies, equilibrios perfectos. Carencia de pesos. Armonía que se extendió por un momento a todo el universo. Libertad de ataduras, transmitió su andar. Exactitud. Garbo. Una atmósfera distinta. Combinación nueva en moléculas antiguas. Vibraciones desconocidas. Desfiló como a lo largo de un suelo propio, personal, privado, esclavo o vasallo que se fue extendiendo poco a poco a su antojo para complacerla. Eros. Eros. Ícaro ha llegado al sol a pesar de tener sus alas pegadas con cera. Ella, diosa. Mujer con la que siempre se sueña. La que se ha esperado todo el tiempo. Pudo haberme redimido. Para una mujer como ella inventé mi vuelo, pegué con cera mis alas, me hice rico, triunfé en mi carrera. Para una mujer como esas un hombre se esfuerza. Para su andar de reina, de diosa, vuelo tenue de ave, he vivido y he sufrido, para ella he existido.

Desvié mi atención de mi computadora. Me olvidé por un momento de mi teléfono. Mi mirada se encajó en ella, en cambio, a través del cristal de mi puerta. Ascendió despacio. Tobillos, bonitos. Pantorrillas, largas. Rodillas, hermosas. Muslos. Respirar. Contar hasta cincuenta. Muslos. Se estancaron mis ojos para siempre en ellos. Muslos. Se desensambló mi mundo. De un solo impacto. Se desvió su centro, jamás logró recuperarlo. Muslos. Respirar profundo. Soplar. Frotar las palmas de mis manos contra mis piernas. Contar hasta noventa. Eros. Testosterona. Muslos. Me excité. Al instante. Como un adolescente. Como el macho vigoroso de una especie animal cualquiera, un potro, por ejemplo, un búfalo imponente, o un toro. Despertaron de su hibernación mis hormonas. Ya no más ajenos para mí, los torrentes ni las faenas. Muslos. Yo, erecto. Abultado de improviso, endurecido de una sola vez, repleto de un solo golpe, no hubo etapas. Enhiesto, lanza dispuesta, flecha. Dilatadas, las aletas de mi nariz. Abiertos mis poros. Erizados. Sensibilizados. Dolieron, casi. Hambrientos. Ansiosos. Sedientos. Dispuestos, preparados, necesitados. Mis piernas, sacudidas. Más sacudidas. Electricidad. Ondas magnéticas. Músculos atiborrados. Respirar profundo. Contar hasta diez. Hasta treinta. Hasta cincuenta. Mis ojos se colgaron de esos muslos al otro lado de la puerta. De esos poros. De esa capa de vello fino que los cubrió, y de su epidermis lisa. De ese bamboleo. Del temblor de esa carne al caminar, llena, a punto de desbordarse. Extensas, esas piernas inacabables. Soberanas. Reinaron en mi mirada. Escalaron sin detenerse hasta esconderse debajo de una falda. No parecieron columnas rectas, más bien trapecios. Delgados pero repletos, alargados, enormes. Más ancha la base de arriba. La de abajo, tan angosta como su rodilla. Músculos templados como relleno, un par de líneas oblicuas interminables. Duros, lisos, lustrosos, húmedos, imanes ineludibles, sugerentes, mortales, evocación de una yegua enorme. ¿Yo? Acezante. Excesiva humedad en mi boca. Sed y hambre. Necesité ver las piernas completas, desnudas totalmente, expuestas, sin barreras de pudores ni de ropas. ¿Yo? Urgente. Ávido. Soplar. Contar hasta cincuenta. Tragué saliva. Repasé con mi lengua mis labios. Dejé de respirar por un momento y volví a mirar los muslos. Los recorrí sin interrumpirme. Los miré, los miré y los seguí mirando hasta que ocuparon todo espacio disponible en mis pupilas. Ya no detecté ningún otro contorno, ni luces ni sombras, ni colores ni formas sino tan sólo los segmentos de piel tersos, gruesos, llenos, móviles, firmes. Gotas de sudor caliente y salado me inundaron y mi instinto se hizo un dios, un tirano, un soberano. Urgencia animal violenta, incontrolable. Mi mano adquirió movilidad autónoma y se acercó peligrosamente a mi pantalón. Logré ejercer algún control sobre ella, en ese primer instante. La apoyé con intensidad sobre mi pierna para entregarme, sin resistirme, a esa fantasía erótica en ese lugar y esa hora. Yo, Samuel Lucas, aspirante a Presidente de una compañía importante. Irresponsable. Inmaduro. Torpe. Indigno. Imaginé a mi mano tocando. En contacto con esa piel. Acariciando. Escalando pierna arriba. Recorriéndola. Sintiéndola. Bebiendo con los poros su suavidad de hembra. Apoderándose de su fragilidad de hembra para complacerla. Casi pude percibir que la piel de la mujer se contrajo. En mi imaginación, prensé el muslo desde su cara de adentro y una nueva contracción inexistente me animó a seguir soñando. Mi pulgar inmóvil se hizo un instrumento que acarició la carne de la diosa de piernas monumentales. En algunos lugares, con fuerza. En otros apenas resbaló un poco. ¿Ella? Dentro de mi fantasía tembló a cada roce. Vibró. Se entregó a su propia sensación de urgencia, que crecía. Se estremeció en espera de más sensaciones, de todo placer, de todo goce. Lo disfruta, inventé. Seguí inventando. Mi dedo siguió ascendiendo. Temblando. Agitándose con cada estremecimiento de su piel lustrosa de fina yegua. Succionó la epidermis de mi palma con un hambre igual o mayor que la mía, absurda pero real, viva, tan viva como su piel y la mía que no alcanzaron a tocarse en la realidad pero se recorrieron por completo en mi fantasía. Se estrujaron. Se reconocieron con el mismo brío. Con idéntica necesidad. Con igual desborde, imaginación que desvaría. De aquí para allá, en mi delirio, mi dedo continuó su exploración sin detenerse. Independiente. Experto. Al tiempo cauteloso y carente de sentido del respeto. Ardiente. Cortándome el aliento. Produciéndome una sensación intensa. Otra más. Otra. Ansiedad, curiosidad, lascivia. Al final mi dedo arribó, en mi imaginación, a una geografía oculta, ajena, prohibida, protuberancias y montículos, partes blandas, partes duras, partes llenas, interiores y orillas, cavidades, áreas lisas y al final el puente. Ese puente. Ese puente de la mujer, lugar irrepetible. Lo exploré. Con mi dedo, al principio, casi tímido. Con la mano a palma abierta después, irreverencia, ultraje, deslizándose atropelladamente, a veces, en las imaginaciones de mi cerebro, sin pudor, sin respeto, recorriendo, hollando, acariciando de muchas formas para despertar las humedades de la yegua, para domesticarla, para obligarla a rendirse sin protestas ante la sabiduría de mi mano. ¿Encaje? ¿Seda? ¿Transparencias? Mi mano arrancó todas las barreras. Arrebato, ahora. Pelo. Pelo. Pelo de pubis. Breve pero espeso. Crespo, abundante, corto, enredado, denso. Caliente. Un bosque completo. Pelo púbico femenino, heraldo de humedad y de apertura. De triunfo también, después de admitir el roce de una mano de hombre, una mujer no tiene ya escape. Heraldo también de reto, después de rozarlo un caballero no podrá ya rehuirle a la faena. No debe. Virilidad obliga. ¿Se será triunfante? Nunca se sabe. Siempre existe la pregunta que ningún varón formula, ¿se complacerá esta vez, o no, a la hembra? Mechón por mechón, disfruté su pubis mentalmente. Mi dedo, juegos. Jaloneó. Acarició. Asió, retuvo, soltó. Enredó y liberó. Atrapó de nuevo. Avanzó segmentos cortos. Desde adelante hacia atrás. De atrás hasta adelante. La piel de la mujer se humedeció, caudal, torrente, en mi delirio tampoco ella pudo controlarse. Piel viva. Pulsátil. Caliente. Yo, urgencia. Yo, deseo. Yo, miembro erecto, casi se desborda. Casi. Más sed y más hambre. Llevé mi mano al cierre de mi pantalón de nuevo y otra vez logré retirarla antes de tocarme. Desviar la vista. Soplar. Respirar profundo. Contar hasta ciento cincuenta. No lo hice. Un río de sangre hirviente se arremolinó entre mis piernas hasta dolerme. No logré detener mi fantasía. Mi respiración, en suspenso. Mi boca, reseca, sin aliento. Yo, necesidad desesperada que recorrió todo mi cuerpo. Pene repleto. Mojé mis labios. Entorné los ojos. Lo disfruta, inventé y seguí inventando. Las piernas se abrieron más. En mi fantasía, las suyas. En la realidad, las mías. Indefensas. Me excité más. Detenerse. Soplar. Respirar profundo. Contar hasta un trescientos cincuenta. No pude. Seguí. Gocé. Gocé todavía más cuando mi pulgar entró a un área de pelo escaso, mucho más abajo, un humedal viscoso. Hondo. Abierto. Generoso. Ávido también. Retráctil. La entrada femenina. Oculta. Entrada de mujer, umbral y fundamento de toda la raza humana. Recibe y brinda. Expulsa y succiona. Misteriosa, universal, sabia. Causa apetitos. Consumaciones y comienzos. Ahí ocurre el origen de la vida. Ahí el hombre se esclaviza. Sentencia. Exploré esa entrada invisible que se ocultó entre los muslos y el cimbrear de la yegua. Me succionó dos falanges. Sin siquiera darle tiempo a mi imaginación para inventarlo. Mi corazón, latidos fuertes. Mi miembro por poco explota. No conseguí parar, seguí soñando. Seguí imaginando. Seguí sintiendo. Seguí viviendo mi trance de hormonas, de ansiedades, goce. Mi silla, en exceso chica para la magnitud de mis urgencias. Mi mano otra vez víctima de la necesidad desesperada de meterse hasta mucho más debajo de mi pretina. La controlé de nuevo con gran esfuerzo. Mi dedo se reveló como un ente independiente y persistente. Colonizó el humedal de la mujer y lo exploró a su antojo. Lo bordeó. Lo penetró. Lo abandonó y se introdujo de nuevo. Su humedad aumentó. Igualmente mi deseo. Su ansiedad. Mi fricción. La rapidez también. La fuerza. Más. Más. Y ahí, el asta. Enhiesta. Apareció repentina entre sus piernas. Protegida por labios carnosos. Escondida. Minúscula. Dura. Izada. Urgente de más caricias. Deseosa de estrujamientos. Sedienta de frotamientos, de repeticiones. Mi pulgar, pródigo. Desde abajo hasta arriba una vez y otra. Más. Más, Más. Presteza, pericia, paciencia, violencia. Más. Rozando apenas, a veces. Hollando, a veces. Acariciando. Sabiamente, ágilmente, profusamente, resbalosamente. Más. Más. Más. Al final su urgencia venció, un ahogo. Un grito quedo. Otro. Otro más ruidoso, alarido de un orgasmo de mujer, atronador, incontrolable, prolongado, genuino. Me levanté con vehemencia. Rápido. Tembloroso. Con el corazón latiendo a toda fuerza. La silla cayó de espaldas. Yo, sin aire. Yo, sienes vociferantes. Piernas temblorosas. Manos temblorosas. Sufrido pene. Adolorido. Ignorado, abandonado, proscrito. Todavía lleno. Mi mirada, ahora fija en mi pantalón, mancha acusadora. Húmeda. Pequeña, mi urgencia todavía viva. Lastimosa, la contracción de mi miembro. Y atormentante. Yo, necesidad desesperada de tocarme. Necesidad desesperada de aliviar la presión inaguantable de mi miembro. Exhalé profundo. Mis manos vibraron por la urgencia por maniobrar sobre mi hombría. Excitadas. Ansiosas. Controlarse. No tocarse. No tocarse. No tocarse. Contar hasta un millón noventa. Traté de no pensar con ese músculo repleto, sufriente. También traté de quedarme inmóvil. Resoplé de nuevo. Intenté dar unos pasos a lo largo de mi oficina para distraerme. Pulsátil, mi pene. Imposible avanzar un solo paso. Recogí la silla y me senté de nuevo. Piernas separadas, pies suspendidos lejos del suelo. No funcionó, mi mano volvió a rondar mi hombría. Me obligué a resistir, ya sin fuerzas. Tomé de mi escritorio un folio y lo estrujé desesperadamente. No funcionó, la erección de mi músculo persistió y dolió, agresiva. Contundente. Apreté los puños. Apreté las mandíbulas. Intenté llenar mi cerebro con imágenes sobre mi carrera pero ni siquiera eso surtió efecto. Yo, frenético. Yo, descontrolado, casi. Ocultar mi erección, todo un problema. Jadeé, ahora. Como un perro. Intencionalmente. A soplidos. Repetidamente. Con muchísimo esfuerzo. Muchísimas veces, muchas. Jadeé. Jadeé. Jadeé. Mis ojos se llenaron de agua. Me quedé sin oxígeno. La presión en mi miembro cedió un poco. Jadee más. Gemí. Jadee de nuevo con los ojos entrecerrados y la boca reseca. Jadeos. Piernas entumecidas debido al tremendo esfuerzo. Más jadeos. Puños apretados, los nudillos blanquecieron. Jadeo. Jadeo. Mi urgencia empezó a disminuir por falta de aire. Creo. Resoplé. Deshice mis puños y estiré mis manos. Redobles de tambor sobre el escritorio con mis dedos. Soplido. Me levanté de mi silla otra vez, ahora con más violencia. No cayó igual que antes, pero apenas sí me di cuenta. Jadeé, en cambio. De nuevo. Varias veces. Jadeé, jadeé igual que un perro. Me senté otra vez. Jadeé, jadeé, jadeé. Hasta recé, creo. Al cabo recuperé la calma. Casi. Mi mano aún quiso perseguir su objeto. Mi músculo, todavía erecto. Todavía pidiendo mi mano. Todavía necesitándola, animal bravío. Batalla intensa. Más jadeos. Más esfuerzos. Miradas desviadas. Soplidos.

Mi corazón recuperó el ritmo después de unos minutos largos. Mi razón, su dominio.

Exhalé un aire corrompido. Con frustración, todavía. También todavía con deseo. Intenté inhalar oxígenos de alivio. No lo conseguí. ¿La causa? Abel Solo. Mierda. Abel Solo en el lado opuesto de mi puerta. La mujer de las piernas descomunales, ya no en el pasillo. Tan solo esos ojillos de rata de Abel, peligro mortal, que los dioses me protejan. ¿Yo? Alerta. Adrenalina nueva. Pánico. Casi me masturbé en mi oficina. Casi. Durante mis horas de trabajo. En nombre de un par de piernas que no vi nunca antes. Exhibiéndome a través de ese cristal maldito. Desde esa silla a punto de convertirse en la silla del Presidente de la compañía, yo, todo un ejecutivo de éxito. Todo un caballero. Un hombre maduro, equilibrado, educado, emblema de la decencia. Un ser de la especie animal inteligente, la que piensa, la que puede anticipar sus propias consecuencias. La que juzga. Alguien como yo no se entrega jamás a fantasías lujuriosas en sus horas de trabajo. Alguien como yo jamás se entrega a fantasías sexuales en realidad, para eso existe la mujer de oficio con sus lugares y sus horas. Y Abel Solo ahí, quizás testigo. Mierda. Mierda. Mi delirio con la diosa de las piernas monumentales y la piel de yegua desapareció en este instante de mi historia y se convirtió en un error magistral de mi carrera. ¿Me vio? Sus ojos, insidiosos a través de la insufrible transparencia de mi puerta. Empañados por una especie de sustancia translúcida y grasosa, baba de culebra o vómito de cochino, repugnante membrana asquerosa. Turbios. Malintencionados. ¿Llenos de sospecha? Mierda. Sin procesos, sin demoras, mis piernas se aflojaron y se deshizo mi turgencia. ¿Yo? Flacidez ahora, hombría gelatinosa.

Mierda. Mierda otra vez. ¿Me vio? Me obligué a no mirar mi miembro. En realidad, a no mirar hacia ninguna parte. Yo, miedo. Ácido, cortante, uno de esos que invaden a las personas en los cuentos de misterio, similar a la respuesta refleja a un ulular distante, ajeno, inaudible, casi, filtrado a través del tímpano en fragmentos, un pedazo de sonido, silencio, un pedazo distinto, silencio otra vez, otro pedazo, otra ausencia de ruido, el cerebro al principio advierte, enseguida duda, ahora se esfuerza, después se alarga para percibir mejor, se encoge para retener por más tiempo, se funde con el sonido y se desliga de él por completo, es la angustia de no saber si sí o si no, si después o ahora. Es ese espasmo que hemos llamado miedo, ese coletazo. Miedo. Y vergüenza. Profunda. Arrepentida. Definitiva.

¿Qué vio Abel Solo? Lo que haya visto podría costarme la carrera. La dignidad. La vida. Mi quijada y mi nuca, tensas. Sentí el impulso de saltar hacia la puerta, agarrarlo por el cuello y obligarlo a decirme lo que vio, para escucharlo decir que no ha visto nada. ¿Vio Abel Solo la silla caer, testimonio, indicio? Pretender que nada ha sucedido, inviolable norma. ¿La mancha en mi pantalón? Rodillas flojas. Sien palpitante. Manos temblorosas. También los labios. Fingí no haber notado la presencia de Abel Solo cerca de la puerta. Fingí una gran concentración en mis papeles. Fingí estar muy ocupado. Fingí. Inmóvil, casi. Sin aire, casi. Sudor helado, respiración sin ritmo. Colapso. Casi. Controlarse. Ganar tiempo. Pensar despacio. Contar hasta diez. Contar hasta treinta. No lo conseguí, mi habilidad para pensar pareció estar muerta. Ni ideas, ni imágenes, ni palabras. Mi cerebro, muerto por un momento, si es que es cierto que el cerebro humano tiene la capacidad para morir y enseguida

213

revivirse por sí mismo. Me encontré de pronto carente de mi función de pensamiento. Bloqueado. Ausente. Obligué a mis ojos a reflejar alguna imagen en la parte pertinente de mi cerebro. Se llama bulbo raquídeo. Miré a mí alrededor, despacio. Concentrándome. Esforzándome. Tratando de sobreponerme al miedo. Y a la vergüenza. Mi mirada vino en mi rescate. Una taza llena de café frío sobre mi escritorio. Un mapamundi de ensamblar compuesto por piezas de oro. Mis tabletas. Una réplica de un obelisco hueco, repleta de plumas y lápices. El folio recién estrujado. Decidí imprimir una copia nueva y me dediqué ahora, con todo mi empeño, a semejante tarea absurda. En psicología eso se conoce como un mecanismo de defensa. Funcionó, conseguí pensar de nuevo. ¿Cuánto alcanzó a ver Abel Solo?

Análisis: Mi admiración por la mujer. Sus piernas de yegua. Su piel de color brillante. Su paso. Mi mirada fija en ella. Mi lujuria. Las ficciones de mi dedo sucediendo dentro del espacio inaccesible que es mi pensamiento. Nadie pudo verlo. Nadie supo lo que estuvo en mi mente frente a la mujer y a sus piernas. No me masturbé, después de todo. Casi lo hice pero los casis no cuentan. No me toqué, guerrero victorioso, triunfante peleador callejero. No lo hice. Felicitarme a mí mismo. ¿La mancha en mi pantalón? Deberé permanecer sentado. ¿La silla que se cayó al piso? Cualquiera hace un movimiento brusco. Conclusión: Me encuentro a salvo. Abel Solo no logró ver nada de lo cual pudiera acusarme. A pesar de la transparencia de mi puerta. A pesar de mi imprudencia. Gracias. Acción a seguir: Indiferencia. Olvidar el miedo y calmarme. Ignorar a Abel Solo, o humillarlo con rapidez para que desaparezca pronto. Enseguida una promesa de redención sincera: no pensar jamás de nuevo en ella.

No recordar sus piernas. Sobre todo, no entretenerme jamás de nuevo con las piernas de las mujeres que desfilan al lado opuesto del cristal de mi puerta. Me mentí a mí mismo, por supuesto. También la vida miente. ¿Con el propósito de engañar, malintencionada? No lo creo. ¿O sí? Origina escenarios en donde la trama de los destinos se entreteje. Nos deja actuar, entonces. Espera, paciente, pacífica, parsimoniosa, la acción del ser humano. Luego rediseña el escenario y ahora parece que es el ser humano quien finge, quien falsifica. Quizás la vida tan solo se divierte. Hedónica, sibarita, rica en formas para burlarse de las promesas. Las desafía. Las debilita. Las deshace y después se ríe. La vida, burlesca. Traviesa y bromista. Sarcástica. Satírica. Se complace en anular la voluntad del hombre, lo obliga a incumplir sus propias palabras, a deshonrarlas. Es más saludable no creerlas. Quizás no es la vida en realidad, todo es resultado del desprecio de los dioses. ¿De su miedo? Las personas, en cualquier caso solo somos marionetas. Nada de esto me exculpa. Nada. Nunca.

Levanté la barbilla. Eché hacia atrás los hombros. Presioné además el piso, todo al mismo tiempo. Automáticamente. Repentinamente. El mismo tipo de acción refleja de siempre ante mis pies en posición incorrecta. Por instinto, creo. Sin quererlo crucé mi mirada con la de Abel Solo y leí sarcasmo, insolencia. Él no perdió la oportunidad e hizo un ademán para pedir permiso de entrar a mi oficina. Monigote. Señaló la puerta con su dedo índice y lo agitó de atrás hacia adelante. Varias veces. Sentí de nuevo el impulso de fingir no haberlo visto, para humillarlo, pero me lo impidió la intensidad de sus ojos. No se desprendieron de los míos. No lo hicieron durante varios segundos y sin embargo supe que su dedo continuó en movimiento. ¿Cómo es que el intercambio de miradas, ojo a ojo, informa también el movimiento de un dedo? Imposible explicarlo, el campo visual no es grande. Quizás después de todo sí es cierto que las miradas levantan puentes donde no existen. Y aunque no se quiera. Dan acceso al enemigo, no he debido mirarlo. Sin embargo, tenía que hacerlo para enfrentarlo. Segundos lentos. Cargados. Odio recíproco vibrando. También necesidades mutuas. La mía, su conocimiento sobre la División de Ventas, Abel Solo siempre ha sabido exactamente a quien pedirle cada cosa y a quien asignarle cada cliente; deshacerme de él hubiera provocado una tremenda crisis en mi carrera. ¿Su necesidad de mí? Ninguna, en realidad, pero soy su jefe, esa ha sido mi única victoria sobre él hasta ahora. Otros segundos pasaron. Otros y otros. Él, en su pantomima. Yo, en la mía. Al cabo resultó imposible esperar más tiempo, se impuso darle una respuesta. Descendí un poco mi quijada para darle autorización de entrar sin decirle nada.

Entró. Recorrió con sus ojos un segmento amplio de mi oficina. Evaluándolo. Mirada oscilante, rápida. Pareció un pistolero al arribar al lugar donde cometerá su crimen. ¿Yo? Escalofrío de nuevo. Y odio. Un odio que no alcanzó a ganarle al miedo, no por ser menor sino por ser su hijo. Eso es lo que ocurre siempre, creo. Miedo es el metal del que está hecha la moneda del odio. Confirmé, en el aire, un olor a amenaza, a peligro. Por poco me masturbé en mi oficina y después jadeé como un perro. No conseguí pensar en ninguna otra cosa. De haberlo conseguido quizás ahora mismo yo no estaría escribiendo esta historia. De haber tenido mí conciencia limpia. De no haber estado tan concentrado en protegerme a toda costa del secreto vergonzoso que podría haberme costado mi carrera. Avanzó con ese paso zumbón que siempre me causó desprecio. Una especie de sentido de contradicción atravesó con él la puerta, con su andar Abel Solo pareció haber anulado el paso de la mujer de las fenomenales piernas, haberlo desdibujado, lo hizo añicos. Resulta imposible que ambos modos de caminar coexistan en el planeta. Abel Solo, cabestro inexistente, bamboleos. Su espalda, encorvada. Sus hombros, bajos. Sus pies, todavía más inseguros que los míos, pesados, torpes, apoyándose en el suelo sin permiso. No me engañaron sus ojos. Brillosos. Acuosos. Errantes atrás de un líquido ligero, transparente, que acentuó su mirada de manipulador engañoso. Mirada volátil, imprecisa. Tengo la impresión de que no miran hacia afuera sino hacia adentro, hacia a un mundo interior de fantasías, de irrealidades, quizás uno de esos mundos que no existen, donde se refugian las personas de cerebro movedizo o zozobrante, o inestable, o esquizofrénico o paranoide, o los que han perdido el contacto con su entorno y viven en su burbuja de ideas fijas, sueños de grandeza o delirios persecutorios, agravios que nadie cometió, honores que no se merecen, emociones intensas, desmedidas, incontrolables, complejas, que los conducen un día a subir al techo de un edificio y disparar contra la gente, o a asesinar a sus colegas o a sus madres cuando ya han dejado atrás las barreras de lo normal y se han convertido, sin que nadie todavía lo sepa, en gente realmente enferma. Mirada de loco. Peligroso. El factor común a la perversidad y a la locura es la ausencia de escrúpulos.

En las manos de Abel Solo, su tableta. Inexplicable. Quizás no. Quizás por completo predecible y necesaria. Mortífera. Me atacó un presentimiento de fracaso y de tragedia.

Penuria. ¿Me filmó con su tableta? Ya ni tan siquiera sentí miedo sino una sensación profunda de miseria. Devastación, sensación horrenda. Ganó. No lo entiendo pero esa palabra en ese momento acudió a mi pensamiento. Ganó. Ya no tengo posibilidades de defensa. Ni su actitud envilecida, ni mi desprecio, ni mi autoridad, ni toda mi experiencia ni todo eso reunido serían jamás bastante fuertes para anular el impacto corporativo de un vídeo de lo que casi acaba de suceder en mi oficina. Ganó. Ganó y ahora su victoria me caerá encima igual que un baño de derrota, una derrota ya madura, ya no novedosa. Una que quizás sentí y viví desde mucho antes, que se construyó a sí misma con cada fracaso causado por mi vicio izquierdo, con cada vergüenza ante mi pie en punta, con cada segundo de esa carrera loca que fue mi carrera, al tiempo de un potro vigoroso y de un humillado jumento. Yo, desesperanza. Angustia. Olor a ruina. Abel Solo, sorpresa. Jamás antes ni después ofreció una presentación ejecutiva como esa que mostró en ese momento en su tableta. Ni siquiera en la cena de la primera noche a Daniel Pirro. Nunca más le he visto exhibir esa pasión para convencer a nadie de una idea. Mostró gráficas, tablas, cifras y hasta frases célebres. Esgrimió argumentos legales. Sociales. Emocionales. Que las leyes laborales todavía no han establecido una cuota mínima para contratar a empleados étnicos. Que las personas de otras razas producen temores a los clientes. Que la variedad de acentos fonéticos entre el personal de una empresa no es indicio del respeto de la compañía por la diversidad, sino de una comunicación interna llena de barreras. Que dado el nivel de desempleo en el país sería mal visto contratar a personas extranjeras.

¿Yo? Incapaz de reaccionar, estupefacto. Espera terrible, llena de angustia. Vigilante ante cada palabra. Preparado, creo, para escuchar la frase esa, la del momento de la verdad, una con un aunque demoledor, insertado como al descuido en medio de su perorata absurda, me gustaría saber qué piensa usted Samuel aunque si usted se siente mal ahora yo regresaré más tarde, o cualquier otro grupo de palabras con sentido semejante para hacerme saber que sí vio, que sí supo, que sí me filmó con su tableta, que lo que tenía ahora mismo sus manos sí era el arma para su crimen. ¿Qué decía? Me convertí en un colapso a punto de ocurrir. Ansiedad. Pasmo. ¿Él? A punto de arrollarme con su discurso. Con su amenaza aún sin pronunciar. Con ese poder sobre mí que siempre quiso y nunca antes tuvo. Ahora se lo encontró al otro lado de mi puerta como en una piñata, los dioses le obsequiaron la oportunidad que buscó siempre y nunca obtuvo. La de derrotarme. La de atraparme. La de enredarme de alguna manera para anularme, para arruinar de una vez por todas mi carrera, para arrebatarme mi ascenso a Presidente de la compañía. Yo, todavía sin entenderle la monserga. Mayor ansiedad, adolorida. Arrepentida, temerosa, culpable. ¿Y, ahora? Esforzarme en mi disimulo. Pretender que nada pasa, una regla implícita que debo seguir para no mostrarme débil, para no dejarle creer que en realidad sí, había adquirido sobre mí una ventaja. ¿Qué decía? Una frase y otra en sus labios se combinaron y se hicieron complejas, incomprensibles, horrorosas, densas. Me esforcé por poner en mi rostro una expresión de esas de que aquí no pasó nada. También por dominar mis nervios y por lucir distante, seguro de mí mismo, autoritario. Por recuperar el tono de mi voz, voz de jefe. Por entender de qué hablaba Abel Solo. Sobre todo por adivinar la trampa oculta atrás de sus palabras. Dijo enseguida que lo mismo piensan todos los empleados que la vieron, son fantásticas. Verdaderamente monumentales. Que parecen los pedestales de una de esas diosas de la Grecia antigua. Que además camina igual que una reina de belleza en su pasarela o en una alfombra algodonosa. Que brillan igual que los de una yegua fina. Que los ha inspirado. Que los ha incitado. Que cualquier hombre podría desbocarse precipicio abajo por esa causa. Que el encargado de compras corporativas, ya tan anciano, casi se desmaya cuando la vio salir de su última entrevista con el director de la División de Gestión Humana. Y uno de los estudiantes de los que hacían prácticas de tecnología se sobresaltó, dio un comando equivocado en una de las computadoras y perdió casi dos días de trabajo. Y un operario de la planta que arreglaba una puerta se aplastó un dedo de un martillazo. Ya casi no pude resistir todas esas frases impenetrables. Ya casi no pude controlarme. Ya casi lo interrumpí para ordenarle acabar con su farsa inaguantable, para obligarlo a admitir que sí, que sí me vio, que sí, hasta me filmó, que sí planeaba utilizar eso para desbancarme con la intención de reemplazarme. Sentí que ya no podía tolerar más esa angustia y abrí mi boca para liberarme de todo esto de una vez por todas, para confesarlo yo mismo todo, quizás es debido a esos momentos que dice la gente que la angustia mata, pero Abel Solo me interrumpió con una frase más, la última, la que cambió mi historia.

—No hay que contratarla, aunque sí es cierto que tiene piernas de espectáculo.

—¿De quién habla?

—De la mujer extranjera que acaba de desfilar frente al cristal de su puerta.

VIII

Ofrezco a los dioses mi destino. Lo inmolo a sus caprichos.
Me inmolo a mí mismo. Me ofrezco en sacrificio. Pido mi
castigo. Que de repente sea yo convertido en un insecto o en
una hiedra. Que sea mi condena andar para toda la eternidad sobre la tierra, navegar hasta el infinito sin alcanzar un
puerto, errar sin parar, perderme en un laberinto, encontrar,
hasta el final del tiempo, a mí alrededor tan solo arena. Que
se me despoje. Que se me hiera. Que se me cercene un pie o
una mano para que mi sangre, toda pútrida, se derrame y
con ella salga de mi interior ya muerto, ésta aterradora falta
de sentido, esta indiferencia, este cinismo. Que cada gota
que no brotó desde mis ojos, fuente seca, agua que no lavó,
caudal oculto, retenido, encuentre, después de todo, la manera de precipitarse por efecto del sufrimiento que puedan
causarme los dioses en su castigo. Que me hagan llorar, que
me obliguen a gemir, que mi piel se contraiga bajo llamaradas de dolor, oleadas o punzadas, piel abierta incinerada,
contraída, retorciéndose, padecimiento. Que un habitante
de mi vientre, bacteria, roedor o cáncer, lo consuma a mor-

discos sucesivos, a fuerza de dentelladas carniceras que desgarren y templen toda epidermis interna, y que causen sacudidas de tormento en los músculos sangrantes, los huesos rotos, las arterias y las venas fuera de su cauce entre imparables puntillazos de suplicio. Quiero ver si entonces consigo arrancarle a mis ojos, otra vez, lágrimas. Quiero ver si entonces vuelvo a experimentar algún tipo de sentimiento. Quiero ver si después de todo ese tiempo antiguo al lado de su cama hospitalaria, tiempo de padecimiento, también tiempo inédito, en ese mismo lugar donde todavía no consigo sentir nada, absolutamente nada, los dioses me exonerarán y me permitirán experimentar otra vez un sentimiento, cualquier clase de sentimiento, malo o bueno, nuevo o antiguo. No lo harán, son muy astutos. Saben que sufrir es expiación y que la expiación terminará tarde o temprano con el castigo. No me concederán esa forma de gracia. No se apiadarán. No pondrán un límite a su revancha. Me dejarán flotar en el vacío, a la espera siempre de lo podría no venir jamás o llegar en cualquier momento. Esa será justamente la venganza de los dioses, o del destino, da lo mismo, gravitar por siempre sin sufrirlo, sin dolor, sin pesares ni nostalgias, sin rabias ni alegrías, sin afectos buenos, sin afectos dañinos, asemejarme más y más a una roca o a un muerto, verme a mí mismo caer más y más en un abismo de ausencia de sentido. No sucedió de este modo al principio. Creo. Creo que sufrí, extrañé y clamé los primeros días. Creo. Después solo hubo anestesia. Creo. Ignoro si mi dolor llegó alguna vez a ser tan grande, o mi humillación o mi odio, que me convertí en una piedra y es por eso que ahora ruedo más y más hacia abajo, sin sentimientos, avanzando por un abismo que no termina, precipicio hondo, caída continua que me aleja más y más de mi universo, de la gente de mi universo. Me aísla. Me separa de las personas. Me impide reír o hablar con ellas. Me impide ser como cualquiera de ellas. Quizás ese es precisamente mi castigo, no sufrir y al no sufrir me quedo solo, me quedo seco, me vuelvo ajeno, pierdo mi capacidad de encontrarme con Irene en su inmovilidad y su silencio desde su cama hospitalaria, o con cualquier otro, el otro, el doctor o el portero, el viejo, la mujer o el niño, el enemigo, todos han dejado de existir aunque aún existen, se encuentran a mi alrededor por todas partes, lo sé, los oigo, los veo pero mientras ellos viven y respiran yo tan solo caigo y caigo en mi precipicio. Ícaro en caída libre, alas de cera. Nada va a detenerme hasta llegar al fondo, no recibiré clemencia, solo encontraré vacío, abismo, el mismo que ella encontró en mis ojos endurecidos. Indiferentes. Cínicos. La misma falta de piedad. La misma saña. Sé que no habrá para mí perdón pero aun así insisto. Que los dioses me concedan su clemencia. Me ofrezco para su castigo. Quiero recibirlo. Acepto cualquier clase de expiación, la que sea, lo que sea, a cambio de experimentar algún remordimiento, de sentir todo el peso interno de lo que he causado, de arrepentirme, de sufrir, de dolerme ante mi culpa por lo sucedido. Deberé sentirla. Lo necesito. De forma desesperada. Necesito sufrirla, torturarme en ella. Admitir la propia culpa y no sufrirla es lo mismo que pudrirse desde el interior en vida sin siquiera darse cuenta. Es ser devorado poco a poco y desde adentro por gusanos de indiferencia. Permitirles que deshagan todo lo que está vivo adentro y afuera para dejar, en el lugar de lo que fue un ser humano, a un ente cínico. Ahora reinan dentro de mí esos gusanos. Me devoran. No me importa. Reptan. Carnívoros. Viscosos. Repulsivos. Producen dentro de mí, descomposición y pestilencia. Me han convertido en un ser repugnante, me doy asco a mí mismo. Se implantaron con la sorpresa. Quizás no, quizás arribaron desde antes, con la vergüenza de casi haberme masturbado en mi oficina frente a un par de piernas, aunque algunas veces no creo que eso haya sido lo que me convirtió en un cínico, la vergüenza es un indicio de nobleza y no hubo nada noble esa tarde en mi oficina detrás de esa puerta. Quizás lo que en realidad ha dado vida a esos gusanos ha sido el miedo, ese pánico indoblegable ante la trampa que yo construí para mí mismo. Quizás se afianzaron en mi interior más tarde, con cada momento de enamoramiento insatisfecho, callado, con la huella del amor vendido al mejor postor como a la mayor ramera. Mi carrera. Se aposentaron después por todas partes, las paredes del riñón, los pliegues del intestino, los agujeros del corazón y cada uno de los restantes orificios. Se multiplicaron a medida que ella bailó y yo la vi y sufrí su danza. A medida que se meció en el aire con su música extraña. A medida que llevó consigo a otro hombre en su alfombra mágica. A medida que adulteró sus facturas blancas. Me empezaron a devorar de a bocados, los gusanos. Bocado de desilusión. Bocado de sospecha. Bocado de estupor por lo que hizo Irene, por lo que escuché acerca de ella, por bailar con Daniel Pirro. Bocado de mi necesidad de la revancha. El imperativo de vengarme de su baile y de su robo transformó a los gusanos en hambrienta plaga. Babosos. Asquerosos. Implacables. Insaciables. Me engulleron aun estando vivo. Al final destruyeron todo rastro de un sentimiento, todo hálito de dignidad, toda decencia. Metódicos. Dejaron dentro de mí a un ser repulsivo. El cascarón externo, más delgado cada vez, más carente de materia cada vez, más frágil, menos denso, seguirá luciendo del mismo modo como hasta ahora, quizás, no habrá evidencia externa de mi proceso de putrefacción interna. Yo si lo sabré, y no me importará, ese será el reflejo de esta indiferencia, esa será su consecuencia. No habrá dolores ni vergüenzas, no habrá amarguras ni temores, solo el espectáculo invisible de descomponerse poco a poco a pesar de conservar la vida, cadáver que respira, cosa muerta que camina, sonríe, emite palabras, cosa que se sabe nauseabunda y lo oculta, ente que deambula mientras que su interior se derrumba, se convierte más y más en materia corrupta. Eso soy. En eso me he convertido. Todavía estoy vivo y sin embargo ya estoy podrido. Resquebrajado. Cínico. Testigo sin acción, inmóvil. Ahora asisto inerme al espectáculo de mi propio derrumbe, paulatino, callado, imparable, no hago nada para impedirlo, no puedo, parálisis, condena, peor que acabar con la vida propia es dejarla que se desvanezca. Eso es lo que ahora hace también ella entre este, su blanco salteado aquí y allá de cánulas verdes, donde ahora moro para siempre. Eso es lo que hago ahora yo también, sentado frente a su cama, lo mismo que hice ayer y haré mañana y la semana entrante y todos los días de la vida que me quedan. Mañana habrá, Irene, una diferencia. Mañana será otro día, Irene. No vendré a verte desde antes de que finalice la madrugada igual que todos los días, Irene. No, no te abandonaré, Irene. No. No me cansado de mi dolor junto a tu cama. Irene. No. No he buscado ni buscaré ni encontraré escenarios nuevos, espacios sin ti, comienzos, Ícaro no volará, ha perdido sus alas. Estaré allá, en ese lugar que fue lo que es ahora este, nuestro lugar compartido. Pensaré en ti, Irene, mientras empaco mis objetos, despojos de Ícaro, huellas ominosas que no consiguieron derretirse con la cera. Diré adiós a cada recuerdo, a cada momento, a cada uno de tus pasos inigualables al otro lado del cristal de mi puerta. Enseguida vendré a este, nuestro lugar ahora, para que estemos cerca. Mañana estaré aquí, solo para ti por fin, solo para mí por fin, y lo mismo será al siguiente día, y al otro y al otro, hasta siempre, que los dioses que no me han perdonado nos protejan. Los invoco pero nada llega. Pido que despiertes. Que Morfeo te abandone. Que abras tus ojos y sonrías, que pronuncies unas palabras, que te muevas, que te agites, que vivas, Irene. O que finalmente mueras.

El zumbido insoportable de esta noche inacabable se desdobla. Apolo juega. Cada nube de sonido se separa de las otras y se hace distinguible, única. Los tambores. Las maracas. Las conversaciones. Risotadas. ¡Ej!, ¡ej!, ¡ej!, ecolálicos, ridículos. Cuchicheos de gallinas cluecas. Siseos de víbora. De rata. Mi sentido del oído de repente los detecta por separado. Desarmonía. Todo mi mundo interior se desvanece y solo queda, por fuera, una especie de inventario de ecos discontinuos. Me encuentro en un estado especial, distinto, donde cada cosa ocurre al otro lado de un filtro, como una especie de campana que se ha alzado de improviso para aislarme de la gente y dejar pasar tan solo algo destinado a introducirse en mi vacío únicamente a través de mis oídos. Clic. Clic. Clic. Las cintas de seguridad de la montaña rusa se ajustan y se cierran, una por cada persona, mecánicas, precisas. Nítidas. Cercanas. Sin saber por qué, las cuento. Una, dos, tres, siete. Alzo mi mirada y por primera vez advierto que esta montaña rusa es demasiado alta, nadie podría sobrevivir si cae desde semejante altura a cielo abierto, pensamiento fuera de contexto. Toda la atención que mi cerebro puede producir se empeña ahora en cada clic, absurdo. Sus resonancias me llaman y yo las cuento. Quince. Dieciséis. Irene me mira. Sus ojos que amé y seguí por tanto tiempo no me dicen nada. Ya no son profundos, ni curiosos ni luminosos, finalmente se han convertido en lo que han sido siempre, un par de ojos. Veintidós. ¿Por qué? No importa. No encuentro a mi rencor ahora. Supongo que se ha ocultado atrás del clic número veinticinco. Veintiséis. Veintisiete. Tampoco encuentro el odio. Treinta y dos. Ni las piernas monumentales, ni los pezones erguidos, ni el robo. Solo importa en este momento el clic número treinta y cuatro. ¿Anestesia? ¿Cinismo? Calma, en todo caso. Voz pausada inesperada. Tono firme. Autoridad. Amenaza. Frío. Clic número cuarenta y ocho.

—Aquí tengo en mis manos sus facturas y hace falta una cantidad monstruosa.

Ni siquiera la miro. Tampoco me esfuerzo en imprimir una emoción a esa frase que acaba de fluir de entre mis labios como una corriente inesperada de aire. Enuncio, tan solo, de la misma forma como se anuncia que el Sahara tiene nueve millones de kilómetros cuadrados. Sin corazón, bueno ni malo. Enuncio un dato. Clic número cincuenta y cinco. Irene responde de manera automática, inmediata.

—También falta una factura rosado, Ud. no debe preocuparse —responde Irene.

—Aquí están todas las facturas— insisto.

—Hace falta una factura de color rosado— insiste ella.

—Eso es algo que yo no creo.

—Hace falta una factura de color rosado.

—Todo ha sido revisado hasta el detalle.

—Hace falta una factura de color rosado— ya no afirma, ahora suplica.

Silencio. Clic número sesenta. Todo lo demás sucede en cámara lenta. Sus ojos, sorpresa. Preguntas sin frases que formula desde debajo de sus pestañas, redes espesas, negras, urdimbre traicionera que no logra atraparme esta vez, ni se adueñará de mi de nuevo ni me regresará al lugar del sentimiento. Sesenta y uno. ¿Yo? Permanezco en mi zona de anestesia, aferrado al clic número sesenta y cinco, a salvo, protegido contra el dolor y la rabia, ese es el verdadero Olimpo. Ahora entiendo a los dioses. Esa es precisamente la fuente de su poder, el cinismo: ausencia de emociones, aunque sea apenas de vez en cuando, aunque sea apenas cada vez durante instantes breves, aunque sea apenas entre el clic número sesenta y ocho y el número sesenta y nueve. Cinismo es carencia de compasiones, de amores, de odios, de envidias, de tristezas. Es un sustantivo para referirse a la incapacidad para sentir, clic número setenta, gracias. Es el verdadero Olimpo y allí es dónde ahora me encuentro, gracias. El Olimpo ya no es más un sitio que se encuentra allá, arriba, lejos, es uno que se encuentra aquí, abajo, adentro, un refugio para defenderse de los sentimientos, gracias. Los dioses en ese Olimpo nunca sufren. Setenta y uno. No se duelen. Setenta y dos. Se encuentran protegidos contra toda emoción que no sea una diversión y de ese modo es cómo les es posible jugarle a los hombres esas bromas de las que aparecen en los mitos, manejar la vida humana sin culpabilidad ni arrepentimientos, manipularla, arruinarla, destrozarla, toda clase de canibalismos son posibles desde ese lugar de gracia, la gracia de no sentir, la gracia del cinismo. Setenta y siete. Ahora yo me encuentro allí, fuera del alcance de esas pestañas gruesas de mujer coqueta, de mujer ladrona, de extranjera indigna, gracias, gracias otra vez, gracias. Clic número ochenta. Irene me mira con tristeza. Mirada lenta. Dudosa. Fija. Incrédula. A mi lado siento una especie de silbido, siseo de víbora. Abel Solo. Emana victoria. No me importa. No produce en mí ninguna ira, no experimento como siempre el impulso de arrebatarle el triunfo ni de arruinarle el momento por el único placer de hacerlo. Puede disfrutar de todo lo que pasa, eso es algo que ya no es cosa mía, ya no siento. Me encuentro ahora protegido en el Olimpo. Inmune. A salvo. Sin sentimientos. Clic número ochenta y tres. Cinismo. Las gallinas cacarean en silencio, solo con sus movimientos. Lo sé sin necesidad de verlas. Andrea arregla su blusa y mira a su alrededor con lástima. Mónica estira el cuello, parece buscar algo en la distancia por encima de los hombros ajenos, lo encoge, lo estira de nuevo. Amanda pasa el peso de su cuerpo a un pie, al otro, al primero. Ninguna dice nada. Ninguna mira. Mi pie izquierdo no se encuentra en punta. ¿Por qué, qué es ahora distinto? La respuesta a esta pregunta se alza ante mis ojos como una revelación divina inmediata e interrumpe la cuenta en el número noventa. Era eso. No tengo sentimientos. No siento nada. Si no tengo sentimientos, mi pie ingobernable no se alza, los dioses me curan desde su Olimpo. No es que me envíen una cura, es que estar en el Olimpo es la cura. La cura de la anestesia. Del cinismo. Ya no hay en mí eso que izó mi pie todo el tiempo, sin sentimientos no hay angustias. No hay vergüenza. No hay temor a fracasar ni a hacer el ridículo. No hay rivalidades ni competencias. Tampoco miedo. Olimpo, cinismo. Gracias. Quizás hasta he sanado también del vicio izquierdo, deberé jugar al golf mañana mismo. La miro. A Irene, ya no Eros. Mis ojos se fijan sin dolor en sus pestañas largas. Sin rabia.

—No caeré en esa argucia de la factura rosada —mi crueldad es innecesaria.

—¿Desconfía Ud. de mí?

—¿Ud. qué cree?

Ahora parece que se deshace. Sus brazos desnudos caen bajo el peso de sus hombros que de pronto se desgajan como desarticulados de su cuello, que gira y gira como un trompo, o una veleta. Quizás Eolo acaba de presentarse sin haber sido llamado, y ha empujado la cabeza de Irene hacia una lado y hacia el otro, como a un globo, la desprendió, casi, la hundió, en todo caso, y siguió de largo quizás para irse a jugar con algún otro ser humano, mientras la dejó a ella aquí, atrás, con todo y su nueva, apenas usada, estampa de monigote sin cabeza. Se desaparece poco a poco. Todo en ella al parecer se desbarata, se desprende y cae, castillo de naipes: su espalda se dobla, su torso se inclina, su cintura se encoge, sus piernas tiemblan, quizás, o se sacuden, de cualquier modo su porte elegante ya no existe. Irene. Ya no más, nunca, Eros. Se hunde, se disminuye. Poco a poco se ve más pequeña. Más incierta. Menos precisa. Es como si hasta este momento Irene no hubiera sido una persona sino una imagen, quizás una de esas proyecciones tridimensionales, uno de esos efectos especiales que se ven en el cine y en los espectáculos de este parque de atracciones. Ha dejado de pronto de ser una persona para convertirse en un holograma que se deshace. En sus ojos ya no hay rabia. Tampoco, ya, sorpresa. Me mira con esa expresión de tristeza absoluta, impoluta, no contaminada, esa tristeza estructural que rara vez ocurre, sin mezcla de desilusiones ni de miedos, tristeza pura. No la olvidaré jamás. No la vi nunca antes. No la respiré ni la respiraré de la forma como la respiro ahora, tan clara, tan perfecta, tan cerca que se entremezcla con mi propio aire y llega a mi sangre, la siento dentro de mí, es casi palpable. Me hace darme cuenta de que Irene es débil, frágil, y ahora siente una tristeza firme, completa, definitiva. Eso me produce el impulso de atacarla todavía con más saña, ave de presa cruel, vengativa, sanguinaria.

—La perseguiré y la haré pagar, en este país no robará la gente de su clase.

—Tengo copias de todas las facturas en el portafolio que está en mi coche.

—Si eso es cierto, tráigalos ahora mismo.

—Tonta ingenua, —Andrea ataca, —creyó que no la descubriríamos.

—Era de esperarse, viene de un país distinto —brama Abel Solo.

—Ya lo hemos descubierto todo —Mónica parece que despide llamas.

Irene quizás no ha escuchado siquiera las últimas frases. Ahora corre. No corre, en realidad camina, camina con demasiada prisa, su paso acaba de convertirse en un remedo híbrido entre andar y correr, y es ridículo. Ha perdido su andar de diosa. El suelo no se extiende ya más a su paso. Sus pies, rápidos, torpes. Sus pasos, cortos, desiguales, erráticos. Ya no más un ave hermosa, ahora apenas una gallina igual a cualquiera de las otras. Parece que se aleja a saltos. Anchos, disparejos, presurosos, tan seguidos y tan rápidos que me hacen pensar en las lágrimas de una mujer cuando se desgranan, tan temblorosas, tan imparables, tan imprecisas. Avanza con rapidez. Se tambalea. Oscila. De sus legendarias piernas tan solo quedan unas enormes zancadas, difíciles en sus tacones altos, inciertas en su carrera, desiguales,

rápidas. Clic. Clic. Clic. No entiendo lo que mi atención a
este sonido significa. La miro alejarse y no siento nada. No
la amo ya. Quizás no la amé nunca. No importa si llegué
a amarla o no, ahora no siento nada. El licor de esa noche
parece haber abandonado mi cabeza, ya no me tambaleo.
Ahora es ella. Al menos eso es lo que yo creo. En algún lugar la fiesta sigue. ¡Ej!, ¡ej!, ¡ej! La voz de Daniel Pirro me
alcanza pero ninguno de nosotros piensa ahora en el baile.
Yo no pienso en nada. La miro y no siento nada, no pienso,
nada me importa ahora, me encuentro en el Olimpo protegido por mi cinismo. Las gallinas observan en dirección a la
máquina de la montaña rusa. Con las aletas de sus narices
distendidas y sus cuellos en movimiento, parecen emitir sus
cacareos en silencio. De repente, Abel Solo ejecuta su acción
maestra, la que cambió todos nuestros destinos, la trágica,
la perversa. Se inclina despacio, con sigilo. Parece que no
quiere llamar la atención, no quiere ser visto. Pesado. Fatal.
Deliberado. Recoge de entre la grama una estaca de madera,
grande, filuda, y la esgrime al viento. Durante un momento
su imagen recuerda a la de un guerrero o un soldado victorioso con su espada. En sus manos, embistiendo el aire,
la estaca parece una lanza a punto de ser disparada para
atacar a un enemigo. Sonríe con una expresión que asusta.
Me mira. Mira a Irene. Escupe en el césped y lanza hacia sus
pies, con toda su fuerza, la estaca, que se clava en el césped.
¿Señal de ataque? Mónica, cero, cero, siete, repite enseguida. Se inclina. Recoge del suelo una especie de estaca, ahora
curva, inmensa. Se endereza. La toma con las dos manos. La
exhibe en el aire frente a sus ojos. Sonríe. No mira a nadie.
No dice nada. No se mueve casi. Parece que no respira y de
pronto, con rabia inesperada, la lanza también a los pies de

Irene pero la estaca se entierra otra vez en la grama. Abel Solo me mira de nuevo. Hay un desafío en su mirada. Este es su turno, parece decirme. ¿Parece? No. Lo dice. Lo anuncia. Lo gritan sus ojos certeros, canallas, llenos de hambre de venganza y de odios, hechos de podredumbre, imponentes, autoritarios, irresistibles. Lo impone la postura de su cuerpo, erguida por esta única vez, piernas separadas, brazos en jarras, altura, distancia. Lo informan sus labios secos, rígidos, desafiantes, firmes. Es un reto.

¿Yo? Lo acepto. Sin reflexionar. Sin sentir nada. Sin saber bien qué es lo que hago. Que los dioses me concedan su perdón o su castigo. Levanto del suelo otra estaca, todavía de mayor tamaño. La sostengo por un momento en mi mano, la sopeso. Sonrío. Ahora la apunto hacia el lugar por dónde en este mismo momento se aleja Irene. Levanto mi estaca un poco y la arrojo en su dirección, hacia el césped. Con toda mi fuerza. Con precisión de golfista. Sin rabia, en realidad sin sentir absolutamente nada. Y me quedo inmóvil esperando para ver cómo se clava en la tierra húmeda y blanda, puñal, arma. Que los dioses me concedan su perdón o su castigo. No hay pausas. Ninguna voz detiene lo que viene. Ni siquiera la mía. Que los dioses me concedan su perdón o su castigo. No alcanzo a decir ni una palabra. No alcanzo a pensar, tampoco. Creo que he levantado mis brazos al aire, con pánico quizás, o con asombro. El proyectil la alcanza. A ella. A Irene. Rápido. Certero. Asesino. Golpea en uno de sus tacones altos, rebota, se eleva y cae sobre el otro tacón, rebota de nuevo y ahora golpea su empeine. Alcanzo a pensar que ya no podrá exhibirle a Daniel Pirro sus piernas monumentales. Que los dioses me concedan su perdón o su castigo. Abel Solo resopla, hay orgullo en su mirada malsana. Hay triunfo en los ojos de cero, cero, siete. En los míos no hay nada. Cinismo. Irene se tambalea, pierde el equilibrio y parece que cae. Parece. No cae. Caerá, parece. Caerá, dentro de un instante. Caerá, lo indican su cuerpo que se inclina y sus pies que trastabillan. También sus ojos de agua. Caerá, Se sostiene durante un segundo breve. Para no perder el equilibrio, creo, estira su brazo y se agarra de forma automática, un acto reflejo, creo, a una manija que sobresale de la montaña rusa, en uno de los costados de uno de los carros. Que los dioses me concedan su perdón o su castigo.

Un sonido estrepitoso, metálico, mecánico, de fuerza descomunal, lo invade todo de pronto. Aterrador. No alcanzo a pensar en nada. Nadie alcanza a hacerlo, creo. Nadie grita. Nadie dice nada. La locomotora zumba y de inmediato arranca. Irene se aferra con ambas manos a la manija y la máquina la arrastra. Medio metro. Uno. Cuatro. El ruido es estruendoso. La velocidad de la locomotora parece aumentar de una sola vez, no pasa de uno a dos, y de dos a tres, sino de uno a veinte, todo ocurre demasiado pronto. El estrépito de la maquinaria crece y crece. Todo es rapidez, movimiento, fuerza sin control de una máquina más poderosa que todo poder humano, que acelera y avanza. Después de unos pocos metros, enfila hacia el primer tramo de rieles en ascenso. Lo acomete y asciende. Irene se sujeta con más fuerza, creo. No sé cuánto tiempo pasa. No sé cuanta distancia avanza. No sé qué altura alcanza, no sé nada. No lograré saberlo nunca. Solo sé que las manos de Irene se aferran crispadas a la manija por unos minutos. Después, de pronto, poco a poco, se desprenden sus dedos. Despacio. Un dedo primero, después el siguiente. En su rostro hay pánico. Dolor de pestañas largas. Alcanzo, creo, a presentir algo que puedo llamar el peligro. Algo tremendo. Algo trágico. Algo que me expulsa para siempre de mi universo. También expulsa a Irene del suyo, y del mío, del universo entero. Algo semejante, creo, a lo que de seguro experimentó Ícaro cuando se derritió la cera de sus alas, una vez que empezó a descender ya solo encontró descenso, ya nada lo detuvo, se precipitó a través del aire pero no se hundió en la tierra ni se sumergió en el agua y por eso su sensación al caer resultó todavía más grave, más rápida, más inevitable, semejante a una especie de suicidio que se deja al azar o a la naturaleza, uno en el que la caída es fatal tan solo porque no aparece de repente ninguna superficie para detenerla, Ícaro se desploma sin tiempo para darse cuenta del peligro. Igual se desplomó Irene. Se soltó del todo de la locomotora de la montaña rusa sin siquiera un grito, cayó al pavimento y ahora yo veo, inconfundible, el reguero enorme de su sangre.

Partir. Naufragio de caja de cartón. Patético. No hay homenajes para despedirme, ni brindis, ni augurios buenos. No hay invocaciones a los dioses de los buenos vientos. No se espera un regreso heroico. Será una desaparición, no será una ausencia. Ahora que he perdido mi sitio aquí, aquí me encuentro fuera de sitio. Deberé desvanecerme pronto para que la vida de este lugar pueda continuar igual que siempre. Continuará, aún si yo ya no estoy presente. Lo que ocurrirá ahora sin mí, ocurrirá sin mí de todos modos. Nada hay más desolador que reconocerse prescindible. Nada hay más liberador, tampoco. Alivio. Ícaro. Alcancé el sol y caí por haberlo alcanzado. Lo perdí todo, alas de cera. Mis objetos en desorden dentro de la caja de cartón se quedan mudos. Ya no gritan, ya no significan. Extraviaron el sentido que adquirieron a través de un tiempo inmóvil como ellos, repetitivo, décadas de exhibirse en conjunto encima de mi escritorio, insignificantes, invisibles, insulsos, inútiles, casi, y sin embargo lo bastante importantes como para darle a mi llegada de cada mañana una dirección, una razón, un qué, un cómo, un dónde y cuándo. Objetos costosos, cuánto absurdo, no necesité en realidad de una taza de café con borde de oro ni de un obelisco hueco en mármol fino para colocar los lápices. Todavía conservan su alto precio aún amontonados en el fondo de una caja. Ya no así su dueño. Ya no así yo, nunca más el Presidente de una compañía. Nunca más ese hombre poderoso, arrogante, autoritario, distante, prepotente, odioso, solitario. Ahora solo un desempleado semejante al hombre del ratón dentro del portafolio. Estoy solo. Lo estuve todo el tiempo. El silencio a mi alrededor se hace respirable, moléculas flotantes, partículas que se anulan entre sí, se raptan unas a otras, se neutralizan recíprocas en una galaxia hecha de trajines diarios, conversaciones, papeles que caen al suelo, cajones que se abren y se cierran, sonidos de computadoras, risas, envidias, secretos, mañas, intrigas. De pie junto a la que fue mi puerta de cristal, no siento rabia. No siento nostalgia. No siento nada. Sonámbulo, casi, sin conciencia de mí mismo, casi, sin reflexionar y sin sentir, ejecuto movimientos: recojo, destruyo, rompo, colecciono, agrupo, empaqueto, arrojo a la caja. Tomo decisiones: conservo, desecho, pospongo la decisión de conservar o desechar y empiezo de nuevo.

En mi mente, ella. Figura incierta. Nunca más, viva. Todavía no, lo bastante muerta. Este es el momento indicado para las promesas. Prometo que de ahora en adelante he de estar junto al lado suyo todo el tiempo. A la vera de su lecho.

Anclado. Atado. Inmóvil. Mudo. No me refiero a noches ardientes que no sucedieron nunca, ni a amaneceres que ni existirán, ni existieron, ni estuvieron hechos de esperanzas y trivialidades de esas que, o asfixian a las parejas en su vida cotidiana, o aumentan la soledad de las personas solas. Me refiero en cambio a que estaré atascado en la orilla de su cama hospitalaria para darle protección, para ejercer mi vigilancia. Yo, centinela. Me consumiré quizás junto a esas sábanas asépticas, igual que el ex-empleado del ratón y el portafolio junto a mi escritorio. Prometo permanecer junto a su lecho por el resto de mi vida, cada día, todo el día. Haré de mí mismo una especie de bandera para ella. Cada día, todo el día. Estaré firme a su lado, mástil, faro, gendarme. Veré transcurrir mis horas sin otro motivo que encontrarme ahí, a su alcance, por si un día improbable ella se decide a un regreso. Cada día, todo el día. Miraré cada mañana su rostro inmóvil, labios muertos. Cada día, todo el día. Que la roca seca que es su mirada ahora, aterradora carencia de intelecto, sea mi reto diario. Cada día, todo el día. Que su ser que se ha fugado hasta una dimensión sin dimensiones, sin tiempos ni pensamientos, mientras que su cuerpo sigue ahí, latiendo, al tiempo vivo y muerto, paradoja, reciba aun sin saberlo la ofrenda de todos mis instantes y cada uno de mis momentos. Cada día, todo el día. Que todo su mundo que no es suyo en realidad, me vea. Me conozca. Me reconozca. Me tema. Que se sepa que me encontraré ahí por siempre para protegerla. Cada día, todo el día. Esa es mi promesa. Quisiera sentir dolor o remordimiento, rabia, desesperación, necesidades de venganza, odio. No siento nada. No lo consigo por más que me esfuerzo.

Quisiera regresar al tiempo antiguo de la nostalgia por

su presencia, del deseo por su carne, al tiempo que se me escapó para admirar sus piernas. No consigo encontrar ese camino de regreso. Ya no más, ella. Ya no más, nada. Ya no más mi universo, Ícaro ha caído, Ícaro ha llegado ya al fondo de su propio abismo. Hasta a los enemigos he perdido. Quisiera encontrarme otra vez con las rivalidades de siempre y las envidias, las estratagemas, con el desprecio por Abel Solo, con la rivalidad de Daniel Pirro, con la desconfianza ante todos, con la soledad en el poder, siempre inmensa. Quisiera siquiera sentir interés por recuperar esa cosa tan absurda que fue mi carrera. Ya nada de eso existe. Se ha desvanecido tan deprisa que parece no haber sucedido nunca. Quisiera reencontrarme al menos con mi vergüenza, descomponerme al descubrir a mi pie izquierdo en punta o sentir la necesidad de derrotar a mi vicio izquierdo. No puedo. Todo a mí alrededor es solo un escenario ajeno, paisaje al que yo ya no pertenezco. Me observo. Veo a mis manos que se mueven, a mis propios ojos que recorren el espacio, a los movimientos con los que arrojo a la caja los objetos o los desecho. También veo mi propio arrastrarme desde la que ha sido mi oficina hasta el cubo de la basura en el medio de la línea de los cubículos. Regreso. Ida. Otra vez regreso. Deambulo. Todos y cada uno de mis pasos lucen inseguros, imprecisos, indecisos. Veo que mi pie izquierdo ya no se coloca en punta cuando me detengo pero eso ya no me importa. Ahora que me limito a asistir indiferente al espectáculo que en este instante soy yo mismo, todo carece por completo de sustancia y de sentido. ¿Yo? Alelado. Sonámbulo. Ausente. Indiferente. Desinteresado. Mi capacidad de interesarme en algo que parece haberse escapado, ha quizás huido de mí a grandes saltos silenciosos e instantáneos. Ha dejado en su lugar, en mi interior, tan solo una nube densa y, por fuera de mí, a un monigote hecho de anestesia. Mi capacidad para asombrarme me ha abandonado. Nada duele cuando nada asombra y cuando nada asombra ya, ya nada importa. No tiene nada que perder quién ha perdido todo, ese es el origen del cinismo. Que los dioses me concedan su perdón o su castigo.

Es la hora del crepúsculo, sarcasmo de los dioses desde su Olimpo. O mensaje. No podría oscurecerse, bajo el sol naciente de una mañana, mi destino. La negrura que empieza a rodearme es un reflejo de la noche que ya llevo adentro, paradoja, la oscuridad nunca refleja nada, no puede hacerlo sin el brillo de la luz y sin embargo esta que se encuentra en torno mío desde ya irradia esa negrura que ahora llevo en mí, la del fondo del abismo. La proclama. Anuncia que la caída de Ícaro acabó por fin, heraldo aciago. Que ahora solo queda el lodo abajo. Espeso. Pegajoso. Denso. Ícaro se ha convertido en un testigo inmóvil de su propio descenso. Pétreo. Postizo. Indiferente recuerdo de lo que alguna vez quiso obtener y obtuvo, de lo que luchó por conseguir y solo pudo conservar mientras no lo consiguió del todo, ironía de los dioses o del destino. He sido despedido. Yo, Samuel Lucas. Ex-presidente de la compañía. ¿La causa? El escándalo que se armó en la fiesta para ofrecerle a Daniel Pirro la nueva planta extranjera. El espectáculo de la sangre en el suelo. La mancha en el nombre de la compañía. La mancha. El reguero. Ese reguero. Lo vi crecer. Lo vieron todos. Al principio, solo una circunferencia apenas mayor que el tamaño de su cráneo, aureola. Enseguida una vertiente que se extendió a lo largo y a lo ancho, con vida, con autonomía. Al final un charco enorme y rojo. Cenagal. Lodo. Lodo rojo, imagen aterrorizadora. Tan espeluznante como todo el horror de saberla ya sin vida y al mismo tiempo todavía no lo bastante muerta. No entonces. Tampoco ahora. Desde su lugar inmóvil aún respira. Tragedia. Que los dioses me concedan su perdón o su castigo. Ahí yo, de pie, ebrio, mudo al principio, permanentemente un cínico. Observé el crecimiento de ese círculo de sangre oscura en el pavimento sin ningunas reacción, estático. Sin ninguna pena. Sin alarma siquiera. No hice nada. No dije nada. No gesticulé, ni grité, ni corrí, ni nada. Al final tan solo pregunté a Amanda cuál es la cantidad de sangre que cabe dentro del cuerpo humano. Cómo se convierte esa cantidad a metros o a centímetros cúbicos. Si creía posible que el reguero rojo se extendiera hasta alcanzar la línea de partida de la montaña rusa. Emitió un grito y se movió por todas partes, Amanda. Emitió un gritito, agitó los brazos y juntó las manos, Andrea. Emitió otro grito y dio un salto corto hacia delante, Mónica. Gallinas. Cacareantes. ¿Abel Solo? No importó saberlo. Solo pareció importante predecir exactamente el tamaño final del círculo de sangre. ¿Cinismo? Absurdo, todo. Inexplicable. Trágico. Que los dioses me concedan su perdón o su castigo.

Ahora eso que fui recorre por última vez la línea de los cubículos. Vacía. Todos se marcharon al atardecer, con prisa, y regresarán mañana también con prisa, para agitarse, conversar, golpear con ritmo las teclas de las computadoras, adherirse a sus teléfonos, devolver la vida a este espacio ahora muerto, a este espacio ahora en silencio, a este espacio ahora ajeno, tan ajeno como yo ante mí mismo, tan distante, tan carente de relación conmigo. No estaré aquí en la mañana. Estaré allí, junto a su cama de hospital, a sus médicos y sus enfermeras, sus guardianas, quizás tan inmóvil como ella, tan mudo, tan ausente. Tan carente de la noción de lo que soy y lo que he sido. Ella, inconsciencia. Yo, anestesia, nube densa. Inercia en el alma. Solo percibo dentro de mí un túnel negro. Estrecho. Me envuelvo en él, o me succiona, y caigo. Caigo más abajo todavía, mi descenso no termina. Cada vez siento que ya he tocado el fondo y sin embargo cada vez desciendo más, cada vez me hundo aún otro poco. Desciendo. Me hundo. Me hundo. Ícaro en su lodo. Lóbrego. Inmundo. Mudo. No. Mudo no, hay un sonido. ¿Un sonido? Me pregunto si me estoy volviendo loco. Me detengo y espero por un momento. Sí, es un sonido. Un rumor como de seda, remedo de ruido. Espero otro poco. Presto atención. Nada. El silencio de mi naufragio es total, no se escucha nada en el fondo del abismo. Río de mí mismo. Un sonido que no existe es siempre una burla de los dioses. Se divierten, como siempre. Esto mismo sucedió al ex empleado del ratón adentro del portafolio, pensamiento intempestivo. Sacudo la cabeza y me empeño de nuevo en mi tarea. Mi caja de objetos vanos continúa llenándose al ritmo frenético de mis manos: fotografías de fiestas empresariales, trofeos deportivos, una medalla a algún mérito. El silencio imperfecto de nuevo me golpea. Me detengo otra vez. Esto ya lo he vivido. Mis piernas ahora tiemblan y se desdibuja mi inercia interna. ¿Dónde? Enderezo el torso como si con eso quisiera hacer todavía más agudos mis oídos, retengo mi aliento y escucho. Los latidos de mi corazón, truenos. Sí, ahí está, callado pero claro. Tenue. Subrepticio. Es un eco enmascarado que intenta ocultarse adentro del silencio. Breve. Preciso. ¿Dónde? No me muevo. No parpadeo. Ni siquiera respiro. Ahí está otra vez. Rumor de seda. Inconfundible. Se escapó desde atrás del tablón alto de madera al final de la línea de cubículos. ¿Irene? La caja de cartón se resbala de entre mis manos mientras que yo me abalanzo hacia el tablón, saltos de adolescente loco, carrera loca. Irene, Irene. Irene mi niña, mi diosa, mi ave. Mi corazón se precipita, mis piernas se precipitan, mi universo entero se precipita hacia ese lugar sagrado, corro a grandes saltos hacia ese rincón inconcebible, hacia tu escritorio Irene, has vuelto, volviste, estás aquí, nunca te has ido, tampoco deberé yo irme, todo esto ha sido solo una inaguantable pesadilla, estás aquí, móvil, viva, como siempre escondida entre el café y los trastes, eso ya no debe importarte, hoy mismo te daré un puesto de trabajo decente, Irene perdóname la indiferencia, perdóname las dudas, perdóname los celos, los desprecios y los juicios, gracias por volver, Irene, gracias, gracias, gracias, los dioses me han concedido su perdón, ¡sí es cierto que existe un Olimpo! ¡Irene! Alucinación. Esquizofrenia. Imaginación espuria, enferma. Esperanza que renace, de pronto mi costra de indiferencia y mi cinismo se deshacen. De pronto todo un caudal contenido en mi interior se decide a regarse, agua que es origen de todo latido. Corro aún más rápido hacia el final de la línea de cubículos mientras que ese caudal resuena en mi interior con un murmullo de colores, plateado de agua quieta, espejo, superficie donde la sed de vivir de nuevo se desliza, verde claro de mar cercano con su arena que obliga a sentir cada uno de los propios pasos, azul oscuro de mar profundo, misterio por descubrir, fuerza contenida, vaivén de sinfonía de color intempestiva, brillante, vibrante, ruidosa, Lázaro resucitado en virtud de una esperanza loca, gracias Psique, gracias Eros, gracias a todos los dioses, gracias, gracias, ¡gracias!

Alcanzo en un instante el tablón alto de madera más allá del último cubículo. Mi cerebro piensa a toda prisa, ¿cómo?,

¿cómo?, ¿cómo? Mi corazón late también de prisa, esperanza, amor, euforia. Mi ser recupera su aliento con celeridad. Gracias. Irene, mi reina, mi diosa, mi niña, mi ave. Gracias. Retiro de un manotazo el biombo, objeto icónico. Sorpresa. Desilusión. Agravio. Sevicia desde el Olimpo. No. No es ella. No es Irene. No podría haberlo sido. No podría haber existido una dimensión de mundo en dónde Irene se despierta, se levanta y regresa a ocupar otra vez su sitio, a recomenzar cada uno de los pasos que construyeron su tragedia. No. No es Irene, escarnio de todos los dioses reunidos, falacia sin fundamento, suceso trágico y momentáneo que por un instante me ha ayudado a seguir viviendo, inventar la esperanza es, más que una necesidad, un designio genético, un asunto de supervivencia. Ni siquiera puedo sentir tristeza, la sorpresa atrás de ese tablón alto de madera no es en realidad una sorpresa. Me despierta, en cambio. Me devuelve por un instante al centro de mí mismo. Me la recuerda. Me recuerda que la amé con amor absoluto, desnudo, que me arrodilló al paso majestuoso de sus piernas. Ella pudo ser lo único importante en mi todo mi camino pero yo lo convertí en fatalidad para mí mismo. Y para ella. No. No es Irene. No será ella nunca. Detendré mi andar para adherirme para siempre a mi diosa, mi amada, mi reina, a su cama de persona enferma y sin conciencia, a sus hospitales, sus médicos y sus enfermeras, a esos extraños con su danza interminable de cuidados especiales, pruebas clínicas, preguntas sin respuestas, a esos extraños que se han apoderado de eso que no será ya más su vida, y quizás todavía, en mucho tiempo, no será tampoco su muerte. No es Irene. Es Mónica. Me observa silenciosa con sus ojos de gallina clueca. ¿Mónica? Sí. Mónica. Cero, cero, siete. La peor de las gallinas. Atrás del tablón alto de madera, biombo indigno. En el mismo sitio donde una vez estuvo Irene. Detrás del mismo escritorio, en la misma silla, postura idéntica. No, no hay lágrimas en sus ojos. Tampoco golpea el teclado del computador de manera frenética. No sufre una humillación semejante a la de ese mediodía cuando todos fueron invitados al cumpleaños de Abel Solo menos ella. ¿Qué hace? Me sonríe a medias. Me mira a medias.

—Me alegra mucho verlo Samuel, ¿por qué se marcha?, dicen que Ud. ha renunciado, lo extrañaremos.

Sus manos sostienen un frasco pequeño y sus dedos tiemblan. Algo que no alcanzo a ver se oculta bajo su antebrazo y parece que lo sostiene en su lugar con la fuerza de su codo. Sus movimientos son cuidadosos. Sigilosos, estudiados. Me habla. Pregunta, se contesta. Pronuncia una frase detrás de otra sin interrumpirse. Quizás la he puesto nerviosa, no esperó encontrarse conmigo, no es fácil despedirse de un exdirectivo que se va sin gloria. Adulador, su tono. Profesionales, sus palabras. Ni sinceras ni mentirosas, casi dulces, casi secas, decididamente temblorosas, decididamente temerosas. Ahora me mira con fijeza. Demasiada. Como si quisiera obligarme a fijarme en sus pupilas, atarme a ellas. Si no deja de mirarme no podré desviar mis ojos, código no escrito, la persona que se mira fijamente en tus pupilas quiere obligarte a no desviar la vista. ¿Lo hace de manera intencional, se trata de uno de sus trucos? Quizás solo es una coincidencia. Quizás solo quiere ser amable con el que se marcha. Me empeño en sonreír sin conseguirlo. Tampoco consigo interrumpir sus frases. Menos aún sustraer mis pupilas de su mirada, el brillo insistente de sus ojos me impide mirar hacia otra parte. Miradas sostenidas. Mónica me mira y yo la miro, Mónica me mira y yo no puedo mirar hacia su alrededor, ni atrás ni adelante. Ya ni sonríe, tampoco yo sonrío, parece un duelo de miradas para establecer quién gana pero hay algo más, alcanzo a percibirlo. La miro y no quiero mirarla, quiero ver en cambio qué es lo que pasa que ha puesto en su voz ese temor, ese temblor, esa ternura falsa. No parpadea, siquiera.

—Usted ha sido una persona de mucha importancia en esta empresa —su mirada es fija— y quiero aprovechar para felicitarlo por su idea de la planta extranjera.

Casi parpadea. Casi, pero no lo hace. La miro con fijeza. Eso es. Por menos que un breve instante en sus ojos aparece un destello de miedo. Su mirada, por un segundo, se debilita. Es ahora cuando consigo desprenderme de la fuerza de sus pupilas y aparto las míos con rabia, con urgencia. Miro hacia abajo. Hacia sus brazos. Hacia sus manos que todavía tiemblan. Hacia sus dedos que aun sostienen un frasco pequeño. Blanco. Ella sigue a mi mirada. Habla de manera atropellada, ansiosa, torpe.

—Si tiene tiempo me gustaría invitarle un trago, ojalá no nos olvide, esta empresa será siempre algo así como su propia casa.

Su voz se deshace. Sus dedos se crispan. Su codo se resbala. Su antebrazo se agita por un momento. Casi. Se desliza. Casi. Casi al mismo tiempo se afirma sobre la madera del escritorio para encubrir algo. Mis dedos, ágiles, lo empujan y lo levantan con exceso de vehemencia. Ahora mis ojos se abren un poco más por la sorpresa. He descubierto, estupefacto, lo que Mónica intentó ocultar con su antebrazo, una inesperada hoja de papel, delgada, de color rosado. ¡Irene! Aparto el brazo de Mónica con un empujón y recojo con violencia la hoja que trató de ocultar debajo de su brazo. La examino con cuidado. Incrédulo. Tembloroso. Ofuscado. Ansioso. Furioso. Era cierto. La verdad es una diosa veleidosa que se hace esperar y siempre llega cuando eso ya no tiene caso. Y esta verdad, esta de aquí y ahora, repugna. El papel rosado, una factura. El frasco pequeño, un líquido corrector de color blanco. El contenido de la hoja de papel, varias hileras de precios y cantidades cubiertas con el corrector a medias. Algunas otras hileras todavía sin cubrir, he llegado en un momento inapropiado y he interrumpido una tarea perversa. Todo lo entiendo ahora, Mónica tiene la factura faltante de Irene y ahora la adultera. No requiero de ninguna otra evidencia. Irene dijo la verdad. No robó. No adulteró la contabilidad. No fue nunca una ladrona, extranjera, indigna. Es tarde para reconocerlo, ahora que ya no está ni viva ni muerta. He debido saberlo. Que los dioses me concedan su perdón o su castigo. ¿Y ahora? ¿Reclamar, gritar, dar a Mónica un empujón lleno de violencia, llamar a un guardia de seguridad, regresar en la mañana para hacer que la despidan? Nada de eso tendría ya sentido. Nada de eso va a devolver la vida a Irene, nada de eso va a finalizarle la muerte. Nada de eso va a devolverme a mi diosa. Tampoco a mi carrera, Ícaro ya no es Ícaro, ya no tiene alas, es apenas un ser que se arrastra. Doy la vuelta y camino hacia mi caja de cartón, despacio. Lloro. De regreso a su contenido de despojos, Ícaro retorciéndose en su lodo. Sin hablar con Mónica, sin mirarla otra vez, siquiera. Me deslizo luego a lo largo del pasillo solitario desde la puerta de cristal de la que una vez fue mi oficina, hasta mi coche, y lloro, hombre ruina. Soy ahora un viejo. He sido, y seré, un hombre solo. Pagaré mi deuda al lado de su cama cada día, todo el día.

Lloro. Torrente. Se desploma sobre mí, mi enorme culpa, cae con todo su peso sobre el lodo donde ahora estoy, Ícaro jamás otra vez con alas. Ahora soy menos que nada, solo lodo. El abismo verdadero no encuentra un fondo, siempre hay un lugar más bajo para caer, tragedia de la especie humana. Lloro. ¿Consuelo? Los dioses me han permitido llorar mi culpa por esta vez tan solo. Gracias.

Empuño el palo de golf y lo levanto hacia uno de los lados. Lo sostengo, lo llevo al lado opuesto, lo balanceo contra el viento. Los años que han volado todavía no me han vuelto demasiado viejo. No demasiado, creo. Los rectángulos imaginarios ahora son de un tono más intenso. Mis piernas nunca más tiemblan. Mis hombros no pierden su alineación ni tampoco mi cadera. Suspiro con satisfacción en este momento. No siento miedo. De un color gris claro, estático, uniforme, poblado con nubes grandes que se pierden a lo largo y a lo ancho sin diferenciarse, el cielo me dice que no existen ni el Olimpo ni los dioses. Que son tan solo quimeras con las que crecí sin darme cuenta, imaginaciones colectivas que heredé de la humanidad desde el comienzo de los tiempos con el fin de encontrar explicaciones para exonerarse por cada traición y cada desacierto. Ahora lo entiendo. Lo aprendí a lo largo de millares de horas suspendidas, congeladas, que llegaron con mucha prisa hasta la orilla de la cama de quien ya no está viva pero todavía no está muerta, horas que después no encontraron la manera de fugarse y se quedaron como colgadas de sí mismas, tiempo que ni avanzó, ni se detuvo, mientras yo desesperé y rogué inútilmente por un indicio, una solución o un alivio, un perdón o un castigo. Nada de eso llegó. Nada cambió. Nada se produjo.

Se desgastó mi voluntad, en cambio. Solo soy un ser humano. Me lleno de aburrimiento, a veces. Otras veces de cansancio. De apetitos. De necesidad de vida. Todavía la amo. La amaré por siempre. Sin embargo no la visité ayer. Tampoco durante un par de días de la pasada semana. Quizás ni siquiera mañana. Lo lamento sin arrepentirme. Mi vida pasa. Se consume y se malgasta. La suya, no fluye. Ya no pude seguir invocando a los dioses, al destino ni al karma. No escucharon, quizás sí es cierto que no existen. O carecen de oídos, si es que sí existen. No hubo respuesta para mí, en todo caso, al cabo del tiempo he seguido siendo tan solo Ícaro en el lodo, hundiéndome más y más en mi culpa y mi fracaso, deshaciéndome en mi prisión de soledad perfecta, total, patética, reinventándome en muchos amaneceres de esperanza falsa, auroras que se anunciaron en un tratamiento novedoso, nuevos exámenes clínicos, un especialista tan particular que pareció llegado desde otro mundo, un brillo en los ojos de quien ya no es ni volverá a ser una diosa, un temblor en su boca, un reflejo en su talón, una promesa u otra. Nunca sucedió nada. Su vida no pasa. Se volvió estática. Se atoró en algún punto del universo y se convirtió al cabo en un remedo.

Una madrugada me sentí cansado. Yo sí sigo siendo un ser humano. Ni siquiera pediré perdón por esta frase exacta. Abandoné el hospital y caminé como cada día hasta mi casa, me he mudado cerca. Perfecta y gris, la aurora se adelantó a mi paso para esclarecer de a pocos a cada centímetro que avancé, a cada metro, a cada tramo. Como siempre invoqué a los dioses. Pedí por ella. Pedí por mí. Agradecí por mi castigo. La luz del día nuevo creció en forma de una línea sonrosada, delgada, perdida entre nubes que apenas empezaron a dejar de ser negras para volverse, de a pocos, grises. Alcancé a pensar que la aurora es algo que cada día llega, analogía esperanzadora a pesar de ser corriente. Caminé en silencio unos minutos breves, con mis pensamientos fijos en ella igual que siempre, con mis sentimientos atados a ella igual que siempre, con mis plegarias de siempre. De repente escuché el sonido de un trueno. Una nube negra arremetió con fuerza y disolvió la línea rosa, transformó los tonos grises en una oscuridad fortalecida, más negra, más robusta y más sólida que antes, más desoladora. Un aguacero se desgajó con furia. Esa misma historia se repite siempre con toda esperanza humana. Condenada a desvanecerse apenas se anuncia. ¿Yo? Empapado. A mi lado un camión se deslizó sin ruido, uno de esos pequeños furgones que transportan víveres de madrugada con destino al mercado. En un desnivel en medio del asfalto dio un salto, dejó caer una especie de caja de madera, de esas hechas de tablones paralelos separados entre sí por espacios delgados para permitir el paso del aire, y siguió de largo. La caja rodó unos pocos pasos, se balanceó y se detuvo. De inmediato, casi, empezó a agitarse desde adentro y me recordó, por un instante, la imagen de la vibración del supuesto ratón adentro de mi portafolio. Pero no, esta caja no vibró de forma uniforme. No vibró en realidad, apenas se agitó de un modo inconexo. Errático. Absurdamente carente de concierto. ¡Gallinas! Un reflujo gástrico inmundo ascendió de un momento para otro desde el interior de mi cuerpo a mi garganta, y tuve que hacer un gran esfuerzo para contenerlo. ¡Gallinas! Pesadilla. Recuerdo funesto. Repugnante. Gallinas. Ahora la voz de sus cacareos se esparció a lo largo y ancho de la noche que se iba, la acompañaron, la persiguieron, la colonizaron. También se apoderaron de la mañana que ya venía, se apropiaron de su frescura, de su quietud, de su vida nueva. Hasta resultaron ser más fuertes que la lluvia, ahogaron el sonido del agua sobre el pavimento, lo enmascararon, acallaron a los truenos, creo, o los subyugaron, ya solo quedó en torno mío ese cacareo estúpido, repetido, estentóreo, repulsivo, destemplado, voces animales carentes de inteligencia. Me sentí enfermo. No callaron. Ni el agua de la lluvia, ni el frío de la mañana, ni la sacudida de la caja al caer desde el camión en movimiento aquietaron semejantes voces horrendas. Evocaron, no sé por qué, el sonido de las voces sucesivas de Amanda, Mónica, Andrea. ¿Cuánto hace que no las escucho? No las extraño. ¿Cuándo dejé de oírlas? Esa noche. Noche de gallinas, solo ahora lo comprendo. Esa noche sangrienta. ¿Yo? Pasmo. Descubrimiento trascendental, inesperado. Inconcebible hasta ahora, evidente todo el tiempo. Los dioses juegan. Ocultan, distraen, confunden. Se divierten, a pesar de que acabo de afirmar que no existen. No fui solo yo, también fueron ellas. Amanda, Mónica, Andrea, con su cacareo, aturdimiento. Con sus frases, picotazos. Con sus estacas arrojadas con violencia contra el piso, ataques. Yo también arrojé una estaca, y también Abel Solo. Fuimos todos. Nadie puede proclamar aquí inocencia. Desde el primer día, fuimos todos.

Ahora descargo el golpe y la bola rueda con velocidad constante a mi derecha. Sonrío. No hay desvío hacia la izquierda, aunque en realidad no importa. Practicaré de la misma forma mañana igual que lo hice ayer y lo repetiré el mes que viene. El golfista solitario. He vencido al vicio izquierdo ahora que practico a diario mis golpes de golf yo solo, sin rivales ni equipo. Quizás era natural que eso sucediera. Tampoco he sorprendido ya más a mi pie derecho en punta. Ya no hay motivos. En el campo al otro lado de la cerca, en un club de golf muy exclusivo, un hombre asesta un golpe, alcanza el hoyo y sus amigos lo vitorean. Él inclina con condescendencia su cabeza y hace un ademán de agradecimiento. ¿Dónde he visto ese gesto? Me recuerda, sin saber por qué motivo, a lo que fue, en un tiempo que hoy siento muy antiguo, mi carrera. Equina. Galope ininterrumpido. Trote imparable contra el viento. Ansioso. Vigoroso. Valiente. Contra la falta de aire, paso breve sostenido. Elegante, ritmo de desfile. Corto aquí. Largo allá. Cortísimo. Larguísimo. De nuevo corto. Largo otra vez. Inagotable. Contra tormentas de arena, dunas, bosques, ríos, cordilleras o colinas, formidables arremetidas. Fuego, pugna, arrojo, no hubo nunca ocasión para rendirse. Equina, mi carrera. Cargas en el flanco izquierdo y en el derecho. En la espina. En el cuello. Cabeza baja, hasta el suelo casi, a veces. Jaloneos, a veces. Latigazos, a veces. Noches imperecederas frente a las gráficas de proyección de ventas durante décadas. Soldado, fundido con ellas para entender las cantidades. Los cálculos. La regresión histórica. Las simulaciones volumétricas. Las predicciones de negocios jamás fueron un asunto de adivinar con la baraja pero nadie se imagina que se volvieron tan precisas como una ciencia. Las lecciones de aritmética, las repasé completas. Algebra. Cálculo. Estadística. Me ayudaron a avanzar en ese mundo corporativo, gran caníbal.

En este momento la bola que acabo de golpear cae. Me reta. La miro y acepto su desafío. La golpeo de nuevo, de una manera suave, sin alzar el palo, casi, sin alinearme contra los rectángulos, sin proponerme vencerla. Vacía mi vida, ahora aérea, sin el peso de la culpabilidad por lo que sucedió a Irene, que ya ni siquiera siento porque se ha vuelto una parte de mi organismo igual que mi sangre y mis huesos, aunque también, y por eso mismo, sin una dirección ni un sentido. No me esfuerzo ya por ganar a la bola ni por ganarle a nadie, ya no existe nada ni nadie que pueda tener importancia alrededor mío. La pequeña esfera blanca entra con facilidad al hoyo y escucho mi propio suspiro. También un aplauso. ¿Aplauso? Sí. Rotundo, entusiasta, definitivo. Proviene del otro lado de la cerca, del campo vecino. El hombre de la inclinación de cabeza llena de condescendencia se dirige hacia mí con un andar pausado. Arrogante. Marcial. Imponente. Me recuerda de nuevo a mi vida antigua. No me afecta ya, ni la importancia ajena ni la propia tienen una significado para mí ahora. Desde lejos el hombre eleva su brazo para saludar, lo agita en el aire, se lleva la mano a la visera, la baja y la eleva de nuevo, es alguien que conoce de fórmulas sociales y las utiliza. De ese modo, solo pueden hacerlo un hombre de negocios o un político. Lo que seguirá seguramente será que el golfista se acercará para intercambiar algunas frases, ese es el protocolo. Mi primer impulso es escaparme de ese encuentro, me he acostumbrado a estar siempre solo. A no hablar a nadie. A no sonreír si no quiero. A regirme por mi propia carencia de rutinas, a no intercambiar saludos ni frases de cortesía, a no ceder mi espacio, a no expresarme, a no revelar mis sentimientos, a no compartir jamás nada con nadie. A ser un hombre con un devenir estable y bajo control, aislado de la raza humana. ¿Qué quiere? ¿Con qué propósito se aproxima? La idea de embarcarme ahora mismo en una conversación entre golfistas me resulta repulsiva. Él avanza. Cada vez está más cerca. Alcanzo ahora a advertir detalles de su silueta, tiene ese volumen pesado de un hombre que ya no es joven pero se conserva en buen estado, figura de ejecutivo que cuida su apariencia. Golfista. Alto ejecutivo corporativo. Agito mi mano al aire con un gesto de saludo que no invita sino que detiene y ahuyenta, aunque con cortesía, pero el hombre continúa avanzando hacia mi lado de la cerca que separa su campo de golf del mío. Paso decidido, sabe lo que quiere. Lo miro. Se acerca. Más cerca. Ahora puedo ver sus rasgos, sorpresa. Daniel Pirro. Daniel. Daniel Pirro. Universo perdido que regresa. ¿Yo? No sé qué es lo que siento. Impulso de correr y de evitarlo, un poco. Curiosidad por saber lo que dirá, otro poco. Nostalgia por mi vida antigua que fue una vez igual que la suya, también un poco. Desconcierto. He esgrimido mi antigua sonrisa humilde, insegura. Creo. Escudo. Pie izquierdo en punta. Mierda. No alcanzo a entenderlo, es una especie de acto reflejo, sigue siéndolo, la punta de ese pie se eleva, autónoma, todavía se eleva, ajena a mi control, a pesar del paso del tiempo. A pesar de que ahora me encuentro en otro universo. No dedico ni un pensamiento adicional a esto, no tengo tiempo. Él ya está aquí, sonríe. Arrogante. Soberbio. Poderoso. Es el mismo de siempre, no cambió ni un poco. ¿Cambié yo? Difícil decirlo, mi pie izquierdo aún se coloca en punta y mi sonrisa se siente todavía humilde, insegura. No sé dónde debo poner mis ojos. No sé qué decir, qué hacer ni qué esperar pero me aproximo también hasta la cerca. Lo espero. El palo de golf en mi mano igual podría evocar a una lanza a punto de ser arrojada, o al bastón de un viejo, que evita que se caiga. Mi vida por fuera de su universo, del que una vez fue mío, desfila en imágenes rotas y rápidas. Quiero escabullirme, huir de este momento. Daniel Pirro se acerca más, su andar me resulta siniestro. Casi.

Intimidante siempre. Llegó. Sonríe. Inclina su cabeza, como siempre, con condescendencia.

—¡Que sorpresa verlo!

—Eso mismo digo. —¿A qué se dedica?

—A jugar.

—¿Juega solo?

—Es solo una práctica.

—Pero no tiene un equipo.

—Eso no importa.

—Sí importa, y mucho, yo podría poner a su disposición todo el equipo que usted quiera —se interrumpe y ambos nos quedamos por un momento en silencio.

—No entiendo a qué se refiere —improviso con velocidad una respuesta—, ya no estoy interesado en competencias.

—¿Ni siquiera ahora que Abel Solo es el Presidente de la que era su compañía?

—No lo sabía.

—Ahora lo sabe. Debe saber también que ya no somos clientes, hemos creado una nueva empresa para competirles y tenemos una planta extranjera —me mira directo a los ojos pero yo me empecino en permanecer en silencio—. Quiero ofrecerle la Presidencia de esta nueva compañía…, piénselo un poco.

Rehúso sin argumentos. Agradezco y empiezo a andar con el palo de golf sobre mi hombro. Me siento libre, ligero. Esta tarde recomenzaré mis visitas diarias a Irene y me prometo en silencio no volver a faltarle ni un solo día por el resto de mi vida. Le hablaré de mi amor. Flotaré como una burbuja en su espacio blanco con salpicaduras de cánulas verdes. Haré de mí un componente más de su inmovilidad y su silencio. Daniel Pirro se salta la cerca, hombre todavía ágil, y me alcanza. Insiste. Argumenta. Menciona cantidades, bonificaciones, privilegios. De pronto pronuncia, inesperada, la única frase que en realidad tuvo sentido para mí algún día.

—Ud. sabe muy bien, Samuel, que después de todo, el poder es el único de los dioses que de verdad existe.

Tiene razón. Acepto. Acabaré con la compañía que ahora preside Abel Solo, la llevaré a la quiebra. Quizás en mi nueva oficina observaré las piernas de mis subalternas a través del cristal de mi puerta. También pensaré en Irene algunas veces y regresaré a visitarla cuando pueda.

Martha Cecilia Rivera. La primera mujer inmigrante latina que ha publicado una novela en español en Chicago (EE. UU.), La Ciudad de los Vientos, Martha Cecilia Rivera es una narradora y poeta nacida en Bogotá, Colombia. Estudió Psicología en la Universidad Nacional de Colombia y obtuvo un grado de maestría en Comunicación Social, otorgado por la Pontificia Universidad Javeriana, ambas en su ciudad natal. Actualmente vive en Chicago, U.S.A, donde escribe acerca de literatura para varios periódicos y revistas que circulan en USA (Contratiempo, El Beisman, Hoy) y en diversos países de Latino América (Con-fabulación, Diario del Huila), y se desempeña como Co-Chair del Encuentro de Autores Latinoamericanos de Chicago. Su trabajo literario ha sido seleccionado para presentaciones en algunos de los más importantes eventos literarios en su ciudad (Poesía en Abril, Palabra Pura, Guild Literary Complex, Universidad de Chicago, Universidad De Paul, Chicago) y ha ganado varios reconocimientos internacionales (La fuerza de la palabra, Argentina, 2013). Además de una colección de relatos de la cual forma parte su novela corta "Ópera de un hombre que buscaba", entre su narrativa se encuentran las novelas "Fantasmas para Noches Largas" (publicada por Fundación Común Presencia, 2014), y las novelas en preparación "Juguemos a las voces", y "El Portero" (título provisional). "La Fatalidad de la Gallina", es su primera novela publicada con Ars Communis Editorial.

OTRAS PUBLICACIONES DE
ARS COMMUNIS EDITORIAL

NI BÁRBARAS NI MALINCHES
Antología de narradoras en Estados Unidos

PERTENENCIAS
Narradores sudamericanos en Estados Unidos

Sobre destinos, ciudad y Dios
BERNARDO NAVIA

El monstruo mundo
AZUCENA HERNÁNDEZ

TRASFONDOS
Antología de narrativa en español
del medio oeste norteamericano

Play
LUIS ORDÓÑEZ

Rojo sobre blanco
FERNANDO OLSZANSKI

WWW.ARSCOMMUN.COM